日复一日的生活，也会有新的快乐

北平的零食小贩 梁实秋	109
随着日子往前走 陆小曼	116
江城半日记 李广田	118
花潮 李广田	134
致沈从文 林徽因	139
养花 老舍	155
宴之趣 郑振铎	157
纪念志摩去世四周 林徽因	163
永远的憧憬和追求 萧红	170
祖父死了的时候 萧红	172

陆

生活要尽心，也要随心，更要开心

当幽默变成油抹　老舍　261

想北平　老舍　266

有钱最好　老舍　269

故都的秋　郁达夫　272

病后杂谈　鲁迅　276

病后杂谈之余——关于『舒愤懑』　鲁迅　287

文人　瞿秋白　300

心灵之感受　瞿秋白　306

窗子以外　林徽因　309

伍

人间总有一两风，填我十万八千梦

意志　蔡元培　213

整顿北京大学的经过　蔡元培　215

中国哲学史（节选）　冯友兰　218

量守庐讲学二记　黄侃　223

学问之趣味　梁启超　229

为学与做人　梁启超　233

谈「博」而「精」　梁思成　240

饮食男女在福州　郁达夫　243

一封信　郁达夫　251

壹

人生是清醒地穿过梦境

我对这世界的爱,也是我这一生最大的独白

合欢树

史铁生

十岁那年,我在一次作文比赛中得了第一。母亲那时候还年轻,急着跟我说她自己,说她小时候的作文作得还要好,老师甚至不相信那么好的文章会是她写的。"老师找到家来问,是不是家里的大人帮了忙。我那时可能还不到十岁呢。"我听得扫兴,故意笑:"可能?什么叫可能还不到?"她就解释。我装作根本不再注意她的话,对着墙打乒乓球,把她气得够呛。不过我承认她聪明,承认她是世界上长得最好看的女的。她正给自己做一条蓝地白花的裙子。

二十岁,我的两条腿残废了。除去给人家画彩蛋,我想我还应该再干点别的事,先后改变了几次主意,最后想学写作。母亲那时已不年轻,为了我的腿,她头上开始有了白发。医院已经明确表示,我的病目前没办法治。母亲的全副心思却还放在给我治病上,到处找大夫,打听偏方,花很多钱。她倒总能找来稀奇古怪的药,让我吃,让我喝,或者是洗、敷、熏、灸。"别浪费时间啦!根本没用!"我说。我一心只想着写小说,仿佛那东西能把残废人救出困境。"再试一回，不试你怎么知道会没用？"她说，每一回都虔诚地抱着希望。然而对我的腿，有多少回希望就有多少回失望。最后一回，我的胯上被熏成烫伤。医院的大夫说，这实在太悬了，对于瘫痪病人，这差不多是要命的事。我倒没太害怕，心想死了也好，死了倒痛快。母亲惊惶了几个月，昼夜守着我，一换药就说："怎么会烫了呢？我还直留神呀！"幸亏伤口好起来，不然她非疯了不可。

后来她发现我在写小说。她跟我说："那就好好写吧。"我听出来，她对治好我的腿也终于绝望。"我年轻的时候也最喜欢文学，"她说，"跟你现在差不多大的时候，我也想过搞写作，"她说，"你小时候的作文不是得过第一？"她提醒我说。我们俩都尽力把我的腿忘掉。她到处去给我借书，顶着雨或冒着雪推我去看电影，像过去给我找大夫、打听偏方那样，抱了希望。

三十岁时，我的第一篇小说发表了，母亲却已不在人世。过了几年，我的另一篇小说又侥幸获奖，母亲已经离开我整整七年。

获奖之后，登门采访的记者就多。大家都好心好意，认为我不容易。但是我只准备了一套话，说来说去就觉得心烦。我摇着车躲出去，坐在小公园安静的树林里，想：上帝为什么早早地召母亲回去呢？迷迷糊糊的，我听见回答："她心里太苦了。上帝看她受不住了，就召她回去。"我的心得到一点安慰，睁开眼睛，看见风正在树林里吹过。

我摇车离开那儿，在街上瞎逛，不想回家。

母亲去世后，我们搬了家。我很少再到母亲住过的那个小院儿去。小院儿在一个大院儿的尽里头。我偶尔摇车到大院儿去坐坐，但不愿意去那个小院儿，推说手摇车进去不方便，院儿里的老太太们还都把我当儿孙看，尤其想到我又没了母亲，但都不说，光扯些闲话，怪我不常去。我坐在院子当中，喝东家的茶，吃西家的瓜。有一年，人们终于又提到母亲："到小院儿去看看吧，你妈种的那棵合欢树今年开花了！"我心里一阵抖，还是推说手摇车进出太不易。大伙就不再说，忙扯些别的，说起我们原来住的房子里现在住了小两口，女的刚生了个儿子，孩子不哭不闹，光是瞪着眼睛看窗户上的树影儿。

我没料到那棵树还活着。那年，母亲到劳动局去给我找工作，回来时在路边挖了一棵刚出土的"含羞草"，以为是含羞草，种在花盆里长，竟是一棵合欢树。母亲从来喜欢那些东西，但当时心思全在别处。第二年，合欢树没有发芽，母亲叹息了一回，还不舍得扔掉，依然让它长在瓦盆里。第三年，合欢树却又长出叶子，而且茂盛了。母亲高兴了很多天，以为那是个好兆头，常去侍弄它，不敢再大意。又过一年，她把合欢树移出盆，栽在窗前的地上，有时念叨，不知道这种树几年才开花。再过一年，我们搬了家，悲痛弄得我们都把那棵小树忘记了。

与其在街上瞎逛，我想，不如就去看看那棵树吧。我也想再看看母亲住过的那间房。我老记着，那儿还有个刚来到世上的孩子，不哭不闹，瞪着眼睛看树影儿。是那棵合欢树的影子吗？小院儿里只有那棵树。

院儿里的老太太们还是那么欢迎我，东屋倒茶，西屋点烟，送到我跟前。大伙儿都不知道我获奖的事，也许知道，但不觉得那很重要；还是都问我的腿，问我是否有了正式工作。这回，想摇车进小院儿真是不能了。家家门前的小厨房都扩大，过道窄到一个人推自行车进出也要侧身。我问起那棵合欢树。大伙儿说，年年都开花，长到房高了。这么说，我再也看不见它了。我要是求人背我去看，倒也不是不行。我挺后悔前两年没有自己摇车进去看看。

我摇着车在街上慢慢走，不急着回家。人有时候只想独自静静地待一会儿。悲伤也成享受。

有一天那个孩子长大了，会想起童年的事，会想起那些晃动的树影儿，会想起他自己的妈妈，他会跑去看看那棵树。但他不会知道那棵树是谁种的，是怎么种的。

放下与执着

史铁生

几位老友,不常见面,见了面总劝我"放下"。放下什么呢?没说,断续劝我:"把一切都放下,人就不会生病。"我发现我有点儿狡猾了,明知那是句佛家经常的教诲(比如"放下屠刀,立地成佛";"屠刀"也不专指索命的器具,是说一切迷执),却佯装不知。佯装不知,是因为我心里着实有些不快;可见嗔心确凿,是要放下的。何致不快呢?从那劝导中我听出了一个逆推理:你所以多病,就因为你没放下。逆推理中又含了一条暗示:我为什么身体好呢?全都放下了。

既知嗔心确在,就别较劲儿。坐下,喝茶,说点儿别的。可谁料,一晚上,主张放下的几位却始终没放下旧怨,那时谁把谁怎样了吧,谁和谁是一派的吧,谁表面如何其实不然呀,等等。就不说这"谁"字具体是指谁了吧,总归不是"他"或"他们",就是"我"和"我们"。

所以,放下什么才是真问题。比如说:放下烦恼,也放下责任吗?放下怨恨,也放下爱愿吗?放下差别心,难道连美丑、善恶都不要分?

放下一切,既不可能,也不应该。总不会指着什么都潇洒地说一声"放下",就算有了佛性吧?当然,万事都不往心里去可以是你的选择,你的自由,但人间的事绝不可以是这样,也从来没有这样过。

举几个例子吧:是执着于教育的人教会了你读书,包括读经。是执着于种田的人保障着众人的温饱,你才有余力说"放下"。惟(唯)因有了执着于交通事业的人,老友们才得聚来一处喝茶。若无各门各类的执着者,咱这会儿还在钻木取火呢,还是连钻木取火也已经放下?

错的不是执着,是执迷。有些谈佛论道的书中将这两个词混用,窃以为十分不妥。"执迷"的意思,差不多是指异化、僵化、故步自封、知错不改。何致如此呢?无非"名利"二字。但谋生,从而谋利,只要合法,就不是迷途。名却厉害;温饱甚至富足之后,价值感,常把人弄得颠三倒四。谋利谋到不知所归,其实也是在谋名了——优越感,或价值感。价值感错了吗?人要活得有价值,不对吗?

价值和价格的差距本属正当。但这差距却无从固定,可以很大,也可以很小,当然这并非坏事,这正是经济学所赞美的那只市场的无形之手。可这只手,一旦显形为铺天盖地的广告,一旦与认钱不认货的媒体相得益彰,事情就不一样了。怎么不一样?只要广告深入人心,东西好坏倒不要紧了——好也未必就卖得好,不好也未必就卖不好。是呀,倘那无形或有形的手也成了商品,又靠谁来调节它呢?价格既已不认价值这门亲,价值感孤苦无靠去拜倒在价格门下,也就不是什么难解的题。而这逻辑,一旦以"更高、更快、更强"的气势，超越经济，走进社会各个领域，耳边常闻的关键词就只有利润、码洋、票房和收视率了。另有四个词在悄声附和：房子、车子、股市、化疗。此即执迷。

而"执着"与"执迷"不分，本身就是迷途。

这世界上有爱财的，有恋权的，有图名的，有什么都不为单是争强好胜的。人们常管这叫欲壑难填，叫执迷不悟，都是贬义。但爱财的也有比尔·盖茨，他既能聚财也能理财，更懂得财为何用，不好吗？恋权的嘛，也有毛遂自荐的敢于担当，也有种种"举贤不避亲"的言与行，不对吗？图名的呢？雷锋，雷锋及一切好人！他们不图名？愿意谁说他们没干好事，不是好人？不过是不图虚名、假名。争强好胜也未必就不对，阿姆斯特朗怎么样，那个身患癌症还六次夺得环法自行车赛冠军的人？对这些人，大家怎么说？会说他执迷，会请他放下吗？当然不，相反人们会赞美他们的执着——坚持不懈、百折不挠、矢志不渝，都是褒奖。

主张"一切都放下"，或"执着"与"执迷"分不清，是否正应了佛家的另一个关键词——"无明"呢？

"无明"就是糊涂。但糊涂分两种。一种叫顽固不化，朽木难雕，不可教也，"无明"应该是指这一种。另一种，比如少小无知，或"山重水复疑无路"，这不能算"无明"，这是"柳暗花明又一村"的前奏，是成长壮大的起点。而郑板桥的"难得糊涂"已然是大智慧了。

后一种糊涂，是错误吗？执着地想弄明白某些尚且糊涂着的事物，不应该吗？比如一件尚未理清的案件，一处尚未探明的矿藏，一项尚未完善的技术、对策或理论。这正是坚持不懈者施才展志的时候呀，怎倒要知难而退者来劝导他呢？

严格说，我们的每一步其实都在不完善中，都在不甚明了中，甚至是巨大的迷茫之中，因而每时每刻都可能走对了，也都可能走错了。问题是人没有预知一切的能力，那么，是应该就此放下呢，还是要坚持下去？设想，对此，佛祖会取何态度？干脆"把一切都放下"吗？那就要问了：他压根儿干吗要站出来讲经传道？他看得那么深、那么透，干吗不统统放下？他曾经糊涂，曾经烦恼，但他放得下王子之位却放不下生命的意义，所以才有那锲而不舍的苦行，才有那菩提树下的冥思苦想。难道他就是为了让后人把一切都放下，没病没灾然后啥都无所谓？该想的佛都想了各位就甭想了，该受的佛都受了各位就甭再受了，该干的佛也都干了各位啥心也甭操了——有这事儿？恐怕，盼望这事儿的，倒是执迷不悟。

可是，哪能谁都有佛祖一样的智慧呢？我等凡人，弄不好一错再错，苦累终生，倒不如尘缘尽弃，早得自在吧。可是，怕错，就不是执着？怕苦，就不是执着？一身享用着别人执着的成果，却一心只图自在，不是执着？不是执着，是执迷！佛祖要是这般明哲保身，犯得上去那菩提树下饱经折磨吗？

偷懒的人说一句"放下"多么轻松，又似多么明达，甚至还有一份额外的"光荣"——价值感，却不去辨别什么要放下、什么是不可以放下的，结果是弄一个价值虚无来骗自己，蒙大家。

老实说，我——此一姓史名铁生的有限之在，确是个贪心充沛的家伙，天底下的美名、美物、美事没有他没想（要）过的，虽然我并不认为这是他多病的原因。不过，此一史铁生确曾因病得福。二十一岁那年，命运让这家伙不得不把那些充沛的东西——绝不敢说都放下了，只敢说——暂时都放一放。特别要强调的是，这"暂时都放一放",绝非觉悟使然,实在是不得已而为之。先哲有言:"愿意的,命运领着你走;不愿意的,命运拖着你走。"我就是那"不愿意"而被"拖着走"的。被拖着走了二十几年,一日忽有所悟:那二十一岁的遭遇以及其后的二十几年的"被拖",未必不是神恩——此一铁生并未经受多少选择之苦,便被放在了"不得不放一放"的地位,真是何等幸运的事情!虽则此一铁生生性愚顽,放一放又拿起来,拿起来又不得不再放一放,至今也不能了断尘根,也还是得了一些恩宠的。我把这感想说给某位朋友,那朋友忒善良,只说我是谦虚。我谦虚?更有位智慧的朋友说我:他谦虚?他骨子里了不得!这"了不得",估计也是"贪心充沛"的意思。前一位是爱我者,后一位是知我者。不过,从那时起,我有点儿被"领着走"的意思了。

如今已是年近花甲。也读了些书,也想了些事,由衷感到,尼采那一句"爱命运"真是对人生态度之最英明的指引。当然不是说仅仅爱好的命运,而是说对一切命运都要持爱的态度。爱,再一次表明与"喜欢"不同,谁能喜欢坏运气呢?但是你要爱它。就好比抓了一手坏牌,你骂它?恨它?耍着赖要重新发牌?当然你不喜欢它,但你要镇静,对它说"是",而后看你如何能把这一手坏牌打得精彩。

大凡能人,都嫌弃宿命,反对宿命。可有谁是能力无限的人吗?那你就得承认局限。承认局限,大家都不反对,但那就是承认宿命呵。承认它,并不等于放弃你的自由意志。浪漫点儿说就是:对舞蹈说是,然后自由地跳。这逻辑可以引申到一切领域。

所以,既得有所"放下",又得有所"执着"—— 放下占有的欲望,执着于行走的努力。

放不下前者的，必至贪、嗔、痴。连后者也放下的，难免还是贪、嗔、痴。看一切都是无意义的人，怎么可能会爱命运？不爱命运，必是心中多怨。怨，涉及人即是嗔——他人不合我意，涉及物即是痴——世界不可我心，仔细想来都是一条贪根使然。

我的几个房东

老舍

初到伦敦，经艾温士教授的介绍，住在了离"城"有十多英里的一户人家里。房主人是两位老姑娘。大姑娘有点傻气，腿上常闹湿气，所以身心都不大有用。家务统由妹妹操持，她勤苦诚实，且受过相当的教育。

她们的父亲是开面包房的，死后，把面包房给了儿子，给二女一人一所小房子。她们卖出一所，把钱存在银行生息。其余的一所，就由她们合住。妹妹本可以去做，也真做过家庭教师。可是因为姐姐需人照管，所以不出去做事，而把楼上的两间屋子租给单身的男人，进些租金。这给妹妹许多工作，她得给大家做早餐晚饭，得上街买东西，得收拾房间，得给大家洗小衣裳，得记账。这些,已足使任何一个女子累得喘不过气来。可是她于这些工作外，还得答复朋友的信，读一两段《圣经》和做些针线。

她这种勤苦忠诚，倒还不是我所佩服的。我真佩服她那点独立的精神。她的哥开着面包房，到圣诞节才送给妹妹一块大鸡蛋糕！她决不去求他的帮助，就是对那一块大鸡蛋糕，她也马上还礼，送给她哥一点有用的小物件。当我快回国时去看她,她的背已很弯,发也有些白的了。

自然,这种独立的精神是由资本主义的社会制度逼出来的,可是,我到底不能不佩服她。

在她那里住过一冬,我搬到伦敦的西部去。这回是与一个叫艾支顿的合租一层楼。所以事实上我所要说的是这个艾支顿——称他为二房东都勉强一些——而不是真正的房东。我与他一起在那里住了三年。

这个人的父亲是牧师,他自己可不信宗教。他很年轻的时候,和一个女子由家中逃出来,在伦敦结了婚,生了三四个小孩。他有相当的聪明,好读书。专就文字方面上说,他会拉丁文、希腊文、德文、法文,程度都不坏。英文,他写得非常漂亮。他做过一两本讲教育的书,即使内容不怎样,但他的文字之美是公认的事实。我愿意同他住在一处,差不多是为学些地道好英文。在大战时,他去投军。因为心脏弱,报不上名。他硬挤了进去。见到了军官,凭他的谈吐与学识,自然不会被叉去帐外。一来二去,他升到中校,差不多等于中国的旅长了。

战后,他拿了一笔不小的遣散费,回到伦敦,重整旧业,他又去教书。为充实学识,还到过维也纳听弗洛伊德的心理学课。后来就在牛津的补习学校教书。这个学校是为工人们预备的,有点像国内的暑期学校,不过目的不在补习升学的功课。做这种学校的教员,自然没有什么地位,可是实利上并不坏:一年只做半年的事,薪水也并不很低。这个,大概是他的黄金"时代"。以身份言,中校;以学识言,有著作;以生活言,有个清闲舒服的事情。

也正是在这个时候，他和一位美国女子恋爱了。她出自名家，有硕士的学位，来伦敦游玩时，遇上了他。她的学识正好补足他的，她是学经济的；他在补习学校做关于经济问题的演讲，她就给他预备稿子。

他的夫人把他告了。离婚案刚一提到法厅，补习学校便免了他的职。这种案子在牛津与剑桥还是闹不得的！离婚案成立，他得到自由，但须按月供给夫人一些钱。

在我遇到他的时候，他正极狼狈。自己没有事，除了夫妇的花销，还得供给原配。幸而硕士找到了事，两份儿家都由她支持着。他空有学问，找不到事。可是两家的感情渐渐地改善，两位夫人见了面，他每月给第一位夫人送钱也是亲自去，他的女儿也肯来找他。这个，可救不了穷。穷，他还很会花钱。作过几年军官，他挥霍惯了。钱一到他手里便不会老实。他爱买书，爱吸好烟，有时候还得喝一盅。我在东方学院见了他，他到那里学华语；不知他怎么弄到手里几镑钱，便出了这个主意。见到我，他说彼此交换知识，我多教他些中文，他教我些英文，岂不甚好？为学习的方便，顶好是住在一处，假若我出房钱，他就供给我饭食。我点了头，他便找了房。

艾支顿夫人真可怜。她早晨起来，便得做好早饭。吃完，她急忙去做工，拼命地追公共汽车；永远不等车站稳就跳上去，有时把腿碰得紫里蒿青。五点下工，又得给我们做晚饭。她的烹调本事不算高明，我俩一有点不爱吃的表示，她便立刻泪在眼眶里转。有时候，艾支顿卖了一本旧书或一张画，手中摸着点钱，笑着请我们出去吃一顿。有时候我看她太疲乏了，就请他俩吃顿中国饭。在这种时节，她喜欢得像小孩子似的。

他的朋友多数和他的情形差不多。我还记得几位：有一位是个年轻的工人，谈吐很好，可是时常失业，这一点也不是他的错儿，怎奈工厂时开时闭。他自然的是个社会主义者，每逢来看艾支顿，他俩便粗着脖子红着脸地争辩。艾支顿也很有口才，不过与其说他是为政治主张而争辩，还不如说是为争辩而争辩。还有一位小老头儿也常来，他顶可爱。德文、意大利文、西班牙文，他都能读能写能讲，但是找不到事做；闲着没事，他只为一家瓷砖厂吆喝买卖，拿一点扣头。另一位老者，常上我们这一带来给人家擦玻璃，也是我们的朋友。这个老头儿是位博士。赶上我们在家，他便一边擦着玻璃，一边和我们讨论文学与哲学。孔子的哲学、泰戈尔的诗，他都读过，不用说西方的作家了。

只提这么三位吧，在他们的身上使我感到工商资本主义社会的崩溃与罪恶。他们都有知识，有能力，可是被那个社会制度捆住了手，使他们抓不到面包。成千论万的人是这样，而且有远不及他们三个的！找个事情真比登天还难！

艾支顿一直闲了三年。我们那层楼的租约是三年为限。住满了，房东要加租，我们就分离开，因为再找那样便宜且恰好够三个人住的房子，是大不容易的。虽然不在一块儿住了，可是还时常见面。艾支顿只要手里有够看电影的钱，便立刻打电话请我去看电影。即使一个礼拜，他的手中彻底地空空如也，他也会约我到家里去吃一顿饭。自然，我去的时候也老给他们买些东西。这一点上，他不像普通的英国人，他好请朋友，也很坦然地接受朋友的约请与馈赠。有许多地方，他都带出点浪漫劲儿，但他到底是个英国人，不能完全放弃绅士的气派。

直到我回国的时际，他才找到了事——在一家大书局里做顾问，荐举大陆上与美国的书籍，经书局核准，他再找人去翻译或——若是美国的书——出英国版。我离开英国后，听说他已被那个书局聘为编辑员。

离开他们夫妇，我住了半年的公寓，不便细说；房东与房客除了交租金时见一面，没有一点别的关系。在公寓里，晚饭得出去吃，既费钱，又麻烦，所以我又去找房间。这回是在伦敦南部找到一间房子，房东是老夫妇，带着个女儿。

这个老头儿——达尔曼先生——是干什么的，至今我还不清楚。一来我只在那儿住了半年，二来英国人不喜欢谈私事，三来达尔曼先生不爱说话，所以我始终没得机会打听。偶而〔尔〕由老夫妇谈话中听到一两句，仿佛他是木器行的，专给人家设计做家具。他身边常带着尺。但是我不敢说肯定的话。

半年的工夫，我听熟了他三段话——他不大爱说话，但是一高兴就离不开这三段，像留声机片似的，永远不改。第一段是贵族巴来，由非洲弄来的钻石，一小铁筒一小铁筒的！每一块上都有个记号！第二段是他做过两次陪审员，非常地光荣！第三段是大战时，一个伤兵没能给一个军官行礼，被军官打了一拳。及至看明了那是个伤兵，军官跑得比兔子还快；不然的话，非教街上的人给打死不可！

除了这三段而外，假若他还有什么说的，便是重述《晨报》上的消息与意见。凡是《晨报》所说的都对！

这个老头儿是地道英国的小市民，有房，有点积蓄，勤苦，干净，什么也不知道，只晓得自己的工作是神圣的，英国人是世界上最好的人。

达尔曼太太是女性的达尔曼先生，她的意见不但得自《晨报》，而且是由达尔曼先生口中念出的那几段《晨报》，她没工夫自己去看报。

达尔曼姑娘只看《晨报》上的广告。有一回，或者是因为看我老拿着本书，她向我借一本小说。我随手给了她一本威尔思的幽默故事。念了一段，她的脸都气紫了！我赶紧出去在报摊上给她找了本六个便士的罗曼司（"romance"的音译，即"爱情小说"），内容大概是一个女招待嫁了个男招待，后来才发现这个男招待是位伯爵的承继人。这本小书使她对我又有了笑脸。

她没事做，所以在分类广告上登了一小段广告——教授跳舞。她的技术如何，我不晓得，不过她声明愿减收半费教给我的时候，我没出声。把知识变成金钱，是她，和一切小市民的格言。

她有点苦闷，没有男朋友约她出去玩耍，往往吃完晚饭便假装头疼，跑到楼上去睡觉。婚姻问题在那经济不景气的国度里，真是个没法办的问题。我看她恐怕要窝在家里！"房东太太的女儿"往往成为留学生的夫人，这是留什么外史一类小说的好材料；其实，里面的意义并不只是留学生的荒唐呀。

我的祖母之死

徐志摩

一

一个单纯的孩子，
过他快活的时光，
兴匆匆的，活泼泼的，
何尝识别生存与死亡？

这四行诗是英国诗人华茨华斯（William Wordsworth）一首叫作《我们是七人》（We are Seven）的有名的小诗的开端，也就是他的全诗的主意。这位爱自然、爱儿童的诗人，有一次碰着一个八岁的小女孩，发鬈蓬松得可爱，他问她兄弟姊妹共有几人。她说他们是七个，两个在城里，两个在外国，还有一个姊妹一个哥哥，在她家附近教堂的墓园里埋着。但她小孩的心理，却不分清生与死的界限，她每晚携着她的干点心与小盘皿，到那墓园的草地里，独自地吃，独自地唱，唱给她的在土堆里眠着的兄姊听，虽则他们静悄悄的莫有回响，她烂漫的童心却不曾感到生死间有不可思议的阻隔；所以任凭华翁多方的譬解，她只是睁着一双灵动的小眼，回答说：

"可是，先生，我们还是七人。"

二

其实华翁自己的童真，也不让那小女孩的完全，他曾经说"在孩童时期，我不能相信我自己有一天也会得悄悄地躺在坟里，我的骸骨会得变成尘土"。又一次他对人说"我做孩子时最想不通的，是死的这回事将来也会得轮到我自己身上"。

孩子们天生是好奇的，他们要知道猫儿为什么要吃耗子，小弟弟从哪里变出来的，或究竟先有鸡还是先有鸡蛋；但人生最重大的变端——死的现象与实在，他们也只能含糊地看过，我们不能期望一个个小孩子都是搔头穷思的丹麦王子。他们临到丧故，往往跟着大人啼哭；但他只要眼泪一干，就会到院子里踢毽子，赶蝴蝶，就使在屋子里长眠不醒了的是他们的亲爹或亲娘，大哥或小妹，我们也不能盼望悼死的悲哀可以完全翳蚀了他们稚羊小狗似的欢欣。你如其对孩子说，你妈死了，你知道不知道——他十次里有九次只是对着你发呆；但他等到要妈叫妈，妈偏不应的时候，他的嫩颊上就会有热泪流下。但小孩天然的一种表情，往往可以给人们最深的感动，我生平最忘不了的一次电影，就是描写一个小孩爱恋已死母亲的种种天真的情景。她在园里看种花，园丁告诉她这花在泥里，浇下水去，就会长大起来。那天晚上天下大雨,她睡在床上,被雨声惊醒了,忽然想起园丁的话,她的小脑筋里就发生了绝妙的主意。她偷偷地爬出了床,走下楼梯,到书房里去拿下桌上供着的她死母的照片,一把揣在怀里,也不顾倾倒着的大雨,一直走到园里,在地上用园丁的小锄掘松了泥土,把她怀里的亲妈,谨慎地取出来,栽在泥里,把松泥掩护着;她做完了工就蹲在那里守候——一个三四岁的女孩,穿着白色的睡衣,在深夜的暴雨里,蹲在露天的地上,专心笃意地盼望已经死去的亲娘,像花草一般,从泥土里发长出来!

三

我初次遭逢亲属的大故,是二十年前我祖父的死,那时我还不满六岁,那是我生平第一次可怕的经验,但我追想当时的心理,我对于死的见解也不见得比华翁的那位小姑娘高明。我记得那天夜里,家里人吩咐祖父病重,他们今夜不睡了,但叫我和我的姊妹先上楼睡去,回头要我们时他们会来叫的。我们就上楼去睡了,底下就是祖父的卧房,我那时也不十分明白,只知道今夜一定有很怕的事,有火烧,强盗抢,做怕梦一样的可怕。我也不十分睡着,只听得楼下的急步声、碗碟声、唤婢仆声、隐隐的哭泣声、不息的响音。过了半夜,他们上来把我从睡梦里抱了下去,我醒过来只听得一片的哭声,他们已经把长条香点起来,一屋子烟,一屋子人,围拢在床前,哭的哭,喊的喊,我也挨了过去,在人丛里偷看大床里的好祖父。忽然听说醒了、醒了，哭喊声也歇了，我看见父亲爬在床里，把病父抱持在怀里，祖父倚在他的身上，双眼紧闭着，口里衔着一块黑色的药物。他说话了，很轻的声音，虽则我不曾听明他说的什么话，后来知道他经过了一阵昏晕，他又醒了过来对家人说："你们吃吓了，这算是小死。"他接着又说了好几句话。随讲音随低，呼气随微，去了，再不醒了，但我却不曾亲见最后的弥留，也许是我记不起，总之我那时早已跪在地板上，手里擎着香，跟着大众高声地哭喊了。

四

此后我在亲戚家收殓虽则看得不少，但死的实在的状况却不曾见过。我们念书人的幻想力是比较丰富的，但往往因为有了幻想力，就不管生命现象的实在，结果是书呆子，陆放翁说的"百无一用是书生"。人生的范围是无穷的，我们少年时精力充足，什么都不怕尝试，只愁没有出奇的事情做，往往抱怨这宇宙太窄，青天太低，大鹏似的翅膀飞不痛快，但是……但是平心地说，且不论奇的、怪的、特别的、离奇的，我们姑且试问人生里最基本的事实，最单纯的、最普遍的、最平庸的、最近人情的经验，我们究竟能有多少的把握，我们能有多少深彻的了解，我们是否都亲身经历过？譬如说：生产，恋爱，痛苦，悲，死，妒，恨，快乐，真疲倦，真饥饿，渴，毒焰似的渴，真的幸福，冻的刑罚，忏悔，种种的情热。我可以说，我们这些平常人生观、人类、人道、人情、真理、哲理、本能等等名词不离口的念书人们，什么文学家，什么哲学家——关于真正人生基本的事实的实在，知道的——恐怕是极微至鲜，即使不等于圆圈。我有一个朋友，他和他夫人的感情极厚，一次他夫人临到难产，因为在外国，所以进医院什么都得他自己照料，最后医生宣言只有用手术一法，但性命不能担保，他没有法子，只好和他半死的夫人诀别（解剖时亲属不准在旁的）。满心毒魔似的难受，他出了医院，走在道上，走上桥去，像得了离魂病似的，心脉舂臼似的跳着，最后他听着了教堂和缓的钟声，他就不自主地跟着钟声，进了教堂，跟着在做礼拜的人跪着，祷告，忏悔，祈求，唱诗，流泪（他并不是信教的人），他这样的挨过时刻，后来回转医院时，一步步都是惨酷的磨难，比上行刑犯人，加倍的难受，他怕见医生与看护妇，仿佛他的运命是在他们手掌里握着，事后他对人说："我这才知道了人生一点子的意味！"

五

所以不曾经历过精神或心灵的大变的人们，只是在生命的户外徘徊，也许偶尔猜想到几分墙内的动静，但总是浮的浅的，不切实的，甚至完全是隔膜的。人生也许是个空虚的幻梦，但在这幻象中，生与死，恋爱与痛苦，毕竟是陡起的奇峰，应得激起我们彷徨者的注意，在此中也许可以感悟到一些幻里的真、虚中的实，这浮动的水泡不曾破裂以前，也应得饱吸自由的日光，反射几丝颜色！

我是一只不羁的野驹，我往往纵容想象的猖狂，诡辩人生的现实；比如凭借凹折的玻璃，觉察当前景色。但时而复再，我也能从烦嚣的杂响中听出清新的乐调，在眩耀的杂彩里，看出有条理的意匠。这次祖母的大故，老家庭的生活，给我不少静定的时刻，不少深刻的反省。我不敢说我因此感悟了部分的真理，或取得了若干的智慧；我只能说我因此与实际生活有了更深一层的接触，益发激起我对于人生种种好奇的探讨，益发使我惊讶这迷迷的玄妙，不但死是神奇的现象，不但生命与呼吸是神奇的现象，就连日常的生活与习惯与迷信，也好像放射着异样的光闪，不容我们擅用一两个形容词来概状，更不容我们昌言什么主义来抹煞——一个革新者的热心，碰着了实在的寒冰！

六

我在我的日记里翻出一封不曾写完不曾付寄的信，是我祖母死后第二天的早上写的。我那时在极强烈的极鲜明的时刻内，很想把那几日经过感想与疑问，痛快的写给一个同情的好友，使他在数千里外也能分尝我强烈鲜明的感情。那位同情的好友我选中了通伯，但那封信却只起了一个呆重的头，一为丧中忙，二为我那时眼热不耐用心，始终不曾写就，一直挨到现在再想补写，恐怕强烈已经变弱，鲜明已经透暗，逃亡的囚逋，不易追获的了。我现在把那封残信录在这里，再来追慕当时的情景。

通伯：
　　我的祖母死了！从昨夜十时半起，直到现在，满屋子只是号啕呼抢的悲音，与和尚、道士、女僧的礼忏鼓磬声。

二十年前祖父丧时的情景，如今又在眼前了。忘不了的情景！你愿否听我讲些？

我一路回家，怕的是也许已经见不到老人，但老人却在生死的交关仿佛存心地弥留着，等待她最钟爱的孙儿——即不能与他开言诀别，也使他尚能把握她依然温暖的手掌，抚摩她依然跳动着的胸怀，凝视她依然能自开自阖虽则不再能表情的目睛。她的病是脑充血的一种，中医称为"卒中"（最难救的中风）。她十日前在暗房里踬仆倒地，从此不再开口出言，登仙似的结束了她八十四年的长寿，六十年良妻与贤母的辛勤，她现在已经永远地脱辞了烦恼的人间，还归她清净自在的来处。我们承受她一生的厚爱与荫泽的儿孙，此时亲见，将来追念。她最后的神化，不能自禁中怀的摧痛，热泪暴雨似的盆涌，然痛心中却亦隐有无穷的赞美，热泪中依稀想见她功成德备的微笑，无形中似有不朽的灵光，永远的临照她绵衍的后裔……

七

旧历的乞巧那一天，我们一大群快活的游踪，驴子灰的黄的白的，轿子四个脚夫抬的，正在山海关外迂回的、曲折的绕登角山的栖贤寺，面对着残圮的长城，巨虫似的爬山越岭，隐入烟霭的迷茫。那晚回北戴河海滨住处，已经半夜，我们还打算天亮四点钟上莲峰山去看日出，我已经快上床，忽然想起了，出去问有信没有，听差递给我一封电报，家里来的四等电报，我就知道不妙，果然是"祖母病危速回"！我当晚就收拾行装，赶早上六时车到天津，晚上才上津浦快车。正嫌路远车慢，半路又因为水发冲坏了轨道过不去，一停就停了十二点钟有余，在车里多过了一夜，直到第三天的中午方才过江上沪宁车。这趟车如其准点到上海，刚好可以接上沪杭的夜车，谁知道又误了点，误了不多不少的一分钟，一面我们的车进站，他们的车头呜的一声叫，别断别断地去了！我若然是空身子，还可以冒险跳车，偏偏我的一只手又被行李固定了，所以只得定着眼睛送它走。

所以直到八月二十二日的中午我方才到家。我给通伯的信说"怕的是已经见不着老人"，在路上那几天真是难受，缩不短的距离没有法子，但是那急人的水发、急人的火车，几面凑拢来，叫我整整迟一昼夜到家！试想病危了的八十四岁的老人，这二十四点钟不是容易过的，说不定她刚巧在这个期间有什么动静，那才叫人抱憾哩！但是结果还算没有多大的差池——她老人家还在生死的交关等着！

八

奶奶——奶奶——奶奶！奶——你的孙儿回来了，奶奶！没有回音。老太太阖着眼，仰面躺在床里，右手拿着一把半旧的雕翎扇很自在地扇动着。老太太原就怕热，每年暑天总是扇子不离手的，那几天又是特别的热。这还不是好好的老太太，呼吸顶匀净的，定是睡着了，谁说危险！奶奶，奶奶！她把扇子放下了，伸手去摸着头顶上挂的冰袋，一把抓得紧紧的，呼了一口长气，像是暑天赶道儿的喝了一碗凉汤似的,这不是她明明有感觉不是?我把她的手拿在我的手里,她似乎感觉我手心的热,可是她也让我握着,她开眼了!右眼张得比左眼开些,瞳子却是发呆,我拿手指在她的眼前一挑,她也没有瞬,那准是她瞧不见了——奶奶,奶奶——她也真没有听见,难道她真是病了,真是危险,这样爱我疼我宠我的好祖母,难道真会得……我心里一阵的难受,鼻子里一阵的酸,滚热的眼泪就迸了出来。这时候床前已经挤满了人,我的这位,我的那位,我一眼看过去,只见一片惨白忧愁的面色,一双双装满了泪珠的眼眶,我的妈更看的憔悴。她们已经伺候了六天六夜,妈对我讲祖母这回不幸的情形,她怎样地夜饭前还在大厅上吩咐事情,怎样地饭后进房去自己擦脸,不知怎样地闪了下去,外面人听着响声进去,已经是不能开口了,怎样地请医生,一直到现在还没有转机……

一个人到了天伦骨肉的中间,整套的思想情绪,就变换了式样与颜色。你的不自然的口音与语法没有用了;你的耀眼的袍服可以不必穿了;你的洁白的天使的翅膀,预备飞翔出人间到天堂的,不便在你的慈母跟前自由地开豁;你的理想的楼台亭阁,也不轻易地放进这二百年的老屋;你的佩剑、要塞,以及种种的防御,在争竞的外界即使是必要的,到此只是可笑的累赘。在这里,不比在其余的地方,他们所要求于你的,只是随熟的声音与笑貌,只是好的、纯粹的本性,只是一个没有斑点子的赤裸裸的好心。在这些纯爱的骨肉的经纬中心,不由得你不从你的天性里抽出最柔糯亦最有力的几缕丝线来加密或缝补这幅天伦的结构。

所以我那时坐在祖母的床边,含着两朵热泪,听母亲叙述她的病况,我脑中发生了异常的感想,我像是至少逃回了二十年的光阴,正如我膝前子侄辈一般的高矮,回复了一片纯朴的童真,早上走来祖母的床前,揭开帐子叫一声软和的奶奶,她也回叫了我一声,伸手到里床去摸给我一个蜜枣或是三片状元糕,我又叫了一声奶奶,出去玩了,那是如何可爱的辰光,如何可爱的天真,但如今没有了,再也不回来了。现在床里躺着的,还不是我的亲爱的祖母,十个月前我伴着到普陀登山拜佛清健的祖母,但现在何以不再答应我的呼唤,何以不再能表情,不再能说话,她的灵性哪里去了,她的灵性哪里去了?

九

一天,一天,又是一天——在垂危的病榻前过的时刻,不比平常飞驶无碍的光阴,时钟上同样的一声嘀嗒,直接打在你的焦急的心里,给你一种模糊的隐痛——祖母还是照样地眠着,右手的脉自从起病以来已是极微仅有的,但不能动弹的却反是有脉的左侧,右手还是不时在挥扇,但她的呼吸还是一例的平匀,面容虽不免瘦削,光泽依然不减,并没有显著的衰象,所以我们在旁边看她的,差不多每分钟都盼望她从这长期的睡眠中醒来;打一个呵欠,就开眼见人,开口说话——果然她醒了过来,我们也不会觉得离奇,像是原来应当似的。但这究竟是我们亲人绝望中的盼望,实际上所有医生,中医、西医、针医,都已一致地回绝,说这是"不治之症",中医说这脉象是凭证,西医说脑壳里血管破裂,虽则植物性机能——呼吸,消化——不曾停止,但言语中枢已经断绝——此外更专门更玄学更科学的理论我也记不得了。

所以暂时不变的原因，就在老太太本来的体元太好了，拳术家说的"一时不能散工"，并不是病有转机的兆头。

我们自己人也何尝不明白这是个绝症；但我们却总不忍自认是绝望：这"不忍"便是人情。我有时在病榻前，在凄悒的静默中，发生了重大的疑问。科学家说人的意识与灵感，只是神经系统最高的作用，这复杂、微妙的机械，只要部分有了损伤或是停顿，全体的动作便发生相当的影响；如其最重要的部分受了扰乱，他不是变成反常的疯癫，便是完全地失去意识。照这一说，体即是用，离了体即没有用；灵魂是宗教家的大谎，人的身体一死什么都完了。这是最干脆不过的说法，我们活着时有这样有那样已经尽够麻烦，尽够受，谁还有兴致，谁还愿意到坟墓的那一边再去发生关系，地狱也许是黑暗的，天堂是光明的，但光明与黑暗的区别无非是人类专擅的假定，我们只要摆脱这皮囊，还归我清静，我不愿意头戴一个黄色的空圈子，合着手掌跪在云端里受罪！

再回到事实上来，我的祖母——一位神智最清明的老太太——究竟在那〔哪〕里？我既然不能断定她的灵感性因为神经部分的震裂便永远地消减，但同时她又分明地失却了表情的能力，我只能设想她人格的自觉性，也许比平时消淡了不少，却依旧是在着，像在梦魇里将醒未醒时似的，明知她的儿女孙曾不住地叫唤她醒来，明知她即使要永别也总还有多少的嘱咐，但是可怜她的睛球再不能反映外界的印象，她的声带与口舌再不能表达她内心的情意，隔着这脆弱的肉体的关系，她的性灵再不能与他最亲的骨肉自由的交通——也许她也在整夜地伴着我们焦急，伴着我们伤心，伴着我们出泪，这才是可怜，这才真叫人悲感哩！

十

　　到了八月二十七那天，离她起病的第十一天，医生吩咐脉象大大地变了，叫我们当心，这十一天内每天她很困难地只咽入几滴稀薄的米汤，现在她的面上的光泽也不如早几天了，她的目眶更陷落了，她的口部的筋肉也更宽弛了，她右手的动作也减少了，即使拿起了扇子也不再能很自然地扇动了——她的大限的确已经到了。但是到晚饭后，反是没有什么显象。同时一家人着了忙，准备寿衣的，准备冥银的，准备香灯的，等等。我从里走出外，又从外走进里，只见匆忙的脚步与严肃的面容。这时病人的大动脉已经微细得不可辨，虽则呼吸还不至怎样的急促。这时一门的骨肉已经齐集在病房里，等候那不可避免的时刻。到了十时光景，我和我的父亲正坐在房的那一头一张床上，忽然听得一个哭叫的声音说——"大家快来看呀，老太太的眼睛张大了！"这尖锐的喊声仿佛是一大桶的冰水浇在我的身上，我所有的毛管一齐竖了起来，我们跟跄地奔到了床前，挤进了人丛。果然，老太太的眼睛张大了，张得很大了！这是我一生从未见过，也是我一辈子忘不了的眼见的神奇。（恕罪我的描写！）不但是两眼，面容也是绝对地神变了（transfigured）；她原来皱缩的面上，发出一种鲜润的彩泽，仿佛半瘀的血脉，又一度充满了生命的液，她的口，她的两颊，也都回复了异样的丰润。同时她的呼吸渐渐地上升，急进的短促，现在已经几乎脱离了气管，只在鼻孔里脆响地呼出了。但是最神奇不过的是一双眼睛！她的瞳孔早已失去了收敛性，呆顿地放大了。但是最后那几秒钟！不但眼眶是充分地张开了，不但黑白分明，瞳孔锐利地紧敛了，并且放射着一种不可形容、不可信的辉光，我只能称它为"生命最集中的灵光"！这时候床前只是一片的哭声，子媳唤着娘，孙子唤着祖母，婢仆争喊着老太太，几个稚龄的曾孙，也跟着狂叫太太……但老太太最后的开眼，仿佛是与她亲爱的骨肉，作无言的诀别，我们都在号泣着送终，她也安慰了，她放心地去了。在几秒时内，死的黑影已经移上了老人的面部，遏灭了生命的异彩，她最后的呼气，正似水泡破裂，电光杳灭，菩提的一响，生命呼出了窍，什么都止息了。

十一

我满心充塞了死像的神奇，同时又须顾管我有病的母亲，她那时出性地号啕，在地板上滚着，我自己反而哭不出来。我自己也觉得奇怪，眼看着一家长幼的涕泪滂沱，耳听着狂沸似的呼抢号叫，我不但不发生同情的反应，反达到了一个超感情的，静定的，幽妙的意境，我想象着看见祖母脱离了躯壳与人间，穿着雪白的长袍，冉冉地上升天去，我只想默默地跪在尘埃，赞美她一生的功德，赞美她一生的圆寂。这是我的设想！我们内地人却没有这样纯粹的宗教思想；他们的假定是不论死的是高年厚德的老人，或是无知无怨的幼孩，或是罪大恶极的凶人，临到弥留的时刻总是一例的有无常鬼、摸壁鬼、牛头马面、赤发獠牙的阴差等等到门，拿着镣链枷锁，来捉拿阴魂到案。所以烧纸帛是平他们的暴戾，最后的呼抢是没奈何的诀别。这也许是大部分人临死时实在的情景，但我们却不能概定所有的灵魂都不免遭受这样的凌辱。譬如我们的祖老太太的死，我只能想象她是登天，只能想象她慈祥的神化——像那样鼎沸的号啕，固然是至性不能自禁，但我总以为不如匍匐隐泣或默祷，较为近情，较为合理。

理智发达了，感情便失了自然的浓挚；厌世主义的看来，眼泪与笑声一样是空虚的，无意义的。但厌世主义姑且不论，我却不相信理智的发达，会得妨碍天然的情感；如其教育真有效力，我以为效力就在剥削了不合理性的"感情作用"，但决不会有损真纯的感情；他眼泪也许比一般人流得少些，但他等到流泪的时候，他的泪才是应流的泪。我也是智识愈开流泪愈少的一个人，但这一次却也真的哭了好几次。一次是伴我的姑母哭的。她因为产后不曾复元〔原〕，所以一直瞒着她祖母的病，一直到了祖母故后的早上方才通知她。她扶病来了。她还不曾下轿，我已经听出她在啜泣，我一时感觉一阵的悲伤，等到她出轿放声时，我也在房中歔欷不住。又一次是伴祖母当年的赠嫁婢哭的。她比祖母小十一岁，今年七十三岁，亦已是个白发的婆子，她也来哭她的"小姐"，她是见着我祖母的花烛的唯一个人，她一哭我也哭了。

再有是伴我的父亲哭的。我总是觉得一个身体伟大的人，他动情感的时候，动人的力量也比平常人伟大些。我见了我父亲哭泣，我就忍不住要伴着淌泪。但是感动我最强烈的几次，是他一人倒在床里，反复地啜泣着，叫着妈，像一个小孩似的，我就感到最热烈的伤感，在他伟大的心胸里浪涛似的起伏，我就感到母子的感情的确是一切感情的起源与总结，等到一失慈爱的荫庇，仿佛一生的事业顿时莫有了根柢，所有的快乐都不能填平这唯一的缺陷；所以他这一哭，我也真哭了。

但是我的祖母果真是死了吗？她的躯体是的。但她是不死的。诗人勃兰恩德（Bryant）说：

So live, that when thy summons comes to join the innumerable caravan, which moves to that mysterious realm where each one takes His chamber in the silent halls of death, then go not, like the quarry slave at night scourged to his dungeon, but sustained and soothed.

By an unfaltering truth, approach thy grave like one that wraps the drapery of his couch, about him, and lies down to pleasant dreams.

如果我们的生前是尽责任的，是无愧的，我们就会安坦地走进我们的坟墓，我们灵魂里不会有惭愧或悔恨的啮痕。人生自生至死，如勃兰恩德的比喻，真是大队的旅客在不尽的沙漠中进行，只要良心有个安顿，到夜里你卧倒在帐幕里也就不怕噩梦来缠绕。

我的祖母，在那旧式的环境里，到我们家来五十九年，真像是做了长期的苦工，她何尝有一日的安闲，不必说子女的嫁娶，就是一家的柴米油盐，扫地抹桌，哪一件事不在八十岁老人早晚的心上！我的伯父快近六十岁了，但他的起居饮食，还差不多完全是祖母经管的，初出世的曾孙如其有些身热咳嗽，老太太晚上就睡不安稳；她爱我宠我的深情，更不是文学所能描写；她那深厚的慈荫，真是无所不包，无所不蔽。但她的身心即使劳碌了一生，她的报酬却在灵魂无上的平安；她的安慰就在她的儿女孙曾，只要我们能够步她的前例，各尽天定的责任，她在冥冥中也就永远地微笑了。

论青年

朱自清

冯友兰先生在《新事论·赞中华》篇里第一次指出现在一般人对于青年的估价超过老年之上。这扼要地说明了我们的时代。这是青年时代,而这时代该从五四运动开始。从那时起,青年人才抬起了头,发现了自己,不再仅仅地做祖父母的孙子、父母的儿子、社会的小孩子。他们发现了自己,发现了自己的群,发现了自己和自己的群的力量。他们跟传统斗争,跟社会斗争,不断地在争取自己的领导权甚至社会领导权,要名副其实地做新中国的主人。但是,像一切时代一切社会一样,中国的领导权掌握在老年人和中年人的手里,特别是中年人的手里。于是乎来了青年的反抗,在学校里反抗师长,在社会上反抗统治者。他们反抗传统和纪律,用怠工,有时也用挺击。中年统治者记得五四以前青年的沉静,觉着现在青年爱捣乱,惹麻烦,第一步打算压制下去。可是不成。于是乎敷衍下去。敷衍到了难以收拾的地步,来了集体训练,开出新局面,可是还得等着瞧呢。

青年反抗传统,反抗社会,自古已然,只是一向他们低头受压,使不出大力气，见得沉静罢了。家庭里父代和子代闹别扭是常见的，正是压制与反抗的征象。政治上也有老少两代的斗争，从汉朝的贾谊到戊戌六君子，例子并不少。中年人总是在统治的地位，老年人势力足以影响他们的地位时，就是老年时代，青年人势力足以影响他们的地位时，就是青年时代。老年和青年的势力互为消长，中年人却总是在位，因此无所谓中年时代。老年人的衰朽，是过去，青年人还幼稚，是将来，占有现在的只是中年人。他们一面得安慰老年人，培植青年人，一面也在讥笑前者，烦厌后者。安慰还是顺的，培植却常是逆的，所以更难。培植是凭中年人的学识经验做标准，大致要养成有为有守爱人爱物的中国人。青年却恨这种切近的典型的标准妨碍他们飞跃的理想。他们不甘心在理想还未疲倦的时候就被压进典型里去，所以总是挣扎着，在憧憬那海阔天空的境界。中年人不能了解青年人为什么总爱旁逸斜出不走正路，说是时代病。其实这倒是成德达材的大路；压迫的，挣扎着，材德的达成就在这两种力的平衡里。这两种力永恒地一步步平衡着，自古已然，不过现在更其表面化罢了。

  青年人爱说自己是"天真的""纯洁的"。但是看看这时代，老练的青年可真不少。老练却只是工于自谋，到了临大事、决大疑的时候，似乎又见得幼稚了。青年要求进步，要求改革，自然很好，他们有的是奋斗的力量。不过大处着眼难，小处下手易，他们的饱满的精力也许终于只用在自己的物质的改革跟进步上；于是骄奢淫逸，无所不为，有利无义，有我无人。中年里原也不缺少这种人，效率却赶不上青年的高。眼光小还可以有一步路，便是做自了汉〔指自管自身，了无牵挂的人〕，得过且过地活下去；或者更退一步，遇事消极，马马虎虎对付着，一点不认真。中年人里这两种也够多的。可是青年时就染上这些习气，未老先衰，不免更教人毛骨悚然。所幸青年人容易回头，"浪子回头金不换"，不像中年人往往将错就错，一直沉到底里去。

青年人容易脱胎换骨改样子，是真可以自负之处；精力足，岁月长，前路宽，也是真可以自负之处。总之可能多。可能多，倚仗就大，所以青年人狂。人说青年时候不狂，什么时候才狂？不错。但是这狂气到时候也得收拾一下，不然会忘其所以的。青年人爱讽刺，冷嘲热骂，一学就成，挥之不去；但是这只足以取快一时，久了也会无聊起来的。青年人骂中年人逃避现实、圆通、不奋斗、妥协，自有他们的道理。不过青年人有时候让现实笼罩住，伸不出头，张不开眼，只模糊地看到面前一段儿路，真是"前不见古人，后不见来者"。这又是小处。若是能够偶然到所谓"世界外之世界"里歇一下脚，也许可以将自己放大些。青年也有时候偏执不回，过去一度以为读书就不能救国救世的。那时蔡孑民先生却指出"读书不忘救国，救国不忘读书"。这不是妥协，而是一种权衡轻重的圆通观。懂得这种圆通，就可以将自己放平些。能够放大自己，放平自己，才有真正的"工作与严肃"，这里就需要奋斗了。

蔡孑民先生不愧人师，青年还是需要人师。用不着满口仁义道德，道貌岸然，也用不着一手摊经，一手握剑，只要认真而亲切地服务，就是人师。但是这些人得组织起来，通力合作。讲情理，可是不敷衍，重诱导，可还归到守法上。不靠婆婆妈妈气去乞怜青年人，不靠甜言蜜语去买好青年人，也不靠刀子手枪去示威青年人。只言行一致后先一致地按着应该做的放胆放手做去。不过基础得打在学校里；学校不妨尽量社会化，青年训练却还是得在学校里。学校好像实验室，可以严格地计划着进行一切；可不是温室，除非让它堕落到那地步。训练该注重集体的，集体训练好，个体也会改样子。人说教师只消传授知识就好，学生做人，该自己磨练〔炼〕去。但是得先有集体训练，教青年有胆量帮助人、制裁人，然后才可以让他们自己磨练〔炼〕去。这种集体训练的大任，得教师担当起来。现行的导师制注重个别指导，琐碎而难实践，不如缓办，让大家集中力量到集体训练上。学校以外倒是先有了集中训练，从集中军训起头，跟着来了各种训练班。前者似乎太单纯了，效果和预期差得多，后者好像还差不多。不过训练班至多只是百尺竿头更进一步，培植根基还得在学校里。在青年时代，学校的使命更重大了，中年教师的责任也更重大了，他们得任劳任怨地领导一群群青年人走上那成德达材的大路。

试 炼

夏丏尊

搬家到这里来以后,才知道附近有两所屠场。一所是大规模的西洋建筑,离我所住地方较远,据说所屠杀的大部分是牛。偶然经过那地方,除有时在近旁见到一车一车的血淋淋的牛肉或带毛的牛皮外,听不到什么恶声,也闻不到什么恶臭。还有一所是旧式的棚屋,所屠杀的大部分是猪。棚屋对河一条路是我出去回来常要经过的,白天看见一群群的猪被拷押着走过,闻着一股臭气,晚间听到凄惨的叫声。

我尚未戒肉食,平日吃牛肉,也吃猪肉,但见到血淋淋的整车的新从屠场运出来的牛体,听到一阵阵的猪的绝命时的惨叫,总觉得有些难当。牛肉车不是日日碰到的,有时远远地见到了就俯下了头,管自己走路让它通过,至于猪的惨叫是所谓"夜半屠门声",发作必在夜静人定以后。

我日里有板定的工作,探访酬酢及私务处理都必在夜间,平均一星期有三四日不在家里吃夜饭,回家来往往要到十点至十一点模样。有时坐洋车,有时乘电车在附近下车再步行。总之都不免听到这夜半的屠门声。

　　在离那儿数十步的地方已隐隐听到猪叫了。同时有好几只猪在叫,突然来一个尖利的曳长的声音,这不消说是一只猪绝命了的表出。不多时继续地又是这么尖利的一声。我坐在洋车上不禁要用手掩住耳朵,步行时总是疾速地快走,但愿这声音快些离开我的听觉范围,不敢再去联想什么,想象什么。到了听不见声音的地方,才把心放下,那情形宛如从噩梦里醒来一样。

　　为要避免这苦痛,我曾想减少夜间出外的次数,或到九点钟模样就回家来,可是事实常不许这样。尤其是废历年关的几天,我的外出的机会更多了。屠场的屠杀也愈增加了,甚至于白天经过,也要听到悲惨的叫声。

　　"世界是这样,消极地逃避是不可能的。你方才不是吃猪肉的吗?那末〔么〕为什么听到了杀猪就如此害怕?古来有志的名人为了要锻炼胆力,曾有故意到刑场去看行刑的事。现在到处有天灾人祸,世界大战又危机日迫,你如果连杀猪都要害怕,将来到了流血成河,杀人盈野的时候怎样?要改革现社会,就得先有和现社会罪恶对面的勇气,你如果能把猪的绝命的叫声老实谛听,或实地去参观杀猪的情形,也许因此会发起真正的慈悲心来,废止肉食。假的行为,毕竟只是对于自己的欺骗,不是好汉的气概!"有一天,在亲戚家里吃了年夜饭回来,我曾这样地在电车中自语。

钱的教育

梁实秋

讲到钱的去处,孩子们的意见永远不会和上一辈的相同,年轻人总觉得父母把钱系在肋骨上,每个大钱拿下来都是血淋淋的。钱永远没有足够的时候。正当的用钱的方法,是可以从小就加以训练的。

乌托邦的作者告诉我们说,在理想的国里,小孩子拿金钱当作玩具,孩子们可以由性地大把地抓钱,顺手丢来丢去地玩。其用意在使孩子把金钱看成司空见惯的东西,久之便觉得金钱这东西稀松平常,长大了之后自然也就不会过分地重视金钱,贪吝的毛病也就可以不至于犯了。

这理想恐怕终归是个理想吧?小孩子没有不喜欢耍枪弄棒的,长大之后更容易培养出尚武的精神。小孩子没有不喜欢飞机模型的,长大之后很可能对航空发生很大的兴趣。所以幼习俎豆,长大便成圣贤,这种故事不能不说有几分道理。小时候在钱堆里打滚,大了便不爱钱,这道理我却不敢深信。

事实上一般小孩子们所受的关于钱的教育,都是培养他对于钱的爱好。我们小时候，玩的不是钱，而常常是装钱的扑满。门口过来了一个小贩，吆喝着："小盆儿啊小罐儿啊！"往往不经我们的请求，大人就买一个瓦制的小扑满。大人告诉我们把钱一个个地放进那个小孔里面，积着，积着，积满了之后"扑"的一声摔碎，便可以有笔大钱。那一笔钱做什么用？从来没有人告诉我们。

以我个人而论，拿到一个扑满之后，我却是被这古怪的玩意儿所诱惑了，觉得怪有趣的，恨不得能立刻把它填满，我憧憬着将来有一天摔碎它时的那种快乐。

我手里难得有钱，钱是在母亲屋里的大木柜里锁着的，我手里的钱只有三种来源：一是过年时的压岁钱，或是客人来时给的红纸包的钱；一是自己生辰家里长辈给的钱；一是从每日点心费里积攒下来的节余。

有一点儿富余的钱，便急忙投进扑满，当的一声，怪好玩儿的。起初我对于这个小小的储蓄银行很感兴趣，不时地取出来摇摇，从那个小孔往里面窥看。

但是不久我就恍然，我是被骗了，因为我在想买冰糖葫芦或是糯米藕的时候，才明白那扑满里的钱是无法取出来用的，那窟窿太小，倒是倒不出来，用刀子拨也拨不出来，要摔又不敢，我开始明白这不是一个玩具，这是一个强迫储蓄的陷阱。

金钱这东西为什么是那样的宝贵，必须如此周密地储藏起来呢？扑满并没有给我养成储蓄的美德，反倒帮助我对于钱发生一种神秘的感觉。

有人主张绝对不给孩子们任何零钱，一切糖果玩具都已准备齐全，当然无从令孩子们去学习挥霍的本领。铜臭是越晚沾染人的双手越好。可是这种办法也有时效的限制,一离开家之后任何孩子都会立刻感觉到钱的重要。

我小的时候,每天上学口袋里放两个铜板,到学校可以买两套烧饼油条做早点吃,我本来也没有别的其他欲望,但是过了两天,学校门口来了一个卖糯米藕的小贩,围了一圈的小顾客,我挤进去一看,那小贩正在一片一片地切着一橛赭中带紫的东西,像是藕,可是孔里又塞着东西,切好之后浇一小勺红糖汁和一小勺桂花,令人馋涎欲滴!我咽了一口唾沫之后退出来了。

第二天仗着胆子去买一碟尝尝,却料不到起码要四个铜板才肯卖。我忍了两天没吃早点换到了一碟这个无名的美味。这是我有生以来第一次感觉到钱的用处,第一次感觉到没有钱的苦处。我相当地了解了钱的神秘。

钱的用处比较容易明白,钱从什么地方来,便比较难以了解。父母的柜子里、皮包里,不断地有钱的补充。但是从哪里来的呢?有人主张用实验的方法教导孩子:不工作便没有钱。

于是他们鼓励孩子们服务,按服务的多寡优劣而付给报酬。芟除庭草,一角钱;汲水浇花,一角钱;看家费,一角钱;投邮费,一角钱……这种办法有好处,可以让孩子知道钱不是白给的,是劳动换来的。但是也有流弊,"没有钱便不工作"。我看见过很多人家的孩子,不给钱便不肯写每天一页的大字,不给钱便死抱着桌脚不肯上学,不给钱便撒泼打滚不给你一刻安静的工夫去睡觉。

这样,钱的报酬的功用已经变成贿赂的功用了!"没有钱便不工作",这原则并不错,不过在家庭里应用起来,便谋杀了人与人之间的情分。似乎是太早地戕贼了人的性灵了。

如果把钱的教育写成一本书，我想也不过是上下二卷，上卷是钱怎样来，下卷是钱怎样去。

钱怎样来，只能由上一辈的人做一个榜样给下一辈的人看。示范的作用很大，孩子们无须很早地就实习。如果一个人的人生观和宇宙观都是从钱的方孔里望出去的，我相信他的孩子们一定会有一套拜金主义的心理。

如果一个人用各种欺骗舞弊的方法把钱弄到家里并不脸红，而且扬扬得意地自诩为能，甚而给孩子们也分润一点儿油水，我想这也就是很有效的一种教育，孩子长大必定会有从政经商的全副的本领。所谓家学渊源，在这一方面也应用得上。

有人主张，一个家庭的经济应该对孩子们公开，月底召开一次家庭会议，懂事的孩子们全都列席，家长报告账目和预算，让大家公开讨论。在这民主的形式之下，孩子们会养成一种自尊。大姐姐本来吵着买大衣，结果会自动放弃，移做弟弟妹妹买皮鞋用，大哥哥本来争着要置自行车，结果也会自动放弃，移做冬天买煤之用。这是良好习惯的养成。

钱用在比较需要的地方去。钱不但满足自己的物质的需要，还要顾及自己的内心的平安。这样的用钱的方法，值得一试。孩子们不一定永远是接受命令，他们也可以理解。

关于女子

徐志摩

苏州！谁能想象第二个地名有同样清脆的声音，能唤起同样美丽的联想，除是南欧的威尼市或翡冷翠，那是远在异邦，要不然我们就得追想到六朝时代的金陵广陵或许可以仿佛？当然不是杭州，虽则苏杭是常常连着说到的；杭州即使有几分美秀，不幸都教山水给占了去，更不幸就那一点儿也成了问题：你们不听说雷峰塔已经教什么国术大力士给打个粉碎，西湖的一汪水也教大什么会的电灯给照干了吗？不，不是杭州；说到杭州我们不由得觉得舌尖上有些儿发锈。所以只剩了一个苏州准许我们放胆地说出口，放心地拿上手。比如乐器中的笙箫，有的是袅袅的余韵。比如青青的柏子，有的是沁人心脾的留香。在这里，不比别的地处，人与地是相对无愧的；是交相辉映的；寒山寺的钟声与吴侬的软语一般地令人神往；虎丘的衰草与玄妙观的香烟同样地勾人留恋。

但是苏州——说也惭愧，我这还是第二次到，初次来时只匆匆地过了一宵，带走的只有采芝斋的几罐糖果和一些模糊的印象。就这次来也不得容易。要不是陈淑先生相请的殷勤。——聪明的陈淑先生，她知道一个诗人的软弱，她来信只淡淡地说你再不来时天平山经霜的枫叶都要凋谢了——要不是她相请的殷勤，我说，我真不知道几时才得偷闲到此地来，虽则我这半年来因为往返沪宁间每星期得经过两次，每星期都得感到可望而不可即的惆怅。

为再到苏州来我得感谢她。但陈先生的来信却不单单提到天平山的霜枫，她的下文是我这半月来的忧愁：她要我来说话——到苏州来向女同学们说话！我如何能不忧愁？

当然不是愁见诸位同学，我愁的是我现在这相儿，一个人孤伶伶〔零零〕地站在台上说话！我们这坐惯冷板凳、日常说废话的所谓教授们最厌烦的，不瞒诸位说，这是我们自己这无可奈何的职务——说话（我再不敢说讲演，那样粗蠢的字样在苏州地方是说不出口的）。

就说谈话吧，再让一步，说随便谈话吧，我不能想象更使人窘的事情！要你说话，可不指定要你说什么，"随便说些什么都行"，那天陈先生在电话里说。

你拿艳丽的朝阳给一只芙蓉或是一只百灵，它就对你说一番极美丽动听的话，即使它说过了你冒失地恭维它说你这"讲演"真不错，它也不会生气，也不会惭愧，但不幸我不是芙蓉更不是百灵。

我们乡里有一句俗话说宁愿听苏州人吵架，不愿听杭州人谈话。我的家乡又不幸是在浙江，距着杭州近，离着苏州远的地处。随便说话，随便说什么，果然我依了陈先生扯上我的乡谈，恐怕要不到三分钟你们都得想念你们房间里备着的八卦丹或是别的止头痛的药片了！

但陈先生非得逼我到，逼我献丑，写了信不够，还亲自到上海来邀。我不能不答应来。"但是我去说些什么呢,苏州,又是女同学们?"那天我放下陈先生的电话心头就开始踌躇。

不要忙,我自己安慰自己说,在上海不得空闲,到南京去有一个下午可以想一想。那天在车上倒是有福气看到镇江以西,尤其是栖霞山一带的雪叶。

虽则那早上是雾茫茫的,但雪总是好东西,它盖住地面的不平和丑陋,它也拓开你心头更清凉的境界,山变了银山,树成了玉树,窗以外是彻骨的凉,彻骨的静,不见一个生物,鸟雀们不知藏躲在哪里,雪花密团团地在半空里转。

栖霞那一带的大石狮子,雄踞在草田里张着大口向着天的怪东西,在雪地里更显得白,更显得壮,更见得精神。在那边相近还有一座塔,建筑雕刻,都是第一流的美术,最使人想见六朝的风流,六朝的闲暇。

在那时政治上没有统一的野心家;江以南,江以北,各自成家,汉也有,胡也有,各造各的文化。且不说龙门,且不说云冈,就这栖霞的一些遗迹,就这雄踞在草茆里的大石狮,已够使我们想见当时生活的从容,气魄的伟大,情绪的俊秀。

我们在现代感到的只是局促与匆忙。

我们真是忙,谁都是忙。忙到倦,忙到厌。但忙的是什么?为什么忙?我们的子孙在一千年后,如其我们的民族再活得到一千年,回看我们的时代,他们能不能了解我们的匆忙?

我们有什么东西遗留给他们可以使他们骄傲、宝贵,值得他们保存,证见我们的存在,认识我们的价值,可以使他们永久停留他们爱慕的纪念——如同那一只雄踞在草茆里的大石狮?

我们的诗人文人贡献了些什么伟大的诗篇与文章?我们的建

筑与雕刻，且不说别的，有哪样可以留存到一百年乃至十五年而还值得一看的？我们的画家怎样描写宇宙的神奇？

我们哪一个音乐家是在解释我们民族的性灵的奥妙？但这时候我眼望着的江边的雪地已经戏幕似的变形成为北方赤地几千里的灾区，黄沙天与黄土地的中间只有惨淡的风云，不见人烟的村庄，以及这里那里枝条上不留一片枯叶的林木。

我也望得见几千万已死的将死的未死的人民，在不可名状的苦难中为造物主的地面上留下永久的羞耻。

在他们迟钝的眼光中，他们分明说他们的心脏即使还在跳动，他们已经失去感觉乃至知觉的能力，求生或将死的呼号早已逼死在他们枯竭的咽喉里；他们分明说生活、生命，乃至单纯的生存已经到了绝对的绝境，前途只是沙漠似的浩瀚的虚无与寂灭，期待着他们，引诱着他们，如同春光，如同微笑，如同美。

我也望见钩结在连环战祸中的区域与民生；为了谁都不明白的高深的主义或什么的相互的屠杀，我也望见那少数的妖魔，踞坐在跸卫森严的魔窟中计较下一幕的布景与情节，为表现他们的贪，他们的毒，他们的野心，他们的威灵，他们手擎着全体民族的命运当作一掷的孤注。

我也望见这时代的烦闷毒气似的在半空里没遮拦地往下盖，被牺牲的是无量数春花似的青年。这憧憬中的种种都指点着一个归宿，一个结局——沙漠似的浩瀚的虚无与寂灭，不分疆界永不见光明的死。

我方才不还在眷恋着文化的消沉吗？

文化，文化，这呼声在这可怖的憧憬前，正如灾民苦痛的呼声，早已逼死在枯竭的咽喉里，再也透不出声音。但就这无声的叫喊已经在我的周围引起怪异的回响，像是哭，像是笑，像是鸱枭（鸮），像是鬼……

但这声响来源是我座位邻近一位肥胖的旅伴的雄伟的呵欠。在这呵欠声中消失了我重叠的幻梦似的憧憬，我又见到了窗外的雪，听到车轮的响动。下关的车站已经到了。

我能把我这一路的感想拉杂来充当我去苏州的谈话资料吗，我在从下关进城时心里计较。秀丽的苏州，天真的女同学们，能容受这类荒伧，即使不至怪诞的思想吗？

她们许因为我是教文学的想从我这听一些文学掌故或文学常识。但教书是无可奈何，我最厌烦的是说本行话。她们又许因为我曾经写过一些诗，是在期望一个诗人的谈话，那就得满缀着明月和明星的光彩，透着鲜花与鲜草的馨香，要不然她们竟许期待着雪莱的云雀或是济慈的夜莺。

我的倒像是鸱枭（鸮）的夜啼，不是太煞尽了风景？这我转念，或许是我的过虑，他们等着我去谈话正如他们每月或每星期等着别人去谈话一样，无非想听几句可乐的插科与诙谐（如其有的话，那算是好的），一篇，长或是短，勉励或训诲的陈腐（那是你们打呵欠乃至瞌睡的机会），或是关于某项专门知识的讲解（那你们先生们示意你们应得掏出铅笔在小本子上记下的），写了几句自己谦让道歉不曾预备得好的话，在这末尾与他鞠躬下台时你们多少问酬报他一些鼓掌，就算完事一宗，但事实上他讲的话，正如讲的人，不能希望（他自己也不希望）在你们的脑筋里留有仅仅隔夜的印象，某人不是到你们这里来讲过的吗？隔几天许有人问。

嗄，不错是有的，他讲些什么了？谁知道他讲什么来了，我一句也没有听进去,不是你提起,我忘都忘了我听过他讲哪!

这是一班到处应酬讲演人的下场头。

他们事实上也只配得这样的下场头。穷、窘、枯、干,同学们,是现代人们的生活。干、枯、窘、穷,同学们,是现代人们的思想。不要把上年纪的人们,占有名气或地位的人们看太高了,他们的苦衷只有他们自家得知,这年头的荒歉是一般的。

也不知怎的我想起来说些关于女子的杂话。不是女子问题。我不懂得科学,没有方法来解剖"女子"这个不可思议的现象。我也不是一个社会学家,搬弄着一套现成的名词来清理恋爱,改良婚姻或家庭。

我也没有一个道学家的权威,来督责女子们去做良妻贤母,或奖励她们去做不良的妻不贤的母。我没有任何解决或解答的能力。我自己所知道的只是我的意识的流动,就那个我也没有支配的力量。

就比是隔着雨雾望远山的景物,你只能辨认一个大概。也不知是哪里来的光照亮了我意识的一角,给我一个辨认的机会,我的困难是在想用粗笨的语言来传达原来极微纤的印象,像是想用粗笨的铁针来绣描细致的图案。

我今天所要查考的,所以,不是女子,更不是什么女子问题,而是我自己的意识的一个片段。我说也不知怎地我的思想转上了关于女子的一路。最显浅的原〔缘〕由,我想,当然是为我到一个女子学校里来说话。

但此外也还有别的给我暗示的机会。

有一天我在一家书店门首见着某某女士的一本新书的广告,书名是《蠹鱼生活》。这倒是新鲜,我想,这年头有甘心做书虫的女子。三百年来女子中多的是良妻贤母，多的是诗人词人，但出名的书虫不就是一位郝夫人王照圆女士吗？王照圆，清代经学家郝懿行之妻，长于训诂，亦擅文学，撰有《列女传补注》《诗经小记》。

这是一件事，再有是我看到一篇文章，英国一位名小说家〔指弗吉尼亚·伍尔芙〕做的，她说妇女们想从事著述至少得有两个条件：一是她得有她自己的一间屋子，这使她随时有关上或锁上的自由；二是她得有五百一年（那合华银有六千元）的进益。

她说的是外国的情形，当然和我们的相差得远，但原则还不一样是相通的？你们或许要说外国女人当然比我们强，我们怎好跟她们比；她们的环境要比我们的好多少，她们的自由要比我们的大多少；好，外国女人，先让我们的男人比上了外国的男人再说女人吧！

可是你们先别气馁，你们来听听外国女人的苦处。在Queen Anne〔安妮女王〕的时候，不说更早，那就是我们清朝乾隆的时候，有天才的贵族女子们（平民更不必说了）实在忍不住写下了些诗文就许往抽屉里堆着给蛀虫们享受，哪敢拿着作公开给庄严伟大的男子们看，那不让他们笑掉了牙。

男人是女人的"反对党"（The oppose faction），Lady Winchilsea〔温奇尔西伯爵夫人〕说。趁早，女人，谁敢卖弄谁活该遭殃，才学哪是你们的分！一个女人拿起笔就像是在做贼，谁受得了男人们的讥笑。

别看英国人开通，他们中间多的是写《妇学篇》的章实斋。倒是章先生〔章学诚〕那板起道学面孔公然反对女人弄笔墨还好受些。他们的蒲伯〔蒲柏〕，他们的John Gay〔约翰·盖伊〕，他们管爱文学有才情的女人叫作"蓝袜子",说她们放着家务不管,"痒痒的就爱乱涂"。Margaret of Newcastle〔玛格丽特·卡文迪什〕另一位才学的女子,也愤愤地说"女人像蝙蝠或猫头鹰似的活着,牲口似的工作,虫子似的死……"

且不说男人的态度,女性自己的谦卑也是可以的。Dorothy Osburne〔多萝西·奥斯本〕那位清丽的书翰家一写到那位有文才的爵夫人就生气,她说:"那可怜的女人准是有点儿偏心的,她什么傻事不做,倒来写什么书,又况是诗,那不太可笑了,要是我就算我半个月不睡觉我也到不了那个。"

奥斯朋〔奥斯本〕自己可没有想到自己的书翰在千百年后还有人当作宝贵的文学作品念着,反比那"有点儿偏心胆敢写书的女人"风头出得更大,更久!

再说近一点,一百年前英国出一位女小说家,她的地位,有一个批评家说,是离着莎士比亚不远的Jane Austen——她的环境也不见得比你们的强。实际上她更不如我们现代的女子。再说她也没有一间她自己可以开关的屋子,也没有每年多少固定的收入。她从不出门,也见不到什么有学问的人;她是一位在家里养老的姑娘,看到有限几本书,每天就在一间永远不得清静的公共起坐间里装作写信似的起草她的不朽的作品。"女人从没有半个钟头,"Florence Nightingale〔南丁格尔〕说,"女人从没有半个钟头可以说是她们自己的。"

再说近一点,白龙德〔勃朗特〕姊妹们,也何尝有什么安逸的生活。在乡间,在一个牧师家里,她们生,她们长,她们死。她们至多站在露台上望望野景,在雾茫茫的天边幻想大千世界的形形色色,幻想她们无颜色无波浪的生活中所不能的经验。

要不是她们卓绝的天才、蓬勃的热情与超越的想象，逼着她们不得不写，她们也无非是三个平常的乡间女子，郁死在无欢的家里，有谁想得到她们——光明的十九世纪于她们有什么相干，她们得到了些什么好处？

说起来还是我们的情形比她们的见强哪。

清朝的大文人王渔洋、袁子才、毕秋帆、陈碧城都是提倡妇女文学最大的功臣。要不是他们几位间接与直接的女弟子的贡献，清朝一代的妇女文学还有什么可述的？要不是他们那时对于女子做诗文做学问的铺张扬厉，我们那位文史通义先生也不至于破口大骂自失身份到这样可笑的地步。

他在《妇学》里面说——

> 近有无耻文人，以风流自命，蛊惑士女，大率以优伶杂剧所演才子佳人惑人。长江以南名门大家闺阁，多为所诱，征诗刻稿，标榜声名，无复男女之嫌，殆忘其身之雌矣。此等闺娃，妇学不修，岂有真才可取，而为邪人播弄，浸成风俗，人心世道，大可忧也。

章先生要是活到今天看见女子上学堂，甚至和男子同学，上衙门公司店铺工作和男子同事，进这个那个的党和男子同志，还不把他老人家活活地给气瘪了！

所以你们得记得就在英国，女权最发达的一个民族，女子的解放，不论哪一方面，都还是近时的事情。女子教育算不上一百年的历史。女子的财产权是五十年来才有法律保障的。女子的政治权还不到十年。

但这百年来女性方面的努力与成绩不能不说是惊人的。在百年以前的人类的文化可说完全是男性的成绩，女性即使有贡献是极有限的或至多是间接的，女子中当然也不少奇才异能，历史上不少出名的女子，尤其是文艺方面。

希腊的沙浮〔现通译莎福〕至今还是个奇迹。中世纪的Hypatia〔希帕蒂娅〕、Heloise〔埃洛伊兹〕是无可比的。英国的依利萨伯〔伊丽莎白一世〕，唐朝的武则天，她们的雄才大略，哪一个男子敢不低头？十八世纪法国的沙龙夫人们是多少天才和名著的保姆。

在中国，我们只要记起曹大家的汉书，苏若兰的回文，徐淑、蔡文姬、左九嫔的词藻，武曌的升仙太子碑，李若兰、鱼玄机的诗，李清照、朱淑真的词，明文氏的九骚——哪一个不是照耀百世的奇才异禀。

这固然是，但就人类更宽更大的活动方面看，女性有什么可以自傲的？有女莎士比亚女司马迁吗？有女牛顿女倍根〔现通译培根〕吗？有女柏拉图女但丁吗？就说到狭义的文艺，女性的成绩比到男性的还不是培娄比到泰山吗？你怪得男性傲慢，女性气馁吗？

在英国乃至在全欧洲，奥斯丁以前可以说女性没有一个成家的作者。从依利萨伯到法国革命查考得到的女子作品只是小诗与故事。

就中国论，清朝一代相近三百年间的女作家，按新近钱单夫人的《清闺秀艺文略》看，可查考的有二千三百一十二人之多，但这数目，按胡适之先生的统计，只有百分之一的作品是关于学问，例如考据历史、算学、医术，就那也说不上有什么重要的贡献，此外百分之九十九都是诗词一类的文学，而且妙的地方是这些诗集诗卷的题名，除了风花雪月一类的风雅，都是带着虚心道歉的意味，仿佛她们都不敢自信女子有公然著作成书的特权似的，都得声明这是她们正业以外的闲情，本算不上什么似的，因之不是绣余，就是爨余，不是红余，就是针余，不是脂余梭余，就是织余绮余（陈圆圆的职业特别些，她的词集叫《舞余词》），要不然就是焚余烬余未焚未烧未定一类的通套，再不然就是断肠泪稿一流的悲苦字样。（除了秋瑾的口气那是不同些）情形是如此，你怪得男性的自美，女性的气短吗？

但这文化史上女性远不如男性的情形自有种种的解释，自然的趋势，男性当然不能借此来证明女子的能力根本不如男子，女性也不能完全推托到男性有意的压迫。谁要奇怪女性的迟缓，要问何以女权论要等到玛丽乌尔夫顿克辣夫德〔现通译玛丽·沃斯通克拉夫特〕方有具体的陈词，只须记得人权论本身也要到相差不远的日子才出世。

人的思想的能力是奇怪的，有时他连窜带跳地在短时期内发见了很多，例如希腊黄金时代与近一百五十年来的欧洲，有时睡梦迷糊地在长时期一无新鲜，例如欧洲的中世纪或中国的明代。

它不动的时候就像是冬天，一切都是静定的无生气的，就像是生命再不会回来，但它一动的时候那就比是春雷的一震，转眼间就是蓬勃绚烂的春时。

在欧洲从亚理斯多德〔现通译亚里士多德〕直到卢梭乃至叔本华，没有一个思想家不承认男女的不平等是当然的，绝对不值得并且也无从研究的；即使偶有几个天才不容自掩的女子，在中国我们叫作才女，那还是客气的，如同叫长花毛的鸭作锦鸡，在欧洲百年前叫作蓝袜子，那就不免有嘲笑的意思。

但自从约翰弥勒〔现通译约翰·穆勒〕纯正通达论妇女论的大文出世以来，在理论上，所有女性不如男性或是女性不能和男性享受平等机会以及共同负责文化社会的生存与进步的种种谬见、偏见与迷信都一齐从此失去了根据，在事实上，在这百年来女性自强的努力也已经显明地证明，女性只要有同等的机会不论在哪样事情上都不能比男性不如；人类的前途展开了一个伟大的新的希望，就是此后文化的发展是两性共同的企业，不再是以前似的单性的活动。

在这百年来虽则在别的方面人类依然不免继续他们的谬误、愚蠢、固执、迷信，但这百余年是可纪念的，因为这至少是一个女性开始光荣的世纪。在政治上，在社会上，在法律与道德上，在理论方面，至少女性已经争得与男性完全平等的地位。

在事实上，女子的职业一天比一天增多，我们现在不易想象一种职业男性可以胜任而女性不能的——也许除了实际的上战场去打仗，但这种职业我们都希望将来有完全淘汰的一天，我们决不希望温柔的女性在任何情形下转变成善斗杀的凶恶。

文学与艺术不用说，女子是早就占有地位的，但近百年来的扩大也是够惊人的。诗人就说白郎〔朗〕宁夫人、罗刹蒂小姐、梅耐儿夫人三个名字已经是够辉煌的。小说更不用说，英美的出版界已有女作家超过男作家的趋势，在品质方面一如数量。George Eliot〔乔治·艾略特〕，George Sand〔乔治·桑〕，Brontë Sisters〔勃朗特姐妹〕，近时如曼殊斐儿、薇金娜吴尔夫〔现通译弗吉尼亚·伍尔夫〕等等都是卓成家为文学史上增加光彩的作者。

演剧方面如沙拉贝娜、Duse〔杜丝〕、Ellen Terry〔埃伦·特里），都是人类永久不可磨灭的记忆。论跳舞，女子的贡献更分明地超过男子，我们不能想象一个男性的 Isadora Duncan〔伊莎多拉·邓肯〕。

音乐、画、雕刻，女子出人头地的也在天天地加多，科学与哲学，向来是男性的专业，但跟着教育的发展女子的贡献也在日渐地继长增高。你们只须记起 Madame Curie〔居里夫人〕就可以无愧。

讲到学问，现在有哪一门女子提不起来的。

但这情形，就按最先进几国说，至多也不过一百年来的事，然而成绩已有如此的可观。再过了两千年，我想，男子多半再不敢对女子表示性的傲慢。

将来的女子自会有她们的莎士比亚、倍根、亚理斯多德、卢梭，正如她们在帝王中有过依利萨伯、武则天，在诗人中有过白郎宁、罗刹蒂，在小说家中有过奥斯丁与白龙德姊妹。

我们虽则不敢预言女性竟可以有完全超越男性的一天，但我们很可以放心地相信此后女性对文化的贡献比现在总可以超过无量倍数，到男子要担心到他的权威有摇动的危险的一天。

但这当然是说得很远的话。

按目前情形，尤其是中国的，我们一方面固然感到女子在学问事业日渐进步的兴奋与快慰，但同时我们也深刻地感觉到种种阻碍的势力，还是很活动地在着。我们在东方几乎事事是落后的，尤其是女子，因为历史长，所以习惯深，习惯深所以解放更觉费力。

不说别的，中国女子先就忍就了几千年身体方面绝无理性可说的束缚，所以人家的解放是从思想作起点，我们先得从身体解放起。我们的脚还是昨天放开的，我们的胸还是正在开放中。

事实上固然这一代的青年已经不至感受身体方面的束缚，但不幸长时期的压迫或束缚是要影响到血液与神经的组织的本体的。即如说脚，你们现有的固然是极秀美的天足，但你们的血液与纤维中，难免还留着几十代缠足的鬼影。

又如你们的胸部虽已在解放中，但我知道有的年轻姑娘们还不免感到这解放是一种可羞的不便。所以单说身体，恐怕也得至少到你们的再下去三四代才能完全实现解放，恢复自然发长的愉快与美。

身体方面已然如此，别的更不用说了。

再说一个女子当然还不免做妻做母，单就生产一件事说，男性就可以无忌惮地对女性说"这你总逃不了，总不能叫我来替代你吧"！事实上的确有无数本来在学问或事业上已经走上路的女子，为了做妻做母的不可避免临了只能自愿或不自愿地牺牲光荣的成就的希望。

这层的阻碍说要能完全去除，当然是不可能的，但按现今种种的发明与社会组织与制度逐渐趋向合理的情形看，我们很可以设想这天然阻碍的不方便性消解到最低限度的一天。

有了节育的方法，比如说，你就不必有生育，除了你自愿，如此一个女子很容易在她几十年的生活中匀出几个短期间来尽她对人类的责任。还有将来家庭的组织也一定与现在的不同，趋势是在去除种种不必要精力的消耗（如同美国就有新法的合作家庭，女子管家的担负不定比男子的重，彼此一样可以进行各人的事业）。

所以问题倒不在这方面。成问题的是女子心理上母性的牢不可破，那与男子的父性是相差得太远了。我来举一个例。近代最有名的跳舞家 Isadora Duncan 在她的自传里说她初次生产时的心理，我觉得她说得非常的真。

在初怀孕时她觉得处处的不方便，她本是把她的艺术——舞——看得比她的生命都更重要的，她觉得这生产的牺牲是太无谓了。尤其是在生产时感到极度的痛苦时（她的是难产）她是恨极了上帝叫女人担负这惨毒的义务；她差一点死了。

但等到她的孩子一下地，等到看护把一个稀小的喷香的小东西偎到她身旁去吃奶时，她的快乐，她的感激，她的兴奋，她的母爱的激发，她说，简直是不可名状。

在那时间她觉得生命的神奇与意义——这无上的创造——是绝对盖倒一切的，这一相比，她原来看作比生命更重要的艺术顿时显得又小又浅，几乎是无所谓的了。在那时间把母性的意识完全盖没了后天的艺术家的意识。

上帝得了胜了！这，我说，才真是成问题，倒不在事实上三两个月的身体的不便。这根蒂深而力道强的母性当然是人生的神秘与美的一个重要成分，但它多少总不免阻碍女子个人事业的进展。

所以按理论说男女的机会是实在不易说成完全平等的，天生不是一个样子你有什么办法？但我们也只能说到此，因为在一个女子，母性的人格，母性的实现，按理是不应得与她个人的人格、个性的实现相冲突的。

除了在不合理的或迷信打底的社会组织里，一个女子做了妻母再不能兼顾别的，她尽可以同时兼顾两种以上的资格，正如一个男子的父性并不妨害他的个性。就说 Duncan，她不能不说是一个母性特强（因为情感富强）的女子，但她事实上并不曾为恋爱与生育而至放弃她的艺术追求。她一样完成了她的艺术。此外做女子的不方便当然比男子的多，但那些都是比较不重要的。

我们国内的新女子是在一天天可辨认的长成，从数千年来有形与无形的束缚与压迫中渐次透出性灵与身体的美与力，像一支在箨裹中透露着的新笋。有形的阻碍，虽则多，虽则强有力，还是比较容易克除的，无形的阻碍，心理上，意识与潜意识的阻碍，倒反需要更长时间与努力方有解脱的可能。

　　分析地说，现社会的种种都还是不适宜于我们新女子的长成的。我再说一个例，比如演戏，你认识戏的重要，知道它的力量。你也知道你有舞台表演的天赋。那为你自己，为社会，你就得上舞台演戏去不是？这时候你就逢到了阻力。积极的或许你家庭的守旧与固执。消极的或许你觅不到相当的同志与机会。这些就算都让你过去，你现在到了另一个难关。

　　有一个戏非你充不可，比如说，那碰巧是个坏人，那是说按人事上习惯的评判，在表现艺术上是没有这种区分的，艺术须要你做，但你开始踌躇了。说一个实例，新近南国社演的《沙乐美》，那不是一个贞女，也不是一个节妇。有一位俞女士，她是名门世家的一位小姐，去担任主角。她只知道她当前表现的责任。事实上她居然排除了不少的阻难而登台演那戏了。有一晚她正演到要热慕地叫着"约翰我要亲你的嘴"，她瞥见她的母亲坐在池子里前排瞪着怒眼望着她，她顿时萎了，原来有热有力的音声与诗句几于嗫嚅地勉强说过了算完事。她觉得她再也鼓不住她为艺术的一往的勇气，在她母亲怒目的一视中，艺术家的她又萎成了名门世家事事依傍着爱母的小姐——艺术失败了！习惯胜利了！

　　所以我说这类无形的阻碍力量有时更比有形的大。方才说的无非是现成的一个例。在今日一个女子向前走一个步都得有极大的决心和用力，要不然你非但不上前，你难说还向后退——根性、习惯、环境的势力,种种都牵掣着你,阻拦着你。

但你们各个人的成或败于未来完全性的新女子的实现都有关系。你多用一分力,多打破一个阻碍,你就多帮助一分,多便利一分新女子的产生。简单说,新女子与旧女子的不同是一个程度,不定是种类的不同。

要做一个新女子,做一个艺术家或事业家,要充分发展你的天赋,实现你的个性,你并没有必要不做你父母的好女儿,你丈夫的好妻子,或是你儿女的好母亲——这并不一定相冲突的(我说不一定因为在这发轫时期难免有各种牺牲的必要,那全在你自己判清了利弊来下决断)。

分别是在旧观念是要求你做一个扁人,纸剪似的没有厚度没有血脉流通的活性,新观念是要你做一个真的活人,有血有气有肌肉有生命有完全性的!这有完全性要紧的——一个活人。

这分别是够大的,虽则话听来不出奇。旧观念叫你准备做妻做母,新观念并非不叫你准备做妻做母,但在此外先要你准备做人,做你自己。从这个观点出发,别的事情当然都换了透视。

我看古代留传下来的女作家有一个有趣味的现象。她们多半会写诗,就是说拿她们的心思写成可诵的文句。按传说说,至少一个女子的文才多半是有一种防身作用,比如现在上海有钱人穿的铁马甲。

从《周南》的蔡人妻作的"三章",《召南》申人女"行露三章",卫共姜"柏舟诗",《陈风·墓门》,陶婴《黄鹄歌》,宋韩凭妻"南山有乌"句乃至罗敷女《陌上桑》,都是全凭编了几句诗歌,而得幸免男性的侵凌的。还有卓文君写了《白头吟》,司马相如即不娶姨太太,苏若兰制了回文诗,扶风窦滔也就送掉他的宠妾。

唐朝有几个宫妃在红叶上题了诗从御沟里放流出外因而得到夫婿的。("一入深宫里,无由得见春。题诗花叶上,寄与接流人。")

此外更有多少女子作品不是慕就是怨。

如是看来文学之于古代妇女多少都是于她们婚姻问题发生密切关系的。这本来是,有人或许说,就现在女子念书的还不是都为写情书的准备,许多人家把女孩送进学校的意思还不无非是为了抬高她在婚姻市场上的卖价?这类情形当然应得书篇似的翻阅过去,如其我们盼望新女子及早可以出世。

这态度与目标的转变是重要的。

旧女子的弄文墨多少是一种不必要的装饰;新女子的求学问应分是一种发见个性必要的过程。旧女子的写诗词多少是抒写她们私人遭际与偶尔的情感;新女子的志向应分是与男子共同继承并且继续生产人类全部的文化产业。

旧女子的事业是承认"女子无才便是德"的大条件而后红着脸做的事情,因而绣余炊余一流的道歉;新女子的志愿是要为报复那一句促狭的造孽格言而努力给男性一个不容否认的反证。

旧女子有才学的理想是李易安的早年的生涯——当然不一定指她的"被翻红浪,起来慵自梳头"一类的艳思——嫁一个风流跌宕一如赵明诚公子的夫婿("赖有闺房如学舍,一编横放两人看")过一些风流而兼风雅的日子;

新女子——我们当然不能不许她私下期望一个风流的有情郎("易求无价宝,难得有情郎"),但我们却同时期望她虽则身体与心肠的温柔都给了她的郎,她的天才她的能力却得贡献给社会与人类。

贰

随着日子往前走，总有新的故事值得期盼

在摆烂的日子里,也有在好好生活

骂人的艺术

梁实秋

古今中外没有一个不骂人的人。骂人就是有道德观念的意思，因为在骂人的时候，至少在骂人者自己总觉得那人有该骂的地方。何者该骂，何者不该骂，这个抉择的标准，是极道德的。所以根本不骂人，大可不必。骂人是一种发泄感情的方法，尤其是那一种怨怒的感情。想骂人的时候而不骂，时常在身体上弄出毛病，所以想骂人时，骂骂何妨。

但是，骂人是一种高深的学问，不是人人都可以随便试的。有因为骂人挨嘴巴的，有因为骂人吃官司的，有因为骂人反被人骂的，这都是不会骂人的原〔缘〕故。今以研究所得，公诸同好，或可为骂人时之一助乎？

一　知己知彼

骂人是和动手打架一样的，你如其敢打人一拳，你先要自己忖度下，你吃得起别人的一拳否。这叫作知己知彼。骂人也是一样。譬如你骂他是"屈死"，你先要反省，自己和"屈死"有无分别。你骂别人荒唐，你自己想想曾否吃喝嫖赌。否则别人回敬你一二句，你就受不了。所以别人有着某种短处，而足下也正有同病，那么你在骂他的时候只得割爱。

二　无骂不如己者

要骂人须要挑比你大一点的人物，比你漂亮一点的或者比你坏得万倍而比你得势的人物。总之，你要骂人，那人无论在好的一方面或坏的一方面都要能胜过你，你才不吃亏的。你骂大人物，就怕他不理你，他一回骂，你就算骂着了。在坏的一方面胜过你的，你骂他就如教训一般，他即便回骂，一般人仍不会理会他的。假如你骂一个无关痛痒的人，你越骂他他越得意，时常可以把一个无名小卒骂出名了，你看冤与不冤？

三　适可而止

骂大人物骂到他回骂的时候，便不可再骂；再骂则一般人对你必无同情，以为你是无理取闹。骂小人物骂到他不能回骂的时候，便不可再骂；再骂下去则一般人对你也必无同情，以为你是欺负弱者。

四　旁敲侧击

他偷东西，你骂他是贼；他抢东西，你骂他是盗，这是笨伯。骂人必须先明虚实掩映之法，须要烘托旁衬，旁敲侧击，于要紧处只一语便得，所谓杀人于咽喉处著〔着〕刀。越要骂他你越要原谅他，即便说些恭维话亦不为过，这样的骂法才能显得你所骂的句句是真实确凿，让旁人看起来也可见得你的度量。

五　态度镇定

骂人最忌浮躁。一语不合，面红筋跳，暴躁如雷，此灌夫骂座，泼妇骂街之术，不足以骂人。善骂者必须态度镇静，行若无事。普通一般骂人，谁的声音高便算谁占理，谁来得势猛便算谁骂赢，惟〔唯〕真善骂人者，乃能避其锋而击其懈。你等他骂得疲倦的时候，你只消轻轻地回敬他一句，让他再狂吼一阵。在他暴躁不堪的时候，你不妨对他冷笑几声，包管你不费力气，把他气得死去活来，骂得他针针见血。

六　出言典雅

骂人要骂得微妙含蓄，你骂他一句要使他不甚觉得是骂，等到想过一遍才慢慢觉悟这句话不是好话，让他笑着的面孔由白而红，由红而紫，由紫而灰，这才是骂人的上乘。欲达到此种目的，深刻之用词故不可少，而典雅之言词尤为重要。言词典雅则可使听者不致刺耳。如要骂人骂得典雅，则首先要在骂时万万别提起女人身上的某一部分，万万不要涉及生理学范围。骂人一骂到生理学范围以内，底下再有什么话都不好说了。譬如你骂某甲，千万别提起他的令堂令妹。因为那样一来，便无是非可言，并且你自己也不免有令堂令妹，他若回敬起来，岂非势均力敌，半斤八两？再者骂人的时候，最好不要加人以种种难堪的名词，称呼起来总要客气，即使他是极卑鄙的小人，你也不妨称他先生，越客气，越骂得有力量。骂的时节最好引用他自己的词句，这不但可以使他难堪，还可以减轻他对你骂的力量。俗话少用，因为俗话一览无遗，不若典雅古文曲折含蓄。

七　以退为进

两人对骂，而自己亦有理屈之处，则处于开骂伊始，特宜注意，最好是毅然将自己理屈之处完全承认下来，即使道歉认错均不妨事。先把自己理屈之处轻轻遮掩过去，然后你再重整旗鼓，着着逼人，方可无后顾之忧。即使自己没有理屈的地方，也绝不可自行夸张，务必要谦逊不遑，把自己的位置降到一个不可再降的位置，然后骂起人来，自有一种公正光明的态度。否则你骂他一两句，他便以你个人的事反唇相讥，一场对骂，会变成两人私下口角，是非曲直，无从判断。所以骂人者自己要低声下气，此所谓以退为进。

八　预设埋伏

你把这句话骂过去,你便要想想看,他将用什么话骂回来。有眼光的骂人者,便处处留神,或是先将他要骂你的话替他说出来,或是预先安设埋伏,令他骂回来的话失去效力。他骂你的话,你替他说出来,这便等于缴了他的械一般。预设埋伏,便是在要攻击你的地方,你先轻轻地安下话根,然后他骂过来就等于枪弹打在沙包上,不能中伤。

九　小题大做

如对方有该骂之处,而题目甚小,不值一骂,或你所知不多,不足一骂,那时节你便可用小题大做的方法,来扩大题目。先用诚恳而怀疑的态度引申对方的意思,由不紧要之点引到大题目上去,处处用严谨的逻辑逼他说出不逻辑的话来,或是逼他说出合于逻辑但不合乎理的话来,然后你再大举骂他,骂到体无完肤为止,而原来惹动你的小题目,轻轻一提便了。

十　远交近攻

一个时候,只能骂一个人,或一种人,或一派人。决不宜多树敌。所以骂人的时侯，万勿连累旁人，即使必须牵涉多人，你也要表示好意，否则回骂之声纷至沓来，使你无从应付。

　　骂人的艺术，一时所能想起来的有上面十条，信手拈来，并无条理。我做此文的用意，是助人骂人。同时也是想把骂人的技术揭破一点，供爱骂人者参考。挨骂的人看看，骂人的心理原来是这样的，也算是揭破一张黑幕给你瞧瞧！

有了小孩以后

老舍

艺术家应以艺术为妻,实际上就是当一辈子光棍儿。在下闲暇无事,往往写些小说,虽一回还没自居过文艺家,却也感觉到家庭的累赘。每逢困于油盐酱醋的灾难中,就想到独人一身,自己吃饱便天下太平,岂不妙哉。

家庭之累,大半由儿女造成。先不用提教养的花费,只就淘气哭闹而言,已足使人心慌意乱。小女三岁,专会等我不在屋中,在我的稿子上画圈拉杠,且美其名曰"小济会写字"!把人要气没了脉,她到底还是有理!再不然,我刚想起一句好的,在脑中盘旋,自信足以愧死莎士比亚,假若能写出来的话。当是时也,小济拉拉我的肘,低声说:"上公园看猴?"于是我至今还未成莎士比亚。小儿一岁整,还不会"写字",也不晓得去看猴,但善亲亲,闭眼,张口展览上下四个小牙。我若没事,请求他闭眼,露牙,小胖子总会东指西指地打岔。赶到我拿起笔来,他那一套全来了,不但亲脸,闭眼,还"指"令我也得表演这几招。有什么办法呢?!

这还算好的。赶到小济午后不睡，按着也不睡，那才难办。到这么四点来钟吧，她的困闹开始，到五点钟我已没有人味。什么也不对，连公园的猴都变成了臭的，而且猴之所以臭，也应当由我负责。小胖子也有这种困而不睡的时候，大概多数是与小济同时发难。两位小醉鬼一齐找毛病，我就是诸葛亮恐怕也得唱空城计，一点办法没有！在这种干等束手被擒的时候，偏偏会来一两封快信——催稿子！我也只好闹脾气了。不大一会儿，把太太也闹急了，一家大小四口，都成了醉鬼，其热闹至为惊人。大人声言离婚，小孩怎说怎不是，于离婚的争辩中瞎打混。一直到七点后，二位小天使已困得动不得，离婚的宣言才无形地撤销。这还算好的。遇上小胖子出牙，那才真教厉害，不但白天没有情理，夜里还得上夜班。一会儿一醒，若被针扎了似的惊啼，他出牙，谁也不用打算睡。他的牙出利落了，大家全成了红眼虎。

不过，这一点也不妨碍家庭中爱的发展，人生的巧妙似乎就在这里。记得 Frank Harris（弗兰克·哈里斯）仿佛有过这么点记载：他说王尔德为那件不名誉的案子过堂被审，一开头他侃侃而谈，语多幽默。及至原告提出几个男妓作证人，王尔德没了脉，非失败不可了。Harris 以为王尔德必会说："我是个戏剧家，为观察人生，什么样的人都当交往。假若我不和这些人接触，我从哪里去找戏剧中的人物呢？"可是，王尔德竟自没这么答辩，官司就算输了！

把王尔德且放在一边；艺术家得多去经验，Harris 的意见，假若不是特为王尔德而发的，的确是不错。连家庭之累也是如此。还拿小孩们说吧——这才来到正题——爱他们吧，嫌他们吧，无论怎说，也是极可宝贵的经验。

在没有小孩的时候，一个人的世界还是未曾发现美洲的时候的。小孩是科仑布〔哥伦布〕，把人带到新大陆去。这个新大陆并不很远，就在熟习的街道上和家里。你看，街市上给我预备的，在没有小孩的时候，似乎只有理发馆、饭铺、书店、邮政局等。我想不出婴儿医院、糖食店、玩具铺等等的意义。连药房里的许许多多婴儿用的药和粉，报纸上婴儿药片的广告，百货店里的小袜子小鞋，都显着多此一举，劳而无功。及至小天使自天飞降，我的眼睛似乎戴上了一双放大镜，街市依然那样，跟我有关系的东西可是不知增加了多少倍！婴儿医院不但挂着牌子，敢情里边还有医生呢。不但有医生，还是挺神气，一点也得罪不得。拿着医生所给的神符，到药房去，敢情那些小瓶子小罐都有作用。不但要买瓶子里的白汁黄面和各色的药饼，还得买瓶子罐子、轧粉的钵、量奶的漏斗、乳头，卫生尿布，玩意儿多多了！百货店里那些小衣帽、小家具，也都有了意义；原先以为多此一举的东西，如今都成了非它不行；有时候铺中缺乏了我所要的那一件小物品，我还大有看不起他们的意思：既是百货店，怎能不预备这件东西呢？！慢慢地，全街上的铺子，除了金店与古玩铺，都有了我的足迹；连当铺也走得怪熟。铺中人也渐渐熟识了，甚至可以随便闲谈，以小孩为中心，谈得颇有味儿。伙计们，掌柜们，原来不仅是站柜做买卖，家中还有小孩呢！有的铺子，竟自敢允许我欠账，仿佛一有了小孩，我的人格也好了些，能被人信任。三节的账条来得很踊跃，使我明白了过节过年的时候怎样出汗。

小孩使世界扩大，使隐藏着的东西都显露出来。非有小孩不能明白这个。看着别人家的孩子，肥肥胖胖，整整齐齐，你总觉得小孩们理应如此，一生下来就戴着小帽，穿着小袄，好像小雏鸡生下来就披着一身黄绒似的。赶到自己有了小孩,才能晓得事情并不这么简单。一个小娃娃身上穿戴着全世界的工商业所能供给的,给全家人以一切啼笑爱怨的经验,小孩的确是位小活神仙!

有了小活神仙,家里才会热闹。窗台上,我一向认为是摆花的地方。夏天呢,开着窗,风儿轻轻吹动花与叶,屋中一阵阵的清香。冬天呢,阳光射到花上,使全屋中有些颜色与生气。后来,有了小孩,那些花盆很神秘地都不见了,窗台上满是瓶子罐子,数不清有多少。尿布有时候上了写字台,奶瓶倒在书架上。大扫除才有了意义,是的,到时候非痛痛快快地收拾一顿不可了,要不然东西就有把人埋起来的危险。上次大扫除的时候,我由床底下找到了但丁的《神曲》。不知道这老家伙干吗在那里藏着玩呢!

人的数目也增多了,而且有很多问题。在没有小孩的时候,用一个仆人就够了,现在至少得用俩。以前,仆人"拿糖",满可以暂时不用;没人做饭,就外边去吃,谁也不用拿捏谁。有了小孩,这点豪气乘早收起去。三天没人洗尿布,屋里就不要再进来人。牛奶等项是非有人管理不可,有儿方知卫生难,奶瓶子一天就得烫五六次;没仆人简直不行!有仆人就得捣乱,没办法!

好多没办法的事都得马上有办法,小孩子不会等着"国联"慢慢解决儿童问题。这就长了经验。半夜里去买药,药铺的门上原来有个小口,可以交钱拿药,早先我就不晓得这一招。西药房里敢情也打价钱,不等他开口,我就提出:"还是四毛五?"这个"还是"使我省五分钱,而且落个行家。这又是一招。找老妈子有作坊,当票儿到期还可以入利延期,也都被我学会。没功夫细想,大概自从有了儿女以后,我所得的经验至少比一张大学文凭所能给我的多着许多。大学文凭是由课本里掏出来的,现在我却念着一本活书，没有头儿。

连我自己的身体现在都会变形，经小孩们的指挥，我得去装马装牛，还须装得像个样儿。不但装牛像牛，我也学会牛的忍性，小胖子觉得"开步走"有意思，我就得百走不厌；只做一回，绝对不行。多咱他改了主意，多咱我才能"立正"。在这里，我体验出母性的伟大，觉得打老婆的人们满该下狱。

中秋节前来了个老道，不要米，不要钱，只问有小孩没有？看见了小胖子，老道高了兴，说十四那天早晨须给小胖子左腕上系一根红线，备清水一碗，烧高香三炷，必能消灾除难。右邻家的老太太也出来看，老道问她有小孩没有，她惨淡地摇了摇头。到了十四那天，倒是这位老太太的提醒，小胖子的左腕上才拴了一圈红线。小孩子征服了老道与邻家老太太。一看胖手腕的红线，我觉得比写完一本伟大的作品还骄傲，于是上街买了两尊兔子王，感到老道、红线、兔子王，都有绝大的意义！

我的理想家庭

老舍

一个二十多岁的小伙子，讲恋爱，讲革命，讲志愿，似乎天地之间，唯我独尊，简直想不到组织家庭——结婚即是爱的坟墓，家庭根本上是英雄好汉的累赘。

及至过了三十，革命成功与否，事情好歹不论，反正领略够了人情世故，壮气就差点事儿了。虽然明知家庭之累，等于投胎为马为牛，可是人生总不过如此，多少也都得经验一番，既不坚持独身，结婚倒也还容易。于是发帖子请客，笑着开驶倒车，苦乐容或相抵，反正至少凑个热闹。

到了四十，儿女已有二三，贫也好富也好，自己认头苦曳，对于年轻的朋友已经有好些个事儿说不到一处，而劝告他们老老实实地结婚，好早生儿养女，即是话不投缘的一例。到了这个年纪，设若还有理想，必是理想的家庭。倒退二十年，连这么一想也觉泄气。

人生的矛盾可笑即在于此，年轻力壮，力求事事出轨，决不甘为火车；及至中年，心理的，生理的，种种理的什么什么，都使他不但非作火车不可，且作货车焉。把当初与现在一比较，判若两人，足够自己笑半天的！或有例外，实不多见。

明年我就四十了，已具说理想家庭的资格：大不必吹，盖亦自嘲。

我的理想家庭要有七间小平房：一间是客厅，古玩字画全非必要，只要几把很舒服宽松的椅子，一二小桌。一间书房，书籍不少，不管什么头版与古本，而都是我所爱读的；一张书桌，桌面是中国漆的，放上热茶杯不至烫成个圆白印；文具不讲究，可是都很好用；桌上老有一两枝鲜花，插在小瓶里。

两间卧室，我独居一间，没有臭虫，而有一张极大极软的床。在这个床上，横睡直睡都可以，不论咋睡都一躺下就舒服合适，好像陷在棉花堆里，一点也不碰硬骨头。还有一间，是预备给客人住的。此外是一间厨房，一个厕所，没有下房，因为根本不预备用仆人。家中不要电话，不要播音机，不要留声机，不要麻将牌，不要风扇，不要保险柜。缺乏的东西本来很多，不过这几项是故意不要的，有人白送给我也不要。

院子必须很大，靠墙有几株小果木树。除了一块长方的土地，平坦无草，足够打开太极拳的。其他的地方就都种着花草——没有一种珍贵费事的，只求昌茂多花。屋中至少有一只花猫，院中至少也有一两盆金鱼；小树上悬着小笼，二三绿蝈蝈随意地鸣着。

这就该说到人了。屋子不多，又不要仆人，人口自然不能很多：一妻和一儿一女就正合适。先生管擦地板与玻璃，打扫院子，收拾花木，给鱼换水，给蝈蝈一两块绿黄瓜或几个毛豆；并管上街送信买书等事宜。太太管做饭，女儿任助手——顶好是十二三岁，不准小也不准大，老是十二三岁。儿子顶好是三岁，既会讲话，又胖胖的会淘气。母女做饭之外，就做点针线，看小弟弟。大件衣服拿到外边去洗，小件的随时自己涮一涮。

这一家子人，因为吃得简单干净，而一天到晚不闲着，所以身体都很不坏。因为身体好，所以没有肝火，大家都不爱闹脾气。除了为小猫上房，金鱼甩子等事着急之外，谁也不急赤白脸的。

大家的相貌也都很体面，不令人望而生厌。衣服可并不讲究，都做的很结实朴素；永远不穿又臭又硬的皮鞋。男的很体面，可不露电影明星气；女的很健美，可不红唇鬏毛，鼻子朝着天。孩子们都不卷着舌头说话，淘气而不讨厌。

这个家庭顶好是在北平，其次是成都或青岛，至坏也得在苏州。无论怎样吧，反正必须在中国，因为中国是顶文明平安的国家；理想的家庭必须在理想的国家内也。

人生的趣味

梁启超

有人问我:"你信仰的是什么主义?"我便答道:"我信仰的是趣味主义。"有人问我:"你的人生观拿什么做根柢?"我便答道:"拿趣味做根柢。"

我生平对于自己所做的事,总是做得津津有味。什么悲观厌世这种字面,我所用的字典里头,可以说完全没有。

我所做的事,常常失败,可以严格地说没有一件不失败,然而我总是一面失败一面做。因为我不但在成功里头感觉趣味,就在失败里头也感觉趣味。

我每天除了睡觉外,没有一分钟一秒钟不是积极地活动。然而我绝不觉得疲倦,而且很少生病。因为我每天的活动有趣得很。

精神上的快乐,补得过物质上的消耗而有余。

趣味的反面,是干瘪,是萧索。

晋朝有位殷仲文,晚年常郁郁不乐,指着院子里的大槐树叹气,说道:"此树婆娑,生意尽矣。"一棵新栽的树,欣欣向荣,何等可爱。到老了之后,表面上虽然很婆娑,骨子里生意已尽。

算是这一期的生活完结了。

殷仲文这两句话，是用很好的文学技能表达出那种颓唐落寞的情绪。我以为这种情绪是再坏没有的了。无论一个人或一个社会。倘若被这种情绪侵入弥漫，这个人或这个社会算是完了，再不会有长进，何止没长进，什么坏事都要从此孕育出来。

总而言之，趣味是活动的源泉。趣味干竭，活动便跟着停止。好像机器房里没有燃料，发不出蒸汽来，任凭你多大的机器，总要停摆。停摆过后，机器还要生锈，产生许多有害的物质哩。人类若到把趣味丧失掉的时候，老实说，便是生活得不耐烦，那人虽然勉强留在世间，也不过行尸走肉。倘若全个社会如此，那社会便是痨病的社会，早已被医生宣告死刑。

美术与生活

梁启超

诸君！我是不懂美术的人，本来不配在此讲演。但我虽然不懂美术，却十分感觉美术之必要。好在今日在座诸君，和我同一样的门外汉谅也不少。我并不是和懂美术的人讲美术，我是专要和不懂美术的人讲美术。因为人类固然不能个个都做供给美术的"美术家"，然而不可不个个都做享用美术的"美术人"。

"美术人"这三个字是我杜撰的，谅来诸君听着很不顺耳。但我确信"美"是人类生活一要素——或者还是各种要素中之最要者，倘若在生活全内容中把"美"的成分抽出，恐怕便活得不自在，甚至活不成。中国向来非不讲美术——而且还有很好的美术，但据多数人见解，总以为美术是一种奢侈品，从不肯和布帛菽粟一样看待，认为是生活必需品之一。我觉得中国人生活之不能向上，大半由此。所以今日要标"美术与生活"这题，特和诸君商榷一回。

问人类生活于什么？我便一点不迟疑答道："生活于趣味。"这句话虽然不敢说把生活全内容包举无遗，最少也算把生活根芽道出。人若活得无趣，恐怕不活着还好些，而且勉强活也活不下去。

人怎样会活得无趣呢？第一种，我叫它作石缝的生活，挤得紧紧的没有丝毫开拓余地；又好像披枷戴锁，永远走不出监牢一步。第二种，我叫它作沙漠的生活，干透了没有一毫润泽，板死了没有一毫变化；又好像蜡人一般，没有一点血色；又好像一株枯树，庾子山说的"此树婆娑，生意尽矣"。这种生活是否还能叫作生活，实属一个问题。所以我虽不敢说趣味便是生活，然而敢说没趣便不成生活。

趣味之必要既已如此，然则趣味之源泉在哪里呢？依我看有三种。

第一，对境之赏会与复现。人类任操何种卑下职业，任处何种烦劳境界，要之总有机会和自然之美相接触——所谓水流花放，云卷月明，美景良辰，赏心乐事。只要你在一刹那间领略出来，可以把一天的疲劳忽然恢复，把烦恼丢在九霄云外。倘若能把这些影像印在脑里头，令它不时复现，每复现一回，亦可以发生与初次领略时同等或仅较差的效用。人类想在这种尘劳世界中得有趣味，这便是一条路。

第二，心态之抽出与印契。人类心理，凡遇着快乐的事，把快乐状态归拢一想，越想便越有味，或别人替我指点出来，我的快乐程度也增加。凡遇着苦痛的事，把苦痛倾筐倒箧吐露出来，或别人能够看出我苦痛替我说出，我的苦痛程度反会减少。不唯如此，看出说出别人的快乐，也增加我的快乐；替别人看出说出苦痛，也减少我的苦痛。这种道理，因为各人的心都有个微妙的所在，只要搔着痒处，便把微妙之门打开了，那种愉快，真是得未曾有，所以俗话叫作"开心"。我们要求趣味，这又是一条路。

第三，他界之冥构与蓦进。对于现在环境不满，是人类普通心理，其所以能进化者亦在此。就令没有什么不满，然而在同一环境下生活久了，自然也会生厌。不满尽管不满，生厌尽管生厌，然而脱离不掉它，这便是苦恼根源。然则怎样救济法呢？肉体上的生活，虽然被现实的环境捆死了，精神上的生活，却常常对于环境宣告独立，或想到将来希望如何如何，或想到别个世界，例如文学家的桃源、哲学家的乌托邦、宗教家的天堂净土如何如何，忽然间超越现实界，闯入理想界去，便是那人的自由天地。我们欲求趣味，这又是一条路。

这三种趣味，无论何人都会发动的。但因各人感觉器官用得熟与不熟，以及外界帮助引起的机会有无多少，于是趣味享用之程度，生出无量差别。感觉器官敏则趣味增，感觉器官钝则趣味减；诱发机缘多则趣味强，诱发机缘少则趣味弱。专从事诱发以刺戟各人器官不使迟钝的有三种利器：一是文学，二是音乐，三是美术。

今专从美术讲。美术中最主要的一派，是描写自然之美，常常把我们所曾经赏会或像是曾经赏会的都复现出来。我们过去赏会的影子印在脑中，因时间之经过渐渐淡下去，终必有不能复现之一日，趣味也跟着消灭了。一幅名画在此，看一回便复现一回，这画存在，我的趣味便永远存在。不唯如此，还有许多我们从前不注意、赏会不出的，他都写出来，指导我们赏会的路。我们多看几次，便懂得赏会方法，往后碰着种种美境，我们也增加许多赏会资料了，这是美术给我们趣味的第一件。

美术中有刻画心态的一派，把人的心理看穿了，喜怒哀乐，都活跳在纸上。本来是日常习见的事，但因他写得惟妙惟肖，便不知不觉间把我们的心弦拨动，我快乐时看他便增加快乐，我苦痛时看他便减少苦痛，这是美术给我们趣味的第二件。

美术中有不写实境实态而纯凭理想构造而成的，有时我们想构一境，自觉模糊断续不能构成，被他都替我表现了；而且他所构的境界种种色色有许多为我们所万想不到，而且他所构的境界优美高尚，能把我们卑下平凡的境界压下去。他有魔力，能引我们跟着他走，闯进他所到之地。我们看他的作品时，便和他同往一个超越的自由天地，这是美术给我们趣味的第三件。

要而论之，审美本能是我们人人都有的。但感觉器官不常用或不会用，久而久之麻木了。一个人麻木，那人便成了没趣的人。一民族麻木，那民族便成了没趣的民族。美术的功用，在把这种麻木状态恢复过来，令没趣变为有趣。换句话说，是把那渐渐坏掉了的爱美胃口，替他复原，令他常常吸收趣味的营养，以维持、增进自己的生活康健。明白这种道理，便知美术这样东西在人类文化系统上该占何等位置了。

以上是专就一般人说。若就美术家自身说，他们的趣味生活，自然更与众不同了。他们的美感，比我们锐敏若干倍，正如《牡丹亭》说的"我常一生儿爱好是天然"。我们领略不着的趣味，他们都能领略。领略够了，终把些唾余分赠我们；分赠了我们，他们自己并没有一毫破费，正如《老子》说的"既以为人己愈有，既以与人己愈多"。假使"人生活于趣味"这句话不错，他们的生活真是理想生活了。

今日的中国，一方面要多出些供给美术的美术家，一方面要普及养成享用美术的美术人，这两件事都是美术专门学校的责任。然而该怎样地督促赞助美术专门学校，叫它完成这责任，又是教育界乃全一般市民的责任。

守旧与"玩"旧

徐志摩

一

走路有两个走法:一个是跟前面人走,信任他是认识路的;一个是走自己的路,相信你自己是有能力认识路的。谨慎的人往往太不信任他自己;有胆量的人往往过分信任他自己。为便利计,我们不妨把第一种办法叫作古典派或旧派;第二种办法叫作浪漫派或新派。在文学上,在艺术上,在一般思想上,在一般做人的态度上,我们都可以看出这样一个分别,这两种办法的本身,在我看来,并没有什么好坏;这只是个先天性情上或后天嗜好上的一个区别;你也许夸他自己寻路的有勇气,但同时就有人骂他狂妄;你也许骂跟在人家背后的人寒伧,但同时就有人夸他稳健。应得留神的就只一点:就只那个"信"字是少不得的,古典派或旧派就得相信——完全相信——领他路的那个人是对的,浪漫派或新派就得相信——完全相信——他自己是对的,没有这点子原始的信心,不论你跟人走,或是你自己领自己,走出道理来的机会就不见得多，因为你随时有叫你心里的怀疑打断兴会的可能；并且即使你走着了也不算希〔稀〕奇，因为那是碰巧，与打中白鸽票的差不多。

二

在思想上抱住古代直下来的几根大柱子的，我们叫作旧派。

这手势本身并不怎样的可笑，但我们却盼望他自己确凿地信得过那几根柱子是不会倒的。并且我们不妨进一步假定上代传下来的确有几根靠得住的柱子，随你叫它纲，叫它常、礼或是教，爱什么就什么，但同时因为在事实上有了真的便有假的，那几根真靠得住的柱子的中间就夹着了加倍加倍的幻柱子，不生根的，靠不住的，假的。你要是抱错了柱子，把假的认作真的，结果你就不免《伊索寓言》里那条笨狗的命运：它把肉骨头在水里的影子认是真的，差一点叫水淹了它的狗命。但就是那狗，虽则笨，虽则可笑，至少还有它诚实的德性：它的确相信那河里的骨头影子是一条真骨头；假如，譬方说，伊索那条狗曾经受过现代文明教育，那就是说学会了骗人上当，明知道水里的不是真骨头，却偏偏装出正经而且大量的样子，示意与它一同站在桥上的狗朋友们，它们碰巧是不受教育的，因此容易上人当，叫它们跳下水去吃肉骨头影子，它自己倒反站在旁边看趣剧作乐，那时我们对它的举动能否拍掌，对它的态度与存心能否容许？

三

寓言是给有想象力并且有天生幽默的人们看的,它内中的比喻是"不伤道"的;在寓言与童话里——我们竟不妨加一句在事实上——就有许多畜生比普通人们——如其我们没有一个时候忘得了人是宇宙的中心与一切的标准——更有道德,更诚实,更有义气,更有趣味,更像人!

四

上面说完了原则,使用了比方,现在要应用了。在应用之先,我得介绍我说这番话的缘由。孤桐在他的《再疏解辁义》——《甲寅》周刊第十七期——里有下面几节文章——

>……凡一社会能同维秩序。各长养子孙,利害不同,而游刃有余,贤不肖浑淆而无过不及之大差,雍容演化,即于繁祉,共游一藩,不为天下裂,必有共同信念以为之基,基立而构兴,则相与饮食焉,男女焉,教化焉,事为焉,涂虽万殊,要归于一者也。兹信念者,亦期于有而已,固不必持绝对之念,本逻辑之律,以绳其为善为恶,或衷于理与否也。……(圈是原有的也是我要特加的。摩。)

>……此诚世道之大忧,而深识怀仁之士所难熟视无睹者也。笃而沦之,如耶教者,其蹲陋焉得言无,然天下之大,大抵上智少而中才多,宇宙之谜,既未可以尽明。因葆其不

可明者，养人敬畏之心，取使彝伦之叙，乃为忧世者意念之所必至，故神道设教，圣人不得已而为之。固不容于其义理，详加论议也。

……过此以往，稍稍还醇返朴，乃情势之所必然；此为群化消长之常，甲无所谓进化，乙亦无所谓退化，与愚曩举释义，盖有合焉。夫吾国亦苦社会公同信念之摇落也甚矣，旧者悉毁而新者未生，后生徒恃己意所能判断者，自立准裁，大道之忧，孰甚于是，愚此为惧。论入怀己，趣申本义，昧时之讥，所不敢辞。

五

孤桐这次论的是美国田芮西〔现通译田纳西〕州新近宣传的那件大案；与他的"辖义有合"的是判决那案件的法官们所代表的态度，就是特举地说，不承认我们人的祖宗与猴子的祖宗是同源的，因为《圣经》上不是这么说，并且这是最污辱人类尊严的一种邪说。关于孤桐先生论这件事的批评，我这里暂且不管，虽则我盼望有人管，因为他那文里叙述兼论断的一段话并不给我他对于任何一造有真切了解的印象。我现在要管的是孤桐在这篇文章里泄露给我们他自己思想的基本态度。

自分是"根器浅薄之流"，我向来不敢对现代"思想界的权威者"的思想存挑战的妄念，《甲寅》记者先生的议论与主张，就我见得到看得懂的说，很多是我不敢苟同的，但我这一晌只是忍着不说话。

同时我对于现代言论界里有孤桐这样一位人物的事实，我到如今为止，认为不仅有趣味，而且值得欢迎。因为在事实上得着得力的朋友固然不是偶然；寻着相当的敌手也是极难得的机会。前几年的所谓新思潮只是在无抵抗性的空间里流着；这不是"新人们"的幸运，这应分是他们的悲哀，因为打架大部分的乐趣，认真地说，就在与你相当的对敌切实较量身手的事实里：你揪他的头发，他回揪你的头毛，你腾空再去扼他的咽喉，制他的死命，那才是引起你酣兴的办法；这暴烈的冲突是快乐，假如你的力量都化在无反应性的空气里，那有什么意思？早年国内旧派的思想太没有它的保护人了，太没有战斗的准备，退让得太荒谬了；林琴南只比了一个手势就叫敌营的叫嚣吓了回去。新派的拳头始终不曾打着重实的物件；我个人一时间还猜想旧派竟许永远不会有对垒的能耐。但是不，《甲寅》周刊出世了，它那势力，至少就销数论，似乎超过了现行任何同性质的期刊物。我对于孤桐一向就存十二分敬意的，虽则明知在思想上他与我——如其我配与他对称这一次——完全是不同道的。我敬仰他因为他是个合格的敌人。在他身上，我常常想，我们至少认识了一个不苟且、负责任的作者，在他的文字里，我们至少看着了旧派思想部分的表现，有组织的根据论辩的表现。有肉有筋有骨的拳头，不再是林琴南一流棉花般的拳头了；在他的思想里，我们看着了一个中国传统精神的秉承者，牢牢地抱住几条大纲，几则经义，决心在"邪说横行"的时代里替往古争回一个地盘；在他严刻的批评里，新派觉悟了许多一向不曾省察到的虚陷与弱点。不，我们没有权利、没有推托来蔑视这样一个认真的敌人，我常常这么想，即使我们有时在他卖弄他的整套家数时，看出不少可笑的台步与累赘的空架。

每回我想着子安诺尔德说牛津是"败绩的主义的老家"，便想象到一轮同样自傲的彩晕围绕在《甲寅》周刊的头顶；这一比量下来，我们这方倚仗人多的势力倒反吃了一个幽默上的亏输！

不，假如我的祈祷有效力时，我第一就希冀《甲寅》周刊所代表的精神"亿万斯年"！

六

因为两极端往往有碰头的可能。在哲学上，最新的唯实主义与最老的唯心主义发现了彼此是紧邻的密切；在文学上，最极端的浪漫派作家往往暗合古典派的模型；在一般思想上，最激进的也往往与最保守的有联合防御的时候。这不是偶然；这里面有深刻的消息。"时代有不同，"诗人勃兰克说，"但天才永远站在时代的上面。""运动有不同，"英国一个艺术批评家说，"但传统精神是绵延的。"正因为所有思想最后的目的就在发见根本的评价标源，最漫浪（那就是最向个性里来）的心灵的冒险往往只是发见真理的一个新式的方式，虽则它那本质与最旧的方式所包容的不能有可称量的分别。一个时代的特征，虽则有，毕竟是暂时的，浮面的；这只是大海里波浪的动荡，它那渊深的本体是不受影响的；只要你有胆量与力量没透这时代的掀涌的上层，你就淹入了静定的传统的底质，要能探险得到这变的底里的不变，那才是攫着了骊龙的颔下珠，那才是勇敢的思想者最后的荣耀，旧派人不离口的那个"道"字，依我浅见，应从这样的讲法，才说得通，说得懂。

七

孤桐这回还是顶谨慎地捧出他的"大道"的字样来做他文章的后镇，"大道之忧，孰甚于是？"但是这回我自认我对于孤桐，不仅他的大道，并且他思想的基本态度，根本地失望了！而且这失望在我是一种深刻的幻灭的苦痛。美丽的安琪儿的腿，这样看来，原来是泥做的！请看下文。

我举发孤桐先生思想上没有基本信念。我再重复我上面引语加圈的几句："……兹信念者亦期于有而已，固不必持绝对之念，本逻辑之律，以绳其为善为恶，或衷于理与否也。"所有唯心主义或理想主义的力量与灵感就在肯定它那基本信念的绝对性；历史上所有殉道、殉教、殉主义的往例，无非那几个个人在确信他们那信仰的绝对性的真切与热奋中，他们的考量便完全超轶了小己的利益观念，欣欣地为他们各人心目中特定的"恋爱"上十字架，进火焰，登断头台，服毒剂，尝刀锋，假如他们——不论是耶稣，是圣保罗，是贞德、勃罗诺、罗兰夫人，或是甚至苏格腊底斯——假如他们各个人当初曾经有刹那间会悟到孤桐的达观："固不必持绝对之念"；那在他们就等于彻底的怀疑，如何还能有勇气来完成他们各人的使命？

但孤桐已经自认他只是一个"实际政家"，他的职司，用他自己的辞令，是在"操剥复之机，妙调和之用"，这来我们其实"又何能深怪"？上当只是我自己。"我的腿是泥塑的"，安琪儿自己在那里说，本来用不着我们去发见。一个"实际政家"往往就是一个"投机政家"，正因他所见的只是当时与暂时的利害，在他的口里与笔下，一切主义与原则都失却了根本的与绝对的意义与价值，却只是为某种特定作用而姑妄言之的一套，背后本来没有什么思想的诚实，面前也没有什么理想的光彩。"作者手里的题目，"阿诺尔德说，"如其没有贯彻他的，他一定做不好；谁要不能独立地运思，他就不会被一个题目所贯彻。"（Matthew Arnold: Preface to Merope）如今在孤桐的文章里，我们凭良心说，能否寻出些微"贯彻"的痕迹，能否发见些微思想的独立？

八

一个自己没有基本信仰的人，不论他是新是旧，不但没权利充任思想的领袖，并且不能在思想界里占任何的位置；正因为思想本身是独立的，纯粹性的，不含任何作用的，他那动机，我前面说过，是在重新审定，劈去时代的浮动性，一切评价的标准。与孤桐所谓第二者（实际政家）之用心："操剥复之机，妙调和之用"，根本没有关联。一个"实际政家"的言论只能当作一个"实际政家"的言论看；他所浮沤的地域，只在时代浮动性的上层！他的维新，如其他是维新，并不是根基于独见的信念，为的只是实际的便利；他的守旧，如其他是守旧，他也不是根基于传统精神的贯彻，为的也只是实际的便利。这样一个人的态度实际上说不上"维",也说不上"守",他只是"玩"！一个人的弊病往往是在夸张过分；一个"实际政家"也自有他的地位,自有他言论的领域,他就不该侵入纯粹思想的范围,他尤其不该指着他自己明知是不定靠得住的柱子说"这是靠得住的,你们尽管抱去",或是——再引喻伊索的狗——明知水里的肉骨头是虚影——因为他自己没有信念——却还怂恿桥上的狗友去跳水,那时它的态度与存心,我想,我们决不能轻易容许了吧！

背　影

朱自清

我与父亲不相见已二年余了,我最不能忘记的是他的背影。

那年冬天,祖母死了,父亲的差使也交卸了,正是祸不单行的日子。我从北京到徐州打算跟着父亲奔丧回家。到徐州见着父亲,看见满院狼藉的东西,又想起祖母,不禁簌簌地流下眼泪。父亲说:"事已如此,不必难过,好在天无绝人之路!"

回家变卖典质,父亲还了亏空;又借钱办了丧事。这些日子,家中光景很是惨淡,一半因为丧事,一半因为父亲赋闲。丧事完毕,父亲要到南京谋事,我也要回北京念书,我们便同行。

到南京时,有朋友约去游逛,勾留了一日;第二日上午便须渡江到浦口,下午上车北去。父亲因为事忙,本已说定不送我,叫旅馆里一个熟识的茶房陪我同去。他再三嘱咐茶房,甚是仔细。但他终于不放心,怕茶房不妥帖;颇踌躇了一会。其实我那年已二十岁,北京已来往过两三次,是没有什么要紧的了。他踌躇了一会,终于决定还是自己送我去。我再三劝他不必去;他只说:"不要紧,他们去不好!"

我们过了江，进了车站。我买票，他忙着照看行李。行李太多了，得向脚夫行些小费才可过去。他便又忙着和他们讲价钱。我那时真是聪明过分，总觉他说话不大漂亮，非自己插嘴不可，但他终于讲定了价钱；就送我上车。他给我拣定了靠车门的一张椅子；我将他给我做的紫毛大衣铺好座位。他嘱我路上小心，夜里要警醒些，不要受凉。又嘱托茶房好好照应我。我心里暗笑他的迂；他们只认得钱，托他们只是白托！而且我这样大年纪的人，难道还不能料理自己吗？唉，我现在想想，那时真是太聪明了！

我说道："爸爸，你走吧。"他往车外看了看说："我买几个橘子去。你就在此地，不要走动。"我看那边月台的栅栏外有几个卖东西的等着顾客。走到那边月台，须穿过铁道，须跳下去又爬上去。父亲是一个胖子，走过去自然要费事些。我本来要去的，他不肯，只好让他去。我看见他戴着黑布小帽，穿着黑布大马褂，深青布棉袍，蹒跚地走到铁道边，慢慢探身下去，尚不大难。可是他穿过铁道，要爬上那边月台，就不容易了。他用两手攀着上面，两脚再向上缩；他肥胖的身子向左微倾，显出努力的样子，这时我看见他的背影，我的泪很快地流下来了。我赶紧拭干了泪。怕他看见，也怕别人看见。我再向外看时，他已抱了朱红的橘子往回走了。过铁道时，他先将橘子散放在地上，自己慢慢爬下，再抱起橘子走。到这边时，我赶紧去搀他。他和我走到车上，将橘子一股脑儿放在我的皮大衣上。于是扑扑衣上的泥土，心里很轻松似的。过一会说："我走了，到那边来信！"我望着他走出去。他走了几步，回过头看见我，说："进去吧，里边没人。"等他的背影混入来来往往的人里，再找不着了，我便进来坐下，我的眼泪又来了。

近几年来，父亲和我都是东奔西走，家中光景是一日不如一日。他少年出外谋生，独立支持，做了许多大事。哪知老境却如此颓唐！他触目伤怀，自然情不能自已。情郁于中，自然要发之于外；家庭琐屑便往往触他之怒。他待我渐渐不同往日。但最近两年不见，他终于忘却我的不好，只是惦记着我，惦记着我的儿子。我北来后，他写了一信给我，信中说道："我身体平安，惟〔唯〕膀子疼痛厉害，举箸提笔，诸多不便，大约大去之期不远矣。"我读到此处，在晶莹的泪光中，又看见那肥胖的、青布棉袍黑布马褂的背影。唉！我不知何时再能与他相见！

泰戈尔在我家

陆小曼

谁都想不到今年泰戈尔先生的八十大寿倒由我来提笔庆祝。人事的变迁幻妙得怕人了。若是今天有了志摩,一定是他第一个高兴。只要看十年前老人家七十岁的那一年,他在几个月前就坐立不安思量着怎样去庆祝,怎样才能使老人家满意。他一定要亲自到印度去,但同时环境又使他不能离开上海,直急得搔头抓耳,连笔都懒得动;一直到去的问题解决了,才慢慢地安静下来。后来他费了几个月的工夫,从欧洲一直转到印度,见到老人家本人,才算了足心愿。归后他还说:"这次总算称了我的心,等老人家八十岁的时候,请老人家到上海来才好玩呢!"谁知一个青年人倒走在老人家的前头去了。

本来我同泰戈尔是很生疏的,他第一次来中国的时候,我还未曾遇见志摩;虽然志摩同我认识之后,第一次出国的时候,就同我说此去见着泰戈尔一定要向他介绍我,还叫我送一张照片给他,可是我脑子里一点儿感想也没有。

一直到志摩见着老人家之后,寄来一封信,说老人家见了我们的相片之后，就将我的为人、脾气、性情都说了一个清清楚楚，好像已见着我的人一样。志摩对于这一点钦佩得五体投地，恨不能立刻叫我去见他老人家。同时老人家还叫志摩告诉我，一两年后，他一定要亲自来我家，希望能够看见我，叫我早一点儿预备。自从那时起，我心里才觉得老人家真是一个奇人，身为文学家而同时又会看相！也许印度人都会一点儿幻术吧。

我同志摩结婚后不久，他老人家忽然来了一个电报，说一个月后就要来上海，并且预备在我家下榻。好！这一下可忙坏了我们，两个人不知道怎么办才好。房子小，穷书生的家里当然没有富丽堂皇的家具，东看看也不合意，西看看也不称心，简单的楼上楼下也寻不出一间可以给他住的屋子。回绝他，又怕伤了他的美意；接受他，又没有地方安排。

一个礼拜过去还是一样都没有预备，只是两个人相对发愁。正在这个时候，电报又来了，说第二天的下午船就到上海。这一下可真抓了瞎了，一共三间半屋子，又怕他带的人多，住不下，一时搬家也来不及，结果只好硬着头皮去接了再说。

一到码头，船已经到了。我们只见码头上站满了人，五颜六色的人头，在阳光下耀得我眼睛发花！我奇怪得直叫起来："怎么今天这儿尽是印度人呀！他们来开会吗？"志摩说："你真糊涂，这不是来接老人家的嘛！"我这才明白过来。我心中的钦佩之情到这时候竟有一点儿不舒服起来，因为我平时最怕看见的是马路上的红发外国人，今天偏要叫我看见这许多，他们一个个盯着我们两个人直看，看得我躲在志摩的身边连动也不敢动。那时除了害怕，别的一切都忘怀了，连来做什么的都有点糊涂。一直到挤进了人群，来到甲板上，我才喘过一口气来，好像大梦初醒似的，经过船主的招呼,才找到老人家的房间。

志摩高兴得连跑带跳地一直往前走,简直连身后的我都忘了似的,我也只好悄悄地跟在后面;直到走进一间小房间,我才看见志摩正在同一个满头白发的老人家握手亲近,我知道那一定就是他一生最崇拜的老诗人。我留心地上下细看,同时心里觉出一阵奇特的意味,第一感觉,就是怎么这个印度人生得一点儿也不可怕?不带一点儿凶恶的目光,脸色也不觉得奇黑,说话的音调更带有一种不可言喻的美,低低的好似出谷的黄莺,在那儿婉转娇啼,笑眯眯地对着我直看。我那时站在那儿好像失掉了知觉,连志摩在旁边给我介绍的话都不听见,也不上前,也不退后,只是直着眼看他,连志摩在家中教好我的话都忘记说,还是老人家看出我反常的情态,轻轻地握着我的手细声低气地和我说话。

在船里我们就谈了半天,老人家对我格外亲近,他没有一点儿骄人的气态。我告诉他我家里实在小得不能见人,他反说愈小他愈喜欢,不然他们同胞有的是高厅大厦请他去住,他反要到我家里去吗?这一下倒使我不能再存丝毫客气的心,只能遵命陪他回到我们的破屋。他一看很满意,我们特别为他预备的一间印度式房间他不要,倒要我们让他睡我们俩的破床。他看上了我们那张有红帐子的床,他说他爱它的异乡风情。他的起居也同我们一样,什么都很随便,只是早晨起得特别早,五时一定起身了,害得我也不得安睡。他一住一个星期,倒叫我见识不少,每次印度同胞请他吃饭,他一定要带我们同去,从未吃过的印度饭,也算吃过几次了,印度的阔人家里也去过了,真有许多不同的地方。那段时间真是说不出的愉快,志摩更是乐得忘乎所以,一天到夜跟着老人家转。虽然他住的时间不长,可是我们三人的感情因此而更加亲密了。

这个时候志摩才答应他到他七十岁的那年一定亲去祝寿。谁知道志摩就在去的当年遭难。老人家这时候听到这种霹雳似的噩耗，一定不知怎样痛惜的吧。本来也难怪，志摩对他老人家特别的敬爱，他对志摩的亲挚也是异乎寻常，不用说别的，一年到头的信是不断的。只可惜那许多难以得着的信，都叫我在志摩故后给遗失了，现在想起此事也还痛惜！因为自得噩耗后，我是一直在迷雾中过日子，一切身外之物连问都不问，不然今天我倒可以拿出不少的纪念品来，现在所存的，就只有泰戈尔为我们两人作的一首小诗和一幅名贵的自画像而已。

北京的春节

老舍

按照北京的老规矩，过农历的新年（春节），差不多在腊月的初旬就开头了，"腊七腊八，冻死寒鸦"，这是一年里最冷的时候。可是，到了严冬，不久便是春天，所以人们并不因为寒冷而减少过年与迎春的热情。在腊八那天，人家里，寺观里，都熬腊八粥。这种特制的粥是祭祖祭神的，可是细一想，它倒是农业社会的一种自傲的表现——这种粥是用所有的各种的米，各种的豆，与各种的干果（杏仁、核桃仁、瓜子、荔枝肉、莲子、花生米、葡萄干、菱角米……）熬成的。这不是粥，而是小型的农业展览会。

腊八这天还要泡腊八蒜。把蒜瓣在这天放到高醋里，封起来，为过年吃饺子用的。到年底，蒜泡得色如翡翠，而醋也有些辣味，色味双美，使人要多吃几个饺子。在北京，过年时，家家吃饺子。

从腊八起，铺户中就加紧地上年货，街上加多了货摊子——卖春联的、卖年画的、卖蜜供的、卖水仙花的等等都是只在这一季节才会出现的。这些赶年的摊子都教儿童们的心跳得特别快一些。在胡同里，吆喝的声音也比平时更多更复杂起来，其中也有仅在腊月才出现的,像卖宪书的、松枝的、薏仁米的、年糕的等等。

在有皇帝的时候,学童们到腊月十九日就不上学了,放年假一月。儿童们准备过年,差不多第一件事是买杂拌儿。这是用各种干果(花生、胶枣、榛子、栗子等)与蜜饯掺和成的,普通的带皮,高级的没有皮——例如:普通的用带皮的榛子,高级的用榛瓤儿。儿童们喜吃这些零七八碎儿,即使没有饺子吃,也必须买杂拌儿。他们的第二件大事是买爆竹,特别是男孩子们。恐怕第三件事才是买玩意儿——风筝、空竹、口琴等——和年画。

儿童们忙乱,大人们也紧张。他们须预备过年吃的使的喝的一切。他们也必须给儿童赶快做新鞋新衣,好在新年时显出万象更新的气象。

二十三日过小年,差不多就是过新年的"彩排"。在旧社会里,这天晚上家家祭灶王,从一擦黑儿鞭炮就响起来,随着炮声把灶王的纸像焚化,美其名叫送灶王上天。在前几天,街上就有多少多少卖麦芽糖与江米糖的,糖形或为长方块或为大小瓜形。按旧日的说法:用糖粘住灶王的嘴,他到了天上就不会向玉皇报告家庭中的坏事了。现在,还有卖糖的,但是只由大家享用,并不再粘灶王的嘴了。

过了二十三,大家就更忙起来,新年眨眼就到了啊。在除夕以前,家家必须把春联贴好,必须大扫除一次,名曰扫房。必须把肉、鸡、鱼、青菜、年糕什么的都预备充足,至少足够吃用一个星期的——按老习惯,铺户多数关五天门,到正月初六才开张。假若不预备下几天的吃食,临时不容易补充。还有,旧社会里的老妈妈论,讲究在除夕把一切该切出来的东西都切出来,省得在正月初一到初五再动刀,动刀剪是不吉利的。这含有迷信的意思,不过它也表现了我们确是爱和平的人，在一岁之首连切菜刀都不愿动一动。

除夕真热闹。家家赶做年菜，到处是酒肉的香味。老少男女都穿起新衣，门外贴好红红的对联，屋里贴好各色的年画，哪一家都灯火通宵，不许间断，炮声日夜不绝。在外边做事的人，除非万不得已，必定赶回家来，吃团圆饭，祭祖。这一夜，除了很小的孩子，没有什么人睡觉，而都要守岁。

元旦的光景与除夕截然不同：除夕，街上挤满了人；元旦，铺户都上着板子，门前堆着昨夜燃放的爆竹纸皮，全城都在休息。

男人们在午前就出动，到亲戚家、朋友家去拜年。女人们在家中接待客人。同时，城内城外有许多寺院开放，任人游览，小贩们在庙外摆摊，卖茶、食品和各种玩具。北城外的大钟寺、西城外的白云观、南城的火神庙（厂甸）是最有名的。可是，开庙最初的两三天，并不十分热闹，因为人们还正忙着彼此贺年，无暇及此。到了初五六，庙会开始风光起来，小孩们特别热心去逛，为的是到城外看看野景，可以骑毛驴，还能买到那些新年特有的玩具。白云观外的广场上有赛轿车赛马的；在老年间，据说还有赛骆驼的。这些比赛并不争取谁第一谁第二，而是在观众面前表演骡马与骑者的美好姿态与技能。

多数的铺户在初六开张，又放鞭炮，从天亮到清早，全城的炮声不绝。虽然开了张，可是除了卖吃食与其他重要日用品的铺子，大家并不很忙，铺中的伙计们还可以轮流着去逛庙、逛天桥和听戏。

元宵（汤圆）上市，新年的高潮到了——元宵节（从正月十三到十七）。除夕是热闹的，可是没有月光；元宵节呢，恰好是明月当空。元旦是体面的，家家门前贴着鲜红的春联，人们穿着新衣裳，可是它还不够美。元宵节，处处悬灯结彩，粮条的大街像是办喜事，火炽而美丽。有名的老铺都要挂出几百盏灯来，有的一律是玻璃的，有的清一色是牛角的，有的都是纱灯；有的各形各色，有的通通彩绘全部《红楼梦》或《水浒传》故事。这，在当年，也就是一种广告；灯一悬起，任何人都可以进到铺中参观；晚间灯中都点上烛，观者就更多。这广告可不庸俗。干果店在灯节还要做一批杂拌儿生意，所以每每独出心裁的，制成各样的冰灯，或用麦苗做成一两条碧绿的长龙，把顾客招来。

除了悬灯，广场上还放花合。在城隍庙里并且燃起火判，火舌由判官的泥像的口、耳、鼻、眼中伸吐出来。公园里放起天灯，像巨星似的飞到天空。

男男女女都出来踏月、看灯、看焰火；街上的人拥挤不动。在旧社会里，女人们轻易不出门，她们可以在灯节里得到些自由。

小孩子们买各种花炮燃放，即使不跑到街上去淘气，在家中照样能有声有光地玩耍。家中也有灯：走马灯——原始的电影——宫灯、各形各色的纸灯，还有纱灯，里面有小铃，到时候就叮叮地响。大家还必须吃汤圆呀。这的确是美好快乐的日子。

一眨眼，到了残灯末庙，学生该去上学，大人又去照常做事，新年在正月十九结束了。腊月和正月，在农村社会里正是大家最闲在的时候，而猪牛羊等也正长成，所以大家要杀猪宰羊，酬劳一年的辛苦。过了灯节，天气转暖，大家就又去忙着干活了。北京虽是城市，可是它也跟着农村社会一齐过年，而且过得分外热闹。

在旧社会里，过年是与迷信分不开的。腊八粥，关东糖，除夕的饺子，都须先去供佛，而后人们再享用。除夕要接神；大年初二要祭财神，吃元宝汤（馄饨），而且有的人要到财神庙去借纸元宝，抢烧头股香。正月初八要给老人们顺星、祈寿。因此那时候最大的一笔浪费是买香蜡纸马的钱。现在，大家都不迷信了，也就省下这笔开销，用到有用的地方去。特别值得提到的是现在的儿童只快活地过年，而不受那迷信的熏染，他们只有快乐，而没有恐惧——怕神怕鬼。也许，现在过年没有以前那么热闹了，可是多么清醒健康呢。以前，人们过年是托神鬼的庇佑，现在是大家劳动终岁，大家也应当快乐地过年。

叁

日复一日的生活，也会有新的快乐

生活就是晨起暮落,日子就是早出晚归

北平的零食小贩

梁实秋

北平人馋。馋,据字典说是"贪食也",其实不只是贪食,是贪食各种美味之食。美味当前,固然馋涎欲滴,即使闲来无事,馋虫亦在咽喉中抓挠,迫切地需要一点什么以膏馋吻。三餐时固然希望膏粱罗列,任我下箸,三餐以外的时间也一样地想馋嚼,以锻炼其咀嚼筋。看鹭鸶的长颈都有一点羡慕,因为颈长可能享受更多的徐徐下咽之感,此谓之馋,"馋"字在外国语中无适当的字可以代替,所以讲到馋,真"不足为外人道"。有人说北平人之所以特别馋,是由于当年的八旗弟子游手好闲的太多,闲就要生事,在吃上打主意自然也是可以理解的。所以各式各样的零食小贩便应运而生,自晨至夜逡巡于大街小巷之中。

北平小贩的吆喝声是很特殊的。我不知道这与平剧〔京剧〕有无关系,其抑扬顿挫,变化颇多,有的豪放如唱大花脸,有的沉闷如黑头,又有的清脆如生旦,在白昼给浩浩欲沸的市声平添不少情趣,在夜晚又给寂静的夜带来一些凄凉。细听小贩的呼声,则有直譬,有隐喻,有时竟像谜语一般耐人寻味。而且他们的吆喝声，数十年如一日，不曾改变。我如今闭目沉思，北平零食小贩的呼声俨然在耳，一个个的如在目前。现在让我就记忆所及，细细数说。

首先让我提起"豆汁"。绿豆渣发酵后煮成稀汤，是为豆汁，淡草绿色而又微黄，味酸而又带一点霉味，稠稠的，混混的，热热的。佐以辣咸菜，即棺材板〔腌大白萝卜〕切细丝，加芹菜梗，辣椒丝或末。有时亦备较高级之酱菜，如酱萝卜、酱黄瓜之类，反而不如辣咸菜之可口，午后啜三两碗，愈吃愈辣，愈辣愈喝，愈喝愈热，终至大汗淋漓，舌尖麻木而止。北平城里没有不嗜豆汁者，但一出城则豆渣只有喂猪的份，乡下人没有喝豆汁的。外省人居住北平二三十年往往不能养成喝豆汁的习惯。能喝豆汁的人才算是真正的北平人。

其次是"灌肠"。后门桥头那一家的大灌肠，是真的猪肠做的，遐迩驰名，但嫌油腻。小贩的灌肠虽有肠之名实则并非是肠，仅具肠形，一条条的以芡粉为主所做成的橛子，切成不规则形的小片，放在平底大油锅上煎炸，炸得焦焦的，蘸蒜盐汁吃。据说那油不是普通油，是从作坊里从马肉等熬出来的油，所以有着一种怪味。单闻那种油味，能把人恶心死，但炸出来的灌肠，喷香！

从下午起有沿街叫卖"面筋哟"者，你喊他时须喊"卖熏鱼儿的"，他来到你的门口打开他的背盒由你拣选时，却主要的是猪头肉。除猪头肉的脸子、双皮、口条之外，还有脑子、肝、肠、苦肠、心头、蹄筋等等，外带着别有风味的干硬火烧。刀口上手艺非凡，从夹板缝里抽出一把飞薄的刀，横着削切，把猪头肉切得薄如纸，塞在那火烧里食之，熏味扑鼻！这种卤味好像不能登大雅之堂，但是在煨煮熏制中有特殊的风味。离开北平便尝不到。

薄暮后有叫卖羊头肉者，刀板器皿刷洗得一尘不染，切羊脸子是他的拿手，切得真薄，从一只牛角里撒出一些特制的胡盐，北平的羊好，有浓厚的羊味，可又没有浓厚到膻的地步。

也有推着车子卖"烧羊脖子烧羊肉"的。烧羊肉是经过煮和炸两道手续的，除肉之外还有肚子和卤汤。在夏天佐以黄瓜大蒜是最好的下面之物。推车卖的不及街上羊肉铺所发售的，但慰情聊胜于无。

北平的"豆腐脑"，异于川湘的豆花，是哆里哆嗦的软嫩豆腐，上面浇一勺卤，再加蒜泥。

"老豆腐"另是一种东西，是把豆腐煮出了蜂窠，加芝麻酱、韭菜末、辣椒等佐料，热乎乎的连吃带喝亦颇有味。

北平人做的"烫面饺"不算一回事，真是举重若轻、咄嗟立办，你喊三十饺子，不大的工夫就给你端上来了，一个个包得细长齐整、又俊又俏。

斜尖的炸豆腐，在花椒盐水里煮得饱饱的，有时再羼进几个粉丝做的炸丸子，放进一点辣椒酱，也算是一味很普通的零食。

馄饨何处无之？北平挑担卖馄饨的却有他的特点，馄饨本身没有什么异样，由筷子头拨一点肉馅往三角皮子上一抹就是一个馄饨，特殊的是那一锅骨头熬的汤别有滋味，谁家也不会把那么多的烂骨头煮那么久。

一清早卖点心的很多，最普通的是烧饼油鬼。北平的烧饼主要的有四种，芝麻酱烧饼、螺丝转儿、马蹄儿、驴蹄儿，各有千秋。芝麻酱烧饼，外省仿造者都不像样，不是太薄就是太厚，不是太大就是太小，总是不够标准。螺丝转儿最好是和"甜浆粥"一起用，要夹小圆圈油鬼。马蹄儿只有薄薄的两层皮，宜加圆饱的甜油鬼。

驴蹄儿又小又厚,不要油鬼做伴。北平油鬼,不叫油条,因为根本不作长条状,主要的只有两种,四个圆泡联在一起的是甜油鬼,小圆圈的油鬼是咸的,炸得特焦,夹在烧饼里一按咔喳一声。离开北平的人没有不想念那种油鬼的。外省的油条,虚泡囊肿,不够味,要求炸焦一点也不行。

"面茶"在别处没见过。真正的一锅糨糊,炒面熬的,盛在碗里之后,在上面用筷子蘸着芝麻酱撒满一层,唯恐撒得太多似的。味道好吗?至少是很怪。

卖"三角馒头"的永远是山东老乡。打开蒸笼布,热腾腾的各样蒸食,如糖三角、混糖馒头、豆沙包、蒸饼、红枣蒸饼、高庄馒头,听你捡选。

"杏仁茶"是北平的好,因为杏仁出在北方,提味的是那少数几颗苦杏仁。

豆类做出的吃食可多了,首先要提"豌豆糕"。小孩子一听打镗锣的声音很少有不怦然心动的。卖豌豆糕的人有一把手艺,他会把一块豌豆泥捏成各式各样的东西,他可以听你的盼咐捏一把茶壶,壶盖、壶把、壶嘴俱全,中间灌上黑糖水,还可以一杯一杯地往外倒。规模大一点的是荷花盆,真有花有叶,盆里灌黑糖水。最简单的是用模型翻制小饼,用芝麻做馅。后来还有"仿膳"的伙计出来做这一行生意,善用豌豆泥制各式各样的点心,大八件、小八件,什么卷酥、喇嘛糕、枣泥饼、花糕,五颜六色,应有尽有,惟妙惟肖。

"豌豆黄"之下街卖者是粗的一种,制时未去皮,加红枣,切成三尖形矗立在案板上。实际上比铺子卖的较细的放在纸盒里的那种要有味得多。

"热芸豆"有红白二种，普通的吃法是用一块布挤成一个豆饼，可甜可咸。

"烂蚕豆"是俟蚕豆发芽后加五香大料煮成，烂到一挤即出。

"铁蚕豆"是把蚕豆炒熟，其干硬似铁。牙齿不牢者不敢轻试，但亦有酥皮者，较易嚼。

夏季雨后照例有小孩提着竹篮赤足蹚水而高呼"干香豌豆"，咸滋滋的也很好吃。

"豆腐丝"，粗糙如豆腐渣，但有人拌葱卷饼而食之。

"豆渣糕"是芸豆泥做的，作圆球形，蒸食，售者以竹筷插之，一插即是两颗，加糖及黑糖水食之。

"甑儿糕"，是米面填木碗中蒸之，嗞嗞作响。顷刻而熟。

"浆米藕"是老藕孔中填糯米，煮熟切片加糖而食之。挑子周围经常环绕着馋涎欲滴的小孩子。

北平的"酪"是一项特产，用牛奶凝冻而成，夏日用冰镇，凉香可口，讲究一点的酪在酪铺发售，沿街贩卖者亦不恶。

"白薯"，有三种吃法，初秋街上喊"栗子味儿的"者是干煮白薯，细细小小的一根根地放在车上卖。稍后喊"锅底儿热和"者为带汁的煮白薯，块头较大，亦较甜。此外是烤白薯。

"老玉米"初上市时也有煮熟了在街上卖的。对于城市中人这也是一种新鲜滋味。

沿街卖的"粽子"，包得又小又俏，有加枣的，有不加枣的，摆在盘子里齐整可爱。

北平没有汤圆，只有"元宵"，到了元宵节，街上有叫卖煮元宵的。袁世凯称帝时，曾一度禁称元宵，因与"袁消"二字音同，改称汤圆，可嗤也。

糯米团子加豆沙馅，名曰"艾窝"或"艾窝窝"。

黄米面做的"切糕"，有加红豆的，有加红枣的，卖时切成斜块，插以竹签。

菱角是小的好，所以北平小贩卖的是小菱角，有生有熟，用剪去刺，当中剪开。很少卖大的红菱者。

"老鸡头"即芡实。生者为刺囊状，内含芡实数十颗，熟者则为圆硬粒，须敲碎食其核仁。

供儿童以糖果的，从前是"打镗锣的"，后又有卖"梨糕"的，此外如"吹糖人的"，卖"糖杂面的"，都经常徘徊于街头巷尾。

"爬糕""凉粉"都是夏季平民食物，又酸又辣。

"驴肉"，听起来怪骇人的，其实切成大片瘦肉，也很好吃。是否有骆驼肉、马肉混在其中，我不敢说。

担着大铜茶壶满街跑的是卖"茶汤"的，用开水一冲，即可调成一碗茶汤，和铺子里的八宝茶汤或牛髓茶固不能比，但亦颇有味。

"油炸花生仁"是用马油炸的，特别酥脆。

北平"酸梅汤"之所以特别好，是因为使用冰糖，并加以玫瑰、木樨、桂花之类。信远斋最合标准，沿街叫卖的便徒有其名了，而且加上天然冰亦颇有碍卫生。卖酸梅汤的普通兼带"玻璃粉"及小瓶用玻璃球做盖的汽水。"果子干"也是重要的一项副业，用杏干、柿饼、鲜藕煮成。"玫瑰枣"也很好吃。

冬天卖"糖葫芦"，裹麦芽糖或糖稀的不太好，蘸冰糖的才好吃。各种原料皆可制糖葫芦，唯以"山里红"为正宗。其他如海棠、山药、山药豆、杏干、核桃、荸荠、桔〔橘〕子、葡萄、金桔〔橘〕等均佳。

北地苦寒，冬夜特别寂静，令人难忘的是那卖"水萝卜"的声音，"萝卜——赛梨——辣了换！"那红绿萝卜，多汁而甘脆，切得又好，对于北方煨在火炉旁边的人特别有沁人心脾之效。这等萝卜，别处没有。

有一种内空而瘪的小花生，大概是捡选出来的不够标准的花生，炒焦了之后，其味特香，远在白胖的花生之上，名曰"抓空儿"，亦冬夜的一种点缀。

夜深时往往听到沉闷而迟缓的"硬面饽饽"声，有光头、凸盖、镯子等，亦可充饥。

水果类则四季不绝的应世，诸如：三白的大西瓜、蛤蟆酥、羊角蜜、老头儿乐、鸭儿梨、小白梨、肖梨、糖梨、烂酸梨、沙果、苹果、虎拉车、杏、桃、李、山里红、柿子、黑枣、嘎嘎枣、老虎眼大酸枣、荸荠、海棠、葡萄、莲蓬、藕、樱桃、桑葚、槟子！……不可胜举，都在沿门求售。

以上约略举说，只就记忆所及，挂漏必多。而且数十年来，北平也正在变动，有些小贩由式微而没落，也有些新的应运而生，比我长一辈的人所见所闻可能比我要丰富些，比我年轻的人可能遇到一些较新鲜而失去北平特色的事物。总而言之，北平是在向新颖而庸俗方面变，在零食小贩上即可窥见一斑。如今呢，胡尘涨宇，面目全非，这些小贩，还能保存一二与否，恐怕在不可知之数了。但愿我的回忆不是永远地成为回忆！

随着日子往前走

陆小曼

实在不是我不写，更不是我不爱写：我心里实在是想写得不得了。自从你提起了写东西，我两年来死灰色的心灵里又好像闪出了一点儿光芒，手也不觉有点儿发痒，所以前天很坚决地答应了你两天内一定挤出一点东西。谁知道昨天勇气十足地爬上写字台，摆出了十二分的架子，好像一口气就可以写完我心里要写的一切，说也可笑，才起了一个头就有点儿不自在了：眼睛看在白纸上好像每个字都在那儿跳跃。我还以为是病后力弱眼花。不管它，还是往下写！再过一忽儿，就大不成样了：头晕，手抖，足软，心跳，一切的毛病像潮水似的都涌上来了，不要说再往下写，就是再坐一分钟都办不到。在这个时候，我只得掷笔而起，立刻爬上了床，先闭了眼静养半刻再说。

虽然眼睛是闭了，可是我的思潮像水波一般地在内心起伏，也不知道是怨，是恨，是痛，我只觉得一阵阵的酸味往我脑门里冲。

我真的变成了一个废物吗？我真就从此完了吗？本来这三

年来病鬼缠得我求死不能，求生无味；我只能一切都不想，一切都不管，脑子里永远让他空洞洞的不存一点东西，不要说是思想一点都没有，连过的日子都不知道是几月几日，每天只是随着日子往前走，饿了就吃，睡够了就爬起来。灵魂本来是早就麻木的了，这三年来是更成死灰了。可是希望回〔恢〕复康健是我每天在那儿祷颂着的。所以我什么都不做，连画都不敢动笔。一直到今年的春天，我才觉得有一点儿生气，一切都比以前好得多。在这个时候正碰到你来要我写点东西，我便很高兴地答应了你。谁知道一句话才出口不到半月，就又变了腔，说不出的小毛病又时常出现。真恨人，小毛病还不算，又来了一次大毛病，一直到今天病得我只剩下了一层皮一把骨头。我身心所受的痛苦不用说，而屡次失信于你的杂志却更使我说不出的不安。所以我今天睡在床上也只好勉力地给你写这几个字。人生最难堪的是心里要做而力量做不到的事情，尤其是我平时的脾气最不喜欢失信。我觉得答应了人家而不做是最难受的。

不过我想现在病是走了，就只人太瘦弱，所以一切没有精力。可是我想再休养一些时候一定可以复原了。到那时，我一定好好地为你写一点东西。虽然我写的不成文章，也不能算诗（前晚我还作了一首呢），可是它至少可以一泄我几年来心里的苦闷。现在虽然是精力不让我写，一半也由于我懒得动，因为一提笔，至少也要使我脑子里多加一层痛苦：手写就得脑子动，脑子一动一切的思潮就会起来，于是心灵上就有了知觉。我想还不如我现在似的老是食而不知其味地过日子好，你说是不是？

虽然躺着，还有点儿不得劲儿：好，等下次再写。

江城半日记

李广田

一

二月七日，是旧历的除日。天阴着，落着细细的雨星。吃过午饭之后，我们几个人一同到外边去散步。

今天并不逢场，但街上也相当热闹，来来往往的男女老幼，都显出一些紧张而又愉快的神气。从巷子里边，传来"梆梆"的声音，那是谁家的刀正在木板上剁着肉；道旁的人家，传来"苦楚苦楚"的声音，看见有人正在那里刷洗着旧门窗；前面飞起一阵灰尘，一个包着头巾的女人正在那里扫着墙壁……我们急步走出西门，却被一家小店门口的灯笼吸引住了。这在城里是并不特别惹人注意的，而在这已经只剩着几间荒落的茅屋前边，在这周围都是绿野的矮檐之下，那个红灯笼却特别惹眼。"好看的年红灯！"一个伙伴这么说。那灯笼的架子完全是楠木雕花的，非常细致，新糊了鲜妍的红纸绿纸，在风中微微摇动着，使辛苦的远行人也都为之停步而予以注目，叫人家心里念道："又是一年了！"

门里边的一个中年男子，还正在那里糊着另一个灯笼，他的笑脸说明着心里的喜悦。

我们沿着小小的溪流向北走，望着那流水两岸的菜花，想到去年来时也正是这样的时节，也想到受难的故乡原野却正盖在无边的白雪里。"真荒唐，这能算是冬天吗？——满地黄花！"有人这样说。一样季节内的两个不同的世界，在流浪人的心里作了比较，爱憎之情却觉得不易分说了。溪水活活地流着，翠绿的藻草层层地在水里随波摇摆着，"'参差荇菜，左右流之。'——我真喜欢这一个左右流之的姿态呀，妙在于做着前进的姿势而又一步未曾动，只是摇摇的，无限意趣"。"是吗，我想起北平的拂水杨柳枝。"说话的一时都沉默了，大概人们心里都有一件东西在摇摇的，如水藻，如杨枝。"拿鱼的！""冷哉水呀！"于是大家抬头看，都觉得无限凉意了。一个粗壮的汉子，下半身完全裸着，只用一条蓝布抽裹着胯下，背着鱼篮，左手持网兜，右手持竹竿，用竹竿在水草中搅着，用网兜在一旁捞着，提起来便是五六条三寸二寸之鱼，顺手用竹竿一拍，银鳞闪闪都落入篮中了。"临渊羡鱼"，使我们立岸上颇久。水浅鱼细，显得那个捕鱼汉子的两腿特别壮伟。"冷吗？""不。"半裸的渔人有意无意地回答着。"绕城的河里只能垂钓撒网，纹江里边就可以放鹰行船，你们见过吗？"一个同伴问。"见过，在云盖山下。"当我们这样问答着的时候，我们已经舍下渔人而与两个挑担的并肩而行了。

两个人各挑着一对竹篓，篓子上挂着水烟袋、火纸煤，还有新草鞋、旧布鞋，而篓子上边还挂着一大捆甘蔗，那甘蔗又粗又大，紫得好看极了。

"甘蔗卖吗？"

"不卖。"

"挑往哪里去？"

"汉中。"

"篓子里是什么？"

"泽泻。"

"转来挑什么？"

"连翘。"

问着答着，两个挑夫已经走远了。"你们不能回家过年了。"一个伙伴还惋惜地赠送这么一句。汉中就是陕西的南郑，出剑门，走栈道，过朝天观、七盘关、西秦第一关、五丁关……好险要的征途呵，九百三十五里到汉中，这是我们行过来的道路。"我们大概不会再走到这条路了！"自然，抗战胜利之后，我们就要出三峡顺江而下了。我们一边慢悠悠地走着，一边谈着，经过佃农们的像干蘑菇一般的茅草棚，听着隆隆如火车似的水磨声，倒拐而入城北门。

二

进北门（曰北街），这是这小城的住宅区，多大宅第，多古乔木，多高大的石门砧与金字的匾额，流亡者走过这里就想到"家"，想到温暖与和平。"就到我家里来坐坐吧。"一个姓刘的同伴指着一家大门说。他因为从七千里外带来了一个女人和两个小孩，"且住为佳"，便也可以说是有家了。于是大家揭衣而越过其高大的门坎〔槛〕，庭院深深深几许，我们自然不敢多入迷宫一步，只奇怪于那第一进大厅里是空空的，却放着一架新制的大水车，而转入了一个小小的偏房，这本来是人家的下房，如今却作了这位朋友的客厅、卧室、书斋，兼厨房了。这是本城地主老爷的恩惠，有空房也不赁，以向外赁房为可耻，要住就让一间给你，也许要钱，也许只收点礼物，但总不承认是"赁"。我们那位姓刘朋友的太太正在忙着包饺子，自然，这还是故乡过年的习惯。我们隔着窗子可以看到另一个院落里有两个三十岁左右的女人也正在那里忙来忙去，于是一个伙伴向着那个正忙于帮着包饺子的女佣说道：

"杨嫂，请你给说个媳妇好吗？"

"啥子？×老师，你是癫了！"那个女人回答。

于是大家都笑了，原来房主家那两个女人还都未出阁，她们的母亲因为要选择那最如意的女婿而不得，把两个女孩子的终身大事耽误了。据说，这也是这城里一种风气，尤其是这些大门第里。我们偷偷地看了那两个女人的面色，不禁起一些不快之感。

"她们为什么不上学读书？"

"她们小时候在家里读四书，大了就不读了。"杨嫂笑着说。

三

我们从刘家出来，再到赵家去。那位姓赵的朋友夫妇两人新近才搬进了一处凶宅。姓赵的夫妇是科学家，当然不怕鬼，也正因为那地方有鬼，那样好的房子才肯让给这被视为难民的人们去住。

　　从外面看来，这住宅是极其平常的，只是一列板门，像一个小小店铺一样，但进入一个院落以后，就完全是另一个世界了。我们一见之下，只觉得两眼迷离，还没有能力把那些名物一一指点出来，因为这都是太生疏的东西，而且人家又不容你在那里多看一回，只是穿堂而过罢了。然而，对于这里面画栋雕梁，外则蓬户瓮牖的用心，却觉得颇可寻味。我们走进了几进院落，方向也迷了，快要走到赵家住处，也就是快要进入凶宅时，一个伙伴才低声耳语道：

　　"这家的地主老爷一天到晚藏在家里，不敢出城一步。"

　　"这很明白，在他眼里，大概任何人都是土匪了。"

　　这一个院落确乎有点特别，一进来就觉得阴森森的。不久以前，是由本城的女子小学校长叶小姐住着的。

　　叶校长是某大学的教育系毕业生。她的父亲在清朝是举人，到民国以后又是大学教授，她的婆家自然也是望族。她是不满三十岁的人，然而她却在痛苦中过着孀居的日子。她的父亲已去世了，另有一个老母亲和一个小女儿陪着她生活。因为某种关系，我们得知道这位叶女士的情形，我们常常听人家夸奖她。这个县城里连一个在中学毕业的女子也没有，所以没有人可以做这女校的校长，而她又是肯于做这件艰苦的事情，宁可以自己赔了钱来使学校日趋改善。这也是这地方的有产者的特色之一，只为名誉，肯于做一件小小事业。

　　有一天忽然听说，叶小姐病了。

　　第二天又听说，叶小姐死了。

　　第三天又听说，叶小姐是吊死的。

第四天又听说,她是因为爱情而自杀。

……

举人出身的父亲,名门望族的婆家,孀居的痛苦,社会道德所不允许的爱情、舆论、名声……杀死一个有用的青年。

但第五天又来了消息:另一个青年媳妇,也在那个院落里吊死了。

叶家搬走了,房子空起来,而且请了"端公"来赶鬼。一切应做的都做了,然而没有人敢来住,出乎他们意料之外的,赵家夫妇搬进来了。但隔不几天,消息又传来了,就是赵太太又吊死了。这自然是谣言。我们一进这院落,首先出来迎接我们的就是赵太太。她把一切都指点给我们:"你看这棵大皂角树,成了精了!"

那棵大皂角树直挺挺地从屋角里长出来,有五六抱之粗,直矗到天空。"像龙呵""像蛇呵",最后一个人说:"这皮,简直像瓷瓮!"大家都笑了。

"因为它是从屋里长出来的,就像从坟墓里长出来的,而且也太老了。"赵太太说着,又指点道,"你看这些楠树!"

我们都仰起脸来看了,五六棵大楠树,枝叶茂密,遮了整个天空,阳光透不下来,又容易有飒飒的风声,这也就是使这院落阴森森的原因了。

"你看这满地荒芜!"

我们都俯首而看了,满地落叶、荒草、鸟粪、灰尘。她又指一棵枯瘦的松树说:"你看这上吊树!"

因为这棵松树弯曲地长着,像一个人在那里弓着腰一般,其高低,其弯度,恰可以使人上吊。而且,"松者凶也!"她这样说,又指着许许多多方石块道,"你看这些碑碣呀!"

那本是些放花盆的石台，十几块整齐地排列着，而松树下边的两块已经被搬走了，因为恐怕有人踏着石块向松树上拴绳子上吊。最后，她又领我们到一个角落去，指着一丛树道："这是梅花树，就是叶校长的殉难处了！"

假如不经说明，我们真不认得那是梅花树，因为我们历来没有见过那么大的梅花树，密密层层地，占着一间屋大小的一片地，枝梢高出房顶之外，仔细看，还有些残败的黄花留在高高的枝头，据说这是明朝的遗物了。树下边有一枝新被伐去的痕迹，而那一枝就是吊死人的一枝了。留了这么一个崭新的痕迹，倒叫我们有了想象的凭依，觉得不胜哀愁了，而一个好事的伙伴却又猛然直挺挺地站在那树下说道："看，我也来吊！"他伸出舌头，瞪着眼，回答他的却只是一阵可怕的沉默。

赵太太又告诉我们说：他们以为这古梅作怪，想完全伐去，又不敢，于是只去其一枝。那棵大皂角树也作怪，他们却更不敢惹它。她又指一大堆纸灰告诉我们说，这是他们赶鬼时烧的，那个装鬼的穿了死者的衣服，从房顶上被赶出去，而且鬼声鬼气地叫着："哎哟，我再不敢来了，再也不敢来了！"和尚道士在念经，敲锣打鼓，放鞭炮，而作法的也威吓着："我看你还不走？还敢来？"

然而我们实在爱这个院落，那么高大美好的房子，那么古香古色的摆设，而尤其可爱的是那么幽静呵。

四

回到学校，已是四点以后了。天还是阴着，风里带着湿气。

有许多本地女人到学校里来烧香叩头（因为我们的学校原是一座大庙），都被劝阻出去了。

有人在院子里放鞭炮，惹得许多学生都来看热闹，但有人嚷着说是不要放，因为县政府有命令禁止旧年放鞭炮，"那么我们在心里放吧！"这话本是要人笑的，然而大家都笑不出来。

一帮学生来请我去吃饺子，我为了不辜负他们的好意，就跟着他们去了。

这些流亡的孩子，离家已二年有余，他们已经能够自己缝补洗濯，而且能自打草鞋，自做布袜，到了年节，还依照故乡习惯自己动手做饺子。在一个教室里，十几个人围了一个水筒吃着谈着，觉得也极其有趣。

"你们还想家吗？"我问。

"不想家。"一个小同学答。

"你们今天到哪里去玩？"

"我们今天去拜客。"

大家都笑起来了。

原来今天他们出北门，顺纹江而至金雁桥，登东山而去拜访了张任的祠墓。

"那么明天呢？"

"明天还是拜客，去落凤坡，白马观，给诸葛亮和庞士元去拜年。"

于是大家又笑一阵。

"老师，这里的风景你喜欢哪个地方？"

我不回答，却反问道："那么你呢？"

"我吗？"他答，"我喜欢出南门，沿溪行，忘路之远近，或走石板道,而登南塔,望纹水绕山城而来,觉得天地宽大,但最好还是过木板桥而至彼岸,两岸溪流夹一条小径,水里藻长鱼细,岸上垂杨柳,柳含烟……"

不等他说完,大家又笑了,而且又有人喊道:

"你说谎,你说谎,那里并没有杨柳,只有泡桐树,水东瓜。"

"那里有些小鸟,各种颜色,小得像小手指头肚一般,真好看。"

"我还喜欢看大水车,高与山齐,远远望去,想起唐吉诃德的第一次出马。"那个爱说话的孩子又说了。

"还有轧棉花的小水车呢。"

"机械化……"

于是一个学生告诉道:

"今天有几十辆大汽车从东门进城,因为街上人多,小孩子躲不迭,几乎轧死一个。"

"车上装些什么?"

"什么?还不是子弹和飞机零件吗?没有别的。"

"自然是西北运来的了。"

"你猜那些子弹要运到哪里去?"

"自然是后方……"

"错了,将一个个运入日本兵的脑壳里。"

于是大家又笑了。

也有人提起故乡的消息,说某人的哥哥已加入了游击队,也有人说起故乡的年节,但并引不起兴致,谈得不起劲。

五

五点以后，天渐渐暗下来，漫天的乌鸦都飞回这鸦城来了，然而我们还照着我们每日晚饭后出城散步的习惯，再到城外去，而且也趁此看看除夕的景色。出乎意料的，这时街上倒比较清静了，只多了些红灯，各家门上也大都贴了新对联，有一家门上这样写着：

"打倒小日本，做个大国民。"

大家都称赞这对联作得好。还有一家门上写着："灭日灭本享太平"，另一联大概是"兴中兴华……"吧，觉得要笑又笑不得。

出西门，向南折，还是沿着溪水行。有五六辆骡马大车把我们拦在水边不能前进了，我们要先让它们过去。在这条紧接着国际路线的川陕公路上，每天不知有多少汽车奔驰着，载着多少武器与物资，载着多少将士与热心，载着多少可喜的或可悲的消息，从这个小城通过，同时也不知有多少辆骡马大车，载着棉花，载着烟草，载着粮秣或药材，沿公路来，绕了这石头城的半圈，再向公路去，到甘肃，或者到昆明。赶车的多是北方人，有北方的尘土气和乡土音，叫我们感到一些亲近。这些地方还没有专为他们而设的骡车店，于是他们不得不露宿在城外，埋锅造饭，在车底下伸开铺盖睡觉。虽然今天是除夕，他们也只好就过在这江城之外了。我想起一个旧俄作家的忧郁故事来，我甚至愿意去陪他们过一个夜，在篝火旁，听着骡马吃草的声音，听车夫们谈谈他们的经历。

"骡马车比骆驼还快些。"望着大车走过之后，一个同伴这么说。我们都想起在东门外大桥旁边那一群骆驼来了。那还只是昨天的事，我们特意到河滩去看骆驼。其实这在北平城下是见过无数的,而驼铃的声音也听得熟悉,不过这地方居然有一百数十匹骆驼来到,就觉得特别有意思。当我们走时,骆驼群正分开队列,排得整整齐齐地吃着草,从一边看起来,以那无边的沙滩和无尽的江水作为远景,还有那些在暮色苍茫中的山丘,叫人想象到沙漠,而那些微微颤动着的驼峰,就正如旱海中的沙浪一样。牵骆驼的人也正在烧火做饭,火光照着他们的脸色,叫人以为那些脸面都是铁铸的一般。虽然吹着冷风,下着细雨,而他们也即将看守着他们的驼群,在这水边过夜了。有一个驼夫还正在把自己缩在一身羊皮大衣里吹着洞箫呢,箫声和着偶尔发出的驼鸣,叫人想起塞外的胡笳。骆驼也像这些骡车一样,也在来回地运输着。

"你们运输什么东西?"

"运棉花——棉花卖给外洋,换枪炮打日本鬼子。"

"假若有人作一个统计,在这一日之内,不知有多少东西从这江城运过呀!"

正在说着这话的同伴,却忽然惊讶地叹道:"看!那边运来的又是什么?"

那该是一只待宰的猪吧?这地方是个肉食的国度,每天有多少肥猪被抬进来,有多少猪肉被抬出去,然而此刻抬来的东西既没有声音,也不是黑色或白色,而只是长长的,像一段枯树。走近来了,才看出是一具死尸,不敢看的人都转过背去,而另一个同伴却说道:"这有什么可怕,这是常事,不是冻死的,就是饿死的,再不然就是死在监狱里的。"

"人之一生呵!"一个同伴叹息。

"而且他们连埋也不埋,只抬到河边芦苇中一丢就算。"另一个说。

"不错,我今年夏天到江边散步,就看见一个赤裸裸地躺着。"

"朱门酒肉臭哇,路有噢冻死骨……"一个同伴唱起来。

那些大车已经停在东门外边了,我们也走到了东门,我们要回到学校去过我们的除夕,但是我们不能进城,城门忽然关起来了。

这时候也不过是六点半钟,天已经完全黑了,北风刮得很紧,冷雨洒下来,逼得我们无处可去。

六

"啥子名堂噢,妈卖皮的龟儿子!"

"监狱里逃了二十七个监犯,在公园里打死了两个。"

"背时的,过年么,关在屋外头!"

"哪个要你把门关起?"

"县长的命令嘛。"

在城外边拥挤着许多人,说话的声音大多数是道地的四川话。

城门里边也一样地拥挤着许多人,一样地吵斗着,然而也无可如何。

男的,女的,老的,幼的,拿肉的,提酒的,抱着纸马香烛的,提着年红灯的,也有在手里端着醋碗或提着油瓶的。城里的要回乡下去过年,城外的要到城里去过年,然而都被这一道门挡住了。

风吹着,雨淋着,城门依旧关得紧紧的,只有一线灯光从门缝里射出来。

"狗日的,几时开门让老子过去?"

"几时?二更天吧。城里在搜索逃犯呢!"

"妈哟,监犯也要回家过年嘛。"

我们几个人在人丛中挤着,却谈起了去年秋天的几件事:一天中午,忽然把四门都关了,说是城外边有大批土匪要进城劫狱,因为狱里的匪犯有很多是羁押了几年,是既不审判也不释放的。又一次是只关了南门,而其他三门却仍是开着的。当时百思莫解,后来才知道是因为当时天旱已久,而南方是属火的,南门关起来就可以下雨了,而且还在各街贴了小小的黄纸条,上边写着"天气炕阳,小心火烛。"还有一次是因为夜里逃走了壮丁,直到早晨九点钟还是四门紧闭。我们正在谈着这些事情,忽然听到城里不断地传来敲锣声,而且听到呼喊声,但听不清喊些什么。只听到每一阵呼喊的最后总是"要枪毙!要枪毙!"经本地人解释,才知道是说假如有人窝藏逃犯,搜查出来是要一同枪毙的。

"按家搜索吗?半夜也搜不完!"

"妈哟,等到明年初一再开吧!"

有的人不耐烦了,便去打门,然而那两扇城门是太大了,而一个人的拳头是太小的,那城门只发出轻微的咚咚声,却纹丝不动,而且里面的卫兵厉声骂起来了:"龟儿子,哪个敢敲门?上边的命令,要枪毙!"

于是城外边都安静了,然而忽然一阵急促的脚步声和忿〔愤〕怒的喧嚷声从城里传来,接着就听到门链和门闩的响动声,两扇城门裂了一条缝,两个军人从里面挥着拳头挤出来了。他们跳着、骂着,等外边的人们想乘机而入时,那一条狭狭的门缝又砰然一声闭拢了。门外边只被两个军人留下一阵酒腥气,于是大家又大哗起来。

"日你先人,他们可以出,我们就不能进吗?"外边的人喊。

"妈的，他们能出，我们就不能出吗？"这自然是城里边发出的呼声。

一会又来了一个军人，他把门敲了一阵，喊道："啥子县长？为啥子让监犯逃走？里边的犯人逃走，老子是外边犯人还要进去吗？"然而门闩是在里边的，他骂了一阵也无可如何，向后转了。

"唉，抗战时期，要维持后方的秩序呵。"

这是一个穿便衣的人说的，看不出他是干什么的人。

"维持秩序？是谁先破坏了秩序？——我说谁让监犯逃跑就是谁！"

这是一个很有力的反驳，那个吵着维持秩序的人也不再说话了。

天是黑得很深的，风刮得更尖利，雨下得更紧密，这一群被阻在外面的人都蠕动着，彷徨着。"冷啊！"一个女人用尖细的声音这么叫，仿佛已经哭了的样子。"我的家——在——东北松花江——上……"一个流亡的学生，只唱了这么一句就咽住了。

开门既然无望，我们就只好找一个地方去避避风雨，于是我们回头走到东关的街心，想去找一个茶馆坐坐。街两旁都燃起了红灯，但各家的门多是关着的，茶馆里虽然开着大门，但里边也只剩着空空的桌椅，并不见一个客人，若在平素，这时候还正是客满呢，而今天连"消夜"的人也不见了。

"有茶没得？"我们学着四川腔向老板问。

"有。"他回答。但他又回头去问么厮："有茶没得？"

"没得！"一个年老的么厮正坐在桌边抽着水烟，有意无意地回答着。

我们无可去之处，就只好在这里暂坐一坐，但北风依然从街

131

上向我们身上袭来，使我们不能安坐。而这时忽然有几个军人吵着骂着地进来了，其中一个还拔出了佩剑，我们以为他们是从城里来的，以为是开了城门，便赶紧走回城门去。然而城门依然关得紧紧的，而等待着的人却更多起来。有些学生是刚刚来到的，他们说已经绕城走了一周，说各门都一样，都有好些人在等待着开门。

在黑暗中期待的时间是令人觉得特别长久的。大概已经快到九点了，城门居然开了。"开了！……开了！……"人们欢喜地喊着，但里边的急于向外出，而外边的又急于向里进，结果仍是卡在中间，出入不得。打声，骂声，哭叫声，喊痛声。"哎哟，我的脚杆！"一个孩子哭着喊。好容易通过了那一道"窄门"，进得城来却是一街清静，只有两行街灯在风雨迷漫中闪闪地发着红光，偶然从什么地方传来一两响爆竹声，却更显出了这街心的寂静。

"你可曾看见吗？"

"什么？"

"一个女人。"

"一个女人？"

"嗯，一个年轻女人在挤着进城的时候被一个男人抱着亲了一个嘴。"

我们谈着，回到了学校。看看时钟，果然已经过了九点。听其他同伴告诉：一共逃走了二十二个犯人，打死了一个老头儿，其他都跑了。他们的镣铐是预先解卸了的，他们一齐喊了一声便都窜了出来，县政府门口的卫兵莫名其妙，还问着"啥子事？啥子事？"却被一个囚犯一拳打掉了钢盔。另一个警察还追着一个犯人在大操场的升旗台下跑了好几周呢。有的犯人还假装着与自己无干，口里喊着，"捉住！捉住！莫让他逃掉！"而他自己却借此逃掉了。

当我刚刚坐在暗淡的菜油灯下，正要翻开一册书时，附近的人家忽然响起了一阵紧密的鞭炮声，学生宿舍中又涌来了一阵满含着愿望与悲哀的歌声。这一阵鞭炮声和歌声却特别地激动了我的心，我不禁想道：故乡的人们难道也还能过"年"吗？也许他们正在被敌人蹂躏着，也许他们正在同敌人战斗着，而我的面前还摊开着我的弟弟的来信，这样的两行字又显著地跳入了我的眼睛：

"我们在五色旗下生活着，我们的生活中充满了泪，也充满了笑。我们哭，是因为我们在过着痛苦难言的日子；我们笑，是因为我们还坚决地相信着……"

菜油灯心上结了灯花，灯花跳跃着，我的眼睛模糊了，弟弟信尾上那一行虚点扩展开来，扩展为一串泪珠，扩展为一串血滴，扩展为一条伸到无边去的大道……

花　潮

李广田

昆明有个圆通寺。寺后就是圆通山。从前是一座荒山,现在是一个公园,就叫圆通公园。公园在山上。有亭,有台,有池,有榭,有花,有树,有鸟,有兽。后山沿路,有一大片海棠,平时枯枝瘦叶,并不惹人注意,一到二、四月间,其是花团锦簇,变成一个花世界。

这几天天气特利好,花开得也正好,看花的人也就最多。"紫陌红尘拂面来,无人不道看花回",办公室里,餐厅里,晚会上,道路上,经常听到有人问答:"你去看海棠没有?""我去过了。"或者说:"我正想去。"到了星期天,道路相逢,多争说圆通山海棠消息。一时之间,几乎形成一种空气,甚至是一种压力,一种诱感,如果谁没有到圆通山看花,就好像是一大憾事,不得不挤点时间,去凑个热闹。

星期天,我们也去看花。不错,一路同去看花的人可多着哩。进了公园门,步步登山,接踵摩肩,人就更多了。向高处看,隔看密密层层的绿荫,只见一片红云,望不到边际,其是,"寺门尚远花光来，漫天锦绣逢云开"。这时候，什么苍松啊，翠柏啊，碧梧啊，修竹啊……都挽不住游人。大家都一口气地攀到最高峰，淹没在海棠花的红海里。后山一条大路，两旁、四周，都是海棠。人们坐在花下，走在路上，既望不见花外的青天，也看不见花外还有别的世界。花开得正盛，来早了，还未开好；来晚了，已经开败，"千朵万朵压枝低"，每棵树都炫耀自己的鼎盛时代，每一朵花都在微风中的枝头上颤抖着说出自己的喜悦。"喷云吹雾花无数，一条锦绣游人路"，是的，是一条花巷，一条花街，上天下地都是花，可谓花天花地。可是，这些说法都不行，都不足以说出花的动态，"四厢花影怒于潮""四山花影下如潮"，还是"花潮"好。古人写诗真有他的，善于说出要害，说出花的气势。你不要乱跑，你静下来，你看那一望无际的花，"如钱塘潮夜澎湃"，有风，花在动，无风，花也潮水一般地动，在阳光照射下，每一个花瓣都有它自己的阴影，就仿佛多少波浪在大海上翻腾，你越看得出神，你就越感到这一片花潮正在向天空向四面八方伸张，好像有一种生命力在不断扩展。而且，你可以听到潮水的声音，谁知道呢，也许是花下的人语声，也许是花丛中蜜蜂嗡嗡声，也许什么地方有黄莺的歌声，还有什么地方送来看花人的琴声，歌声，笑声……这一切交织在一起，再加上风声，天籁人籁，就如同海上午夜的潮声。大家都是来看花的，可是，这个花到底怎么看法？有人走累了，拣个最好的地方坐下来看，不一会，又感到这里不够好，也许别个地方更好吧，于是站起来，既依依不舍，又满怀向往，慢步移向别处去。多数人都在花下走来走去，这棵树下看看，好；那棵树下看看，也好；伫立在另一棵树下仔细端详一番，更好。看看，想想，再看看，再想想。有人很大方，只是驻足观赏，有人贪心重，伸手牵过一枝花来摇摇，或者干脆翘起鼻子一嗅，再嗅，甚至三嗅。"天公斗巧及如此，令人一步千徘徊。"人们面对这绮丽的风光，真是徒唤奈何了。

老头儿们看花，一面看，一面自言自语，或者嘴里低吟着什么。老妈妈看花，扶着拐杖，牵着孙孙，很珍惜地折下一朵，簪在自己的发髻上。青年们穿得整整齐齐、干干净净，好像参加什么盛会，不少人已经穿上雪白的衬衫，有的甚至是绸衬衫，有的甚至已是短袖衬衫，好像夏天已经来到他们身上，东张张，西望望，既看花，又看人，神气得很。青年妇女们，也都打扮得利利落落，很多人都穿着花衣花裙，好像要与花争妍，也有人擦了点胭脂，抹了点口红，显得很突出，可是，在这花世界里，又叫人感到无所谓了。很自然地想起了龚自珍《西郊落花歌》中说的，"如八万四千天女洗脸罢，齐向此池倾胭脂"，真也有点形容过分，反而没有真实感了。小学生们，系着漂亮的红领巾，带着弹弓来了，可是他们并没有射击，即便有鸟，也不射了，被这一片没头没脑的花淹没了。画家们调好了颜色正对花写生，看花的人又围住了画花的，出神地看画家画花。喜欢照相的人，抱着相机跑来跑去，不知是照花，还是照人，是怕遮了花，还是怕花遮了人，还是要选一个最好的镜头，使如花的人永远伴着最美的花。有人在花下喝茶，有人在花下弹琴，有人在花下下象棋，有人在花下打桥牌。昆明四季如春，四季有花，可是不管山茶也罢，报春也罢，梅花也罢，杜鹃也罢，都没有海棠这样幸运，有这么多人，这样热热闹闹地来访它，来赏它，这样兴致勃勃地来赶这个开花的季节。还有桃花什么的，目前也还开着,在这附近,就有几树碧桃正开,"猩红鹦绿天人姿,回首夭桃悄失色",显得冷冷落落地待在一旁,并没有谁去理睬。在这圆通山头,可以看西山和滇池,可以看平林和原野,可是这时候,大家都在看花,什么也顾不得了。

看着看着,实在也有点疲乏,找个地方坐下来休息一下吧,哪里没有人?都是人。坐在一群看花人旁边,无意中听人家谈论,猜想他们大概是哪个学校的文学教师。他们正在吟诗谈诗:

一个吟道:"泪眼问花花不语,乱红飞过秋千去。"

一个说:"这个不好,哪来的这么些眼泪!"

另一个吟道:"一片花飞减却春,风飘万点正愁人。"

又一个说:"还是不好,虽然是诗圣的佳句,也不好。"

一个青年人抢过去说:"'繁枝容易纷纷落,嫩蕊商量细细开',也是杜诗,好不好?"

一个人回答:"好的,好的,思想健康,说的是新陈代谢。"

一个人不等他说完就接上去:"好是好,还不如龚定庵的'落红不是无情物,化作春泥更护花',有辩证观点,乐观精神。"

有一个人一直不说话,人家问他,他说:"天何言哉,四时兴焉,万物生焉,天何言哉。桃李无言,下自成蹊。你们看,海棠并没有说话,可是大家都被吸引来了。"我也没有说话。想起泰山高处有人在悬崖上刻了四个大字:"予欲无言",其实也甚是多事。回家的路上,还是听到很多人纷纷议论。

有人说:"今年的花,比去年好,去年,比前年好。"

有人说:"今天看花好,今夜睡梦好,明天工作好。"

有人说:"明天作文课,给学生出题目,有了办法。"

有人说:"最好早晨来看花,迎风带露的花,会更娇更美。"

有人说："雨天来看花更好，海棠看雨胭脂透，当然不是大雨滂沱，而是斜风细雨。"

有人说："也许月下来看花更好，将是花气氤氲。"

有人说："下星期再来看花，再不来就完了。"

有人说："不怕花落去，明年花更好。"

好一个"明年花更好"。我一面走着，一面听人家说着，自己也默念着这样两句话：春光似海，盛世如花。

致沈从文

林徽因

一九三三年十一月中旬致沈从文

沈二哥：

初二回来便忙乱成一堆，莫名其所以然。

文章写不好，发脾气时还要返出韵文！

十一月的日子我最消化不了，听听风知道枫叶又凋零得不堪，只想哭。

昨天哭出的几行勉强叫它作诗，日后呈正。

萧先生文章甚有味。

我喜欢，能见到当感到畅快。

你说的是否礼拜五？

如果是，下午五时在家里候教，如嫌晚，星期六早上也一样可以的。

关于云冈现状是我正在写的一短篇，哪天再赶个落花流水时当送上。

思成尚在平汉线边沿吃尘沙，星期六晚上可以到家。

此问
二嫂统此
徽音拜上

一九三四年二月二十七日致沈从文

二哥：

世间事有你想不到的那么古怪，你的信来的时候正遇到我双手托着头在自恨自伤的一片苦楚的情绪中熬着。

在廿四个钟头中，我前前后后，理智的，客观的，把许多纠纷痛苦和挣扎或希望或颓废的细目通通看过好几遍，一方面展开事实观察，一方面分析自己的性格情绪历史，别人的性格情绪历史，两人或两人以上互相的生活，情绪和历史，我只感到一种悲哀，失望，对自己对生活全都失望无兴趣。我觉到像我这样的人应该死去；减少自己及别人的痛苦！这或是暂时的一种情绪，一会儿希望会好。

在这样的消极悲伤的情景下，接到你的信，理智上，我虽然同情你所告诉我的你的苦痛（情绪的紧张），在情感上我却很羡慕你那么积极那么热烈，那么丰富的情绪，至少此刻同我的比，我的显然萧条颓废消极无用。你的是在情感的尖锐上奔进！

可是此刻我们有个共同的烦恼，那便是可惜时间和精力，因为情绪的盘旋而耗费去。

你希望抓住理性的自己，或许找个聪明的人帮你整理一下你的苦恼或是"横溢的情感"，设法把它安排妥帖一点，你竟找到我来，我懂得的，我也常常被同种的纠纷弄得左不是右不是，生活掀在波澜里，盲目的同危险周旋，累得我既为旁人焦灼，又为自己操心，又同情于自己又很不愿意宽恕放任自己。

不过我同你有大不同处：凡是在横溢奔放的情感中时，我便觉到抓住一种生活的意义，即使这横溢奔放的情感所发生的行为上纠纷是快乐与苦辣对渗的性质，我也不难过不在乎。我认定了生活本身原质是矛盾的，我只要生活；体验到极端的愉快，灵质的，透明的，美丽的近于神话理想的快活，以下我情愿也随着赔偿这天赐的幸福，埋在悲痛、纠纷、失望、无望、寂寞中挨过若干时候，好像等自己的血来在创伤上结痂一样！一切我都在无声中忍受，默默地等天来布置我，没有一句话说！（我且说说来给你做个参考。）

我所谓极端的、浪漫的或实际的都无关系，反正我的主义是要生活，没有情感的生活简直是死！生活必须体验丰富的情感，把自己变得丰富、宽大，能优容，能了解，能同情种种"人性"，能懂得自己，不苛责自己，也不苛责旁人，不难自己所不能，也不难别人所不能，更不怨运命或是上帝，看清了世界本是各种人性混合做成的纠纷，人性又就是那么一回事，脱不掉生理、心理、环境习惯先天特质的凑合！

把道德放大了讲，别裁判或裁削自己。任性到损害旁人时如果你不忍，你就根本办不到任性的事（如果你办得到，那你那种残忍，便是你自己性格里的一点特性，也用不着过分地去纠正）。想做的事太多，并且互相冲突时，拣最想做——想做到顾不得旁的牺牲——的事做，未做时心中发生纠纷是免不了的，做后最用不着后悔，因为你既会去做，那桩事便一定是不可免的，别尽着罪过自己。

我方才所说到极端的愉快，灵质的，透明的，美丽的快乐，不知道你有否同一样感觉。我的确有过，我不忘却我的幸福。我认为最愉快的事都是闪亮的，在一段较短的时间内进出神奇的——如同两个人透彻地了解：一句话打到你心里，使得你理智和感情全觉到一万万分满足；如同相爱：一个时候里，你同你自身以外另一个人互相以彼此存在为极端的幸福；如同恋爱，在那时那刻眼所见，耳所听，心所触无所不是美丽，情感如诗歌自然地流动，如花香那样不知其所以。

这些种种便都是一生中不可多得的瑰宝。世界上没有多少人有那机会，且没有多少人有那种天赋的敏感和柔情来尝味那经验，所以就有那种机会也无用。如果有如诗剧神话般的实景，当时当事者本身却没有领会诗的情感又如何行？即使有了，只是浅俗的赏月折花的限量，那又有什么话说？！转过来说，对悲哀的敏感容量也是生活中可贵处。

当时当事，你也许得流出血泪，过去后那些在你经验中也是不可鄙视的创痂。

（此时此刻说说话，我倒暂时忘记了昨天到今晚已整整哭了廿四小时，中间仅仅睡着三四个钟头，方才在过分的失望中颓废着觉到浪费去时间精力，很使自己感叹。）

在夫妇中间为着相爱纠纷自然痛苦，不过那种痛苦也是夹着极端丰富的幸福在内的。冷漠不关心的夫妇结合才是真正的悲剧！

如果在"横溢情感"和"僵死麻木的无情感"中叫我来拣一个，我毫无问题要拣上面的一个，不管是为我自己或是为别人。人活着的意义基本的是在能体验情感。能体验情感还得有智慧有思想来分别了解那情感——自己的或别人的！如果再能表现你自己所体验所了解的种种在文字上——不管那算是宗教或哲学，诗，或是小说，或是社会学论文——（谁管那些）——使得别人也更得点人生意义，那或许就是所有的意义了——不管人文明到什么程度，天文地理科学的通到哪里去，这点人性还是一样的主要，一样的是人生的关键。

在一些微笑或皱眉印象上称较分量，在无边际人事上驰骋细想正是一种生活。

算了吧！二哥，别太虐待自己，有空来我这里，咱们再费点时间讨论讨论它，你还可以告诉我一点实在情形。我在廿四小时中只在想自己如何消极到如此田地苦到如此如此，而使我苦得想去死的那个人自己在去上海火车中也苦得要命，已经给我来了两封电报一封信，这不是"人性"的悲剧吗？那个人便是说他最不喜管人性的梁二哥？

徽因

你一定得同老金〔指金岳霖〕谈谈，他真是能了解同时又极客观极同情极懂得人性，虽然他自己并不一定会提起他的历史。

一九三五年十一月下旬致沈从文

二哥：

怎么了？《大公报》到底被收拾，真叫人生气！有办法否？

昨晚我们这里忽收到两份怪报，名叫《亚洲民报》，篇幅大极，似乎内中还有文艺副刊，是大规模的组织，且有计划的，看情形似乎要《大公报》永远关门。气糊涂了我！社论看了叫人毛发能倒竖。我只希望是我神经过敏。

这日子如何"打发"？我们这国民连骨头都腐了！有消息请告一二。

徽因

一九三七年十月致沈从文

二哥：

我欠你一封信，欠得太久了！现在第一件事要告诉你的就是我们又都在距离相近的一处了。大家当时分手得那么突兀惨淡，现在零零落落地似乎又聚集起来。一切转变得非常古怪，两月以来我种种地感到糊涂。事情越看得多点，心越焦，我并不奇怪自己没有青年人抗战中兴奋的情绪，因为我比许多人明白一点自己并没有抗战，生活离前线太远，一方面自己的理智方面也仍然没有失却它寻常的职能，观察得到一些叫人心里顶难过的事。心里有时像个药罐子。

自你走后，我们北平学社方面发生了许多叫我们操心的事，好容易挨过了俩仨星期（我都记不清有多久了）才算走脱，最后我是病的，却没有声张，临走去医院检查了一遍，结果是得着医生严重的警告——但警告白警告，我的寿命是由天的了。临行的前夜一直弄到半夜三点半，次早六时由家里出发，我只觉得是硬由北总布胡同扯出来上车拉倒。东西全弃下倒无所谓，最难过的是许多朋友都像是放下忍心地走掉，端公太太、公超太太住在我家，临别真是说不出的感到似乎是故意那么狠心地把她们抛下，兆和也是一个使我顶不知怎样才好的，而偏偏我就根本赶不上去北城一趟看看她。我恨不得是把所有北平留下的太大孩子挤在一块走出到天津再说。可是我也知道天津地方更莫名其妙，生活又贵，平津那一节火车情形那时也是一天一个花样，谁都不保险会出什么样把戏的。

这是过去的话了，现在也无从说起，自从那时以后，我们真走了不少地方。由卢沟桥事变到现在，我们把中国所有的铁路都走了一段！最紧张的是由北平到天津，由济南到郑州。带着行李小孩奉着老母，由天津到长沙共计上下舟车十六次。进出旅店十二次，这样走法也就很够经验的，所为的是回到自己的后方。

现在后方已回到了，我们对于战时的国家仅是个不可救药的累赘而已。同时我们又似乎感到许多我们可用的力量废放在这里，是因为各方面缺乏更好的组织来尽量地采用。我们初到时的兴奋，现实已变成习惯的悲感。更其糟的是这几天看到许多过路的队伍兵丁，由他们吃的穿的到其他一切一切。"惭愧"两字我嫌它们过于单纯，所以我没有字来告诉你，我心里所感触的味道。

前几天我着急过津浦线的情形，后来我急过"晋北"的情形——那时还是真正的"晋北"——由大营到繁峙代县，雁门朔县宁武原平崞县忻县一带路，我们是熟极的，阳明堡以北到大同的公路更是有过老朋友交情，那一带的防御在"卢变"以后一星期中我们所知道的等于是"鸡蛋"。我就不信后来赶得及怎样"了不起"的防御工作，老西儿〔指阎锡山〕的军队更是软懦到万分，见不得风的，怎不叫我跳急到万分！好在现在情形已又不同了，谢老天爷，但是看战报的热情是罪过的。如果我们再按紧一点事实的想象：天这样冷……（就不说别的！！）战士们在怎样的一个情形下活着或死去！三个月以前，我们在那边已穿过棉！所以一天到晚，我真不知想什么好，后方的热情是罪过，不热情的话不更罪过？二哥，你想，我们该怎样地活着才有法子安顿这一副还未死透的良心？

我们太平时代（考古）的事业，现时谈不到别的了，在极省俭的法子下维护它不死，待战后再恢复算最为得体的办法。个人生活已甚苦，但尚不到苦到"不堪"。

我是女人，当然立刻变成纯净的"糟糠"的典型，租到两间屋子烹调，课子、洗衣、铺床，每日如在走马灯中过去。中间来几次空袭警报，生活也就饱满到万分。注：一到就发生住的问题，同时患腹泻所以在极马虎中租到一个人家楼上的两间屋。就在火车站旁，火车可以说是从我窗下过去！所以空袭时颇不妙，多暂避于临时大学（熟人尚多见面，金甫亦"高个子"如故）。文艺理想都像在北海王龙亭看虹那么样，是过去中一种偶然的遭遇，现实只有一堆矛盾的现实抓在手里。

话又说多了，且乱，正像我的老样子。二哥你现实在做什么，有空快给我一封信。（在汉口时，我知道你在隔江，就无法来找你一趟）我在长沙回首雁门，正不知有多少伤心呢，不日或起早到昆明，长途车约七八日，天已寒冷，秋气肃杀，这路不太好走，或要去重庆再到成都，一切以营造学社工作为转移（而其间问题尚多，今天不谈了）。现在因时有空袭警报，所以一天不能离开老的或小的，精神上真是苦极苦极，一天的操作也于我的身体有相当威胁。

徽因在长沙
长沙韭菜园教厂坪134刘宅内梁

一九三七年十一月九日至十日致沈从文

二哥：

　　在黑暗中，在车站铁篷子底分别，很有种清凉味道，尤其是走的人没有找着车位，车上又没有灯，送的人打着雨伞，天上落着很凄楚的雨，地下一块亮一块黑的反映着泥水洼，满车站的兵——开拨的到前线的，受伤开回到后方的！那晚上很代表我们这一向所过的日子的最黯淡的底层——这些日子表面上固然还留一点未曾全褪败的颜色。

　　这十天里长沙的雨更象征着一切霉湿、凄怆、惶惑的生活。那种永不开缝的阴霾封锁着上面的天，留下一串串继续又继续着檐漏般不痛快的雨，屋里人冻成更渺小无能的小动物，缩着脖子只在呆想中让时间赶到头里，拖着自己半蛰伏的灵魂。

接到你第一封信后我又重新发热伤风过一次，这次很规矩地躺在床上发冷，或发热，日子清苦得无法设想，偏还老那么悬着，叫人着一种无可奈何的急。如果有天，天又有意旨，我真想他明白点告诉我一点事，好比说我这种人需要不需要活着，不需要的话，这种悬着日子也不都是侈奢？好比说一个非常有精神喜欢挣扎着生存的人，为什么需要肺病，如果是需要，许多希望着健康的想念在她也就很侈奢，是不是最好没有？死在长沙雨里，死得虽未免太冷点，望昆明跑，跑后的结果如果是一样，那又怎样？昨天我们夫妇算算到昆明去，现在要不就走，再去怕更要落雪落雨发生问题，就走的话，除却旅费，到了那边时身上一共剩下三百来元，万一学社经费不成功，带着那一点点钱，一家子老老小小流落在那里颇不妥当，最好得等基金方面一点消息。……

可是今天居然天晴，并且有大蓝天，大白云，顶美丽的太阳光！我坐在一张破藤椅上，破藤椅放在小破廊子上，旁边晒着棉被和雨鞋，人也就轻松一半，该想的事暂时不再想它，想想别的有趣的事：好比差不多二十年前，我独自坐在一间顶大的书房里看雨，那是英国的不断的雨。

我爸爸到瑞士国联开会去，我能在楼上嗅到顶下层楼下厨房里炸牛腰子同洋咸肉的味道，到晚上又是在顶大的饭厅里（点着一盏顶暗的灯）独自坐着（垂着两条不着地的腿同刚刚垂肩的发辫），一个人吃饭一面咬着手指头哭——闷到实在不能不哭！理想的我老希望着生活有点浪漫的发生，或是有个人叩下门走进来坐在我对面同我谈话，或是同我同坐在楼上炉边给我讲故事，最要紧的还是有个人要来爱我。

我做着所有女孩做的梦。而实际上却只是天天落雨又落雨，我从不认识一个男朋友，从没有一个浪漫聪明的人走来同我玩——实际生活上所认识的人从没有一个像我所想象的浪漫人物，却还加上一大堆人事上的纷纠。

　　话说得太远了，方才说天又晴了，我却怎么又转到落雨上去？真糟！肚子有点饿，嗅不着炸牛腰子同咸肉的味道更是无法再想英国或廿年前的事，国联或其他！

　　方才念到你的第二封信，说起爸爸的演讲，当时他说得顶热闹，根本没有想到注意近在自己身边的女儿的日常一点点小小苦痛比那种演讲更能表示他真的懂得那些问题的重要。现在我自己已做了嬷嬷，我不愿意在任何情形下把我的任何一角酸辛的经验来换他当时的一篇漂亮话，不管他有多少风趣！这也许是我比他诚实，也许是我比他缺一点幽默！

　　好久了，我没有写长信，写这么杂乱无系统的随笔信，今晚上写了这许多，谁知道我方才喝了些什么，此刻真是冷，屋子里谁都睡了，温度仅仅五十一度〔华氏51度，即10摄氏度左右〕，也许这是原因！

　　明早再写关于沅陵及其他向昆明方面设想的信！

　　又接到另外一封信，关于沅陵我们可以想想，关于大举移民到昆明的事还是个大悬点挂在空里，看样子如果再没有计划就会因无计划而在长沙留下来过冬，不过关于一切我仍然还须给你更具体的回信一封，此信今天暂时先拿去付邮而免你惦挂。

　　昨天张君劢老前辈来此，这人一切仍然极其"混沌"（我不叫它作天真）。天下事原来都是一些极没有意思的，我们理想着一些美妙的完美，结果只是处处悲观叹息着。我真佩服一些人仍然整天说着大话,自己支持着极不相干的自己,以至令别人想哭!

匆匆
徽因
十一月九至十日

一九三七年十二月九日致沈从文

二哥:

决定了到昆明以便积极地做走的准备。本买二日票,后因思成等周寄梅先生,把票退了,再去买时已经连七号的都卖光了,只好买八号的。

今天中午到了沅陵。昨晚是住在官庄的。沿途景物又秀丽又雄壮,就使我们想到二哥你对这些苍翠的天、排布的深浅山头、碧绿的水和其间稍稍带点天真的人为的点缀,如何的亲切爱好,感到一种愉快。

天气是好到不能更好,我说如果不是在这战期中时时心里负着一种悲伤哀愁的话,这旅行真是不知几世修来。

昨晚有人说或许这带有匪,倒弄得我们心有点慌慌的,但在小旅店里灯火荧荧如豆,外边微风撼树,不由得不有一种特别情绪,其实我们很平安地到达了很安静的地带。

今天来到沅陵,风景愈来愈妙,有时颇疑心有翠翠这种的人物在!沅陵城也极好玩,我爱极了。

你老兄的房子在小山上，非常别致有雅趣，原来你一家子都是敏感的有精致爱好的。我同思成带了两个孩子来找他，意外还见到你的三弟，新从前线回来，他伤已愈，可以拐杖走路。他们待我们太好（个个性情都有点像你处）。我们真欢喜极了，都又感到太打扰得他们有点过意。

虽然，有半天工夫在那楼上廊子上坐着谈天，可是我真感到有无限亲切。

沅陵的风景，沅陵的城市，同沅陵的人物，在我们心里是一片很完整的记忆，我愿意再回到沅陵一次，无论什么时候，最好当然是打完仗！

说到打仗你别过于悲观，我们还许要吃苦，可是我们不能不争到一种翻身的地步。

我们这种人太无用了，也许会死，会消灭，可是总有别的法子，我们中国国家进步了，弄得好一点，争出一种新的局面，不再是低着头的被压迫着，我们根据事实时有时很难乐观，但是往大处看，抓紧信心，我相信我们大家根本还是乐观的，你说对不对？

这次分别大家都怀着深忧！不知以后事如何？相见在何日？只要有着信心，我们还要再见的呢。

无限亲切的感觉因为我们在你的家乡。

徽因
昆明住址云南大学王赣愚先生转

一九三八年春致沈从文

二哥：

事情多得不可开交，情感方面虽然有许多新的积蓄，一时也不能够去清理（这年头也不是清理情感的时候）。

昆明的到达既在离开长沙三十九天之后，其间的故事也就很有可纪念的。

我们的日子至今尚似走马灯的旋转，虽然昆明的白云悠闲疏散在蓝天里。现在生活的压迫似乎比从前更有分量了。

我问我自己三十年底下都剩一些什么，假使机会好点我有什么样的一两句话说出来，或是什么样事好做，这种问题在这时候问，似乎更没有回答——我相信我已是一整个的失败，再用不着自己过分地操心，所以朋友方面也就无话可说——现在多半的人都最惦挂我的身体。一个机构多方面受过损伤的身体实在用不着惦挂，我看黔滇间公路上所用的车辆颇感到一点同情，在中国做人同在中国坐车子一样，都要承受那种的待遇，磨到焦头烂额，照样有人把你拉过来推过去爬着长长的山坡。你若使懂事，多挣扎一下，也就不见得不会喘着气爬山过岭，到了你最后的一个时候。

不，我这比喻打得不好，它给你的印象好像是说我整日里在忙着服务，有许多艰难的工作做，其实，那又不然，虽然思成与我整天宣言我们愿意义务地替政府或其他公共机关效力，到了如今人家还是不找我们做正经事，现在所忙的仅是一些零碎的私人所委托的杂务，这种私人相委的事如果他们肯给一点实际的酬报，我们生活可以稍稍安定，挪点时候做些其他有价值的事也好，偏又不然，所以我仍然得另想别的办法付昆明的高价房租，结果是又接受了教书生涯，一星期来往爬四次山坡走老远的路，到云大去教六点钟的补习英文。

上月净得四十余元法币，而一方面为一种我们最不可少的皮尺昨天花了二十三元买来！到如今我还不大明白我们来到昆明是做生意，是"走江湖"还是做"社会性的骗子"——因为梁家老太爷的名分，人家常抬举这对愚夫妇，所以我们是常常有些阔绰的应酬需要我们笑脸的应付——这样说来好像是牢骚，其实也不尽然，事实上就是情感良心均不得均衡！

前昨同航空毕业班的几个学生谈，我几乎要哭起来，这些青年叫我一百分的感激同情，一方面我们这租来的房子墙上还挂着那位主席将军的相片，看一眼，话就多了——现在不讲，天天早上那些热血的人在我们上空练习速度、驱逐和格斗，底下芸芸众生吃喝得仍然有些讲究。

思成不能酒我不能牌，两人都不能烟，在做人方面已经是十分惭愧！现在昆明人才济济，哪一方面人都有。

云南的权贵，香港的服装，南京的风度，大中华民国的洋钱，把生活描画得十三分对不起那些在天上冒险的青年，其他更不用说了。现在我们所认识的穷愁朋友已来了许多，同感者自然甚多。

陇海全线的激战使我十分兴奋，那一带地方我比较熟习，整个心都像在那上面滚，有许多人似乎看那些新闻印象里只有一堆内地县名，根本不发生感应，我就奇怪！我真想在山西随军，做什么自己可不大知道！

二哥，我今天心绪不好，写出信来怕全是不好听的话，你原谅我,我要搁笔了。

  这封信暂做一个赔罪的先锋,我当时也知道朋友们一定会记挂,不知怎么我偏不写信,好像是罚自己似的——一股坏脾气发作!

徽因

养　花

老舍

　　我爱花，所以也爱养花。我可还没成为养花专家，因为没有工夫去研究和试验。我只把养花当作生活中的一种乐趣，花开得大小好坏都不计较，只要开花，我就高兴。在我的小院子里，一到夏天满是花草，小猫只好上房去玩，地上没有它们的运动场。

　　花虽然多，但是没有奇花异草。珍贵的花草不易养活，看着一棵好花生病要死是件难过的事。我不愿时时落泪。北京的气候，对养花来说不算很好。冬天冷，春天多风，夏天不是干旱就是大雨倾盆，秋天最好，可是忽然会闹霜冻。在这种气候里，想把南方的好花养活，我还没有那么大的本事。因此，我只养些好种易活、自己会奋斗的花草。

　　不过，尽管花草自己会奋斗，我若是置之不理，任其自生自灭，大半还是会死了的。我得天天照管它们，像好朋友似的关心它们。一来二去，我摸着一些门道：有的喜阴，就别放在太阳地里；有的喜干，就别多浇水。摸着门道，花草养活了，而且三年五载老活着、开花，多么有意思啊！不是乱吹，这就是知识啊！多得些知识，一定不是坏事。

我不是有腿病吗，不但不利于行，也不利于久坐。我不知道花草们受我的照顾，感谢我不感谢；我可得感谢它们。在我工作的时候，我总是写几百个字，就到院中去看看，浇浇这棵，搬搬那盆，然后回到屋中再写一点，然后再出去，如此循环，让脑力劳动和体力劳动结合到一起，有益身心，胜于吃药。要是赶上狂风暴雨或天气突变，就得全家动员，抢救花草，十分紧张。几百盆花，都要很快地抢到屋里去，使人腰酸腿疼，热汗直流。第二天，天气好了，又得把花都搬出去，就又一次腰酸腿疼，热汗直流。可是，这多么有意思呀！不劳动，连棵花也养不活，这难道不是真理吗？

送牛奶的同志进门就夸"好香"，这使我们全家都感到骄傲。赶到昙花开放的时候，约几位朋友来看看，更有秉烛夜游的神气——昙花总在夜里放蕊。花分根了，一棵分为数棵，就赠给朋友们一些；看着友人拿走自己的劳动果实，心里自然特别欢喜。

当然，也有伤心的时候，今年夏天就有这么一回。三百棵菊秧还在地上（没到移入盆中的时候），下了暴雨，邻家的墙倒了，菊秧被砸死三十多种，一百多棵！全家人几天都没有笑容！

有喜有忧，有笑有泪，有花有果，有香有色，既须劳动，又长见识，这就是养花的乐趣了。

宴之趣

郑振铎

虽然是冬天，天气却并不怎么冷，雨点淅淅沥沥地滴个不已，灰色云是弥漫着；火炉的火是熄下了，在这样的秋天似的天气中，生了火炉未免是过于燠暖了。家里一个人也没有，他们都出外"应酬"去了。独自在这样的房里坐着，读书的兴趣也引不起，偶然地把早晨的日报翻着，翻着，看看它的广告，忽然想起去看 Merry Widow〔美国电影《风流寡妇》〕吧。于是独自地上了电车，到派克路跳下了。

在黑漆的影戏院中，乐队悠扬地奏着乐，白幕上的黑影，坐着，立着，追着，哭着，笑着，愁着，怒着，恋着，失望着，决斗着，那还不是那一套，他们写了又写，演了又演的那一套故事。

但至少，我是把一句话记住在心上了：

"有多少次，我是饿着肚子从晚餐席上跑开了。"

这是一句隽妙无比的名句；借来形容我们宴会无虚日的交际社会，真是很确切的。

每一个商人，每一个官僚，每一个略略交际广了些的人，差不多他们的每一个黄昏,都是消磨在酒楼菜馆之中的。有的时候,一个黄昏要赶着去赴三四处的宴会。这些忙碌的交际者真是妓女一样,在这里坐一坐,就走开了,又赶到另一个地方去了,在那一个地方又只略坐一坐,又赶到再一个地方去了。他们的肚子定是不会饱的,我想。有几个这样的交际者,当酒阑灯灺,应酬完毕之后,定是回到家中,叫底下人烧了稀饭来堆补空肠的。

我们在广漠繁华的上海,简直是一个村气十足的"乡下人";我们住的是乡下,到"上海"去一趟是不容易的,我们过的是乡间的生活,一月中难得有几个黄昏是在"应酬"场中度过的。有许多人也许要说我们是"孤介",那是很清高的一个名词。但我们实在不是如此,我们不过是不惯征逐于酒肉之场,始终保持着不大见世面的"乡下人"的色彩而已。

偶然的有几次,承一两个朋友的好意,邀请我们去赴宴。在座的至多只有三四个熟人,那一半生客,还要主人介绍或自己去请教尊姓大名,或交换名片,把应有的初见面的应酬的话讷讷地说完了之后,便默默地相对无言了。说的话都不是有着落,都不是从心里发出的;泛泛的,是几个音声,由喉咙头溜到口外的而已。过后自己想起那样的敷衍的对话,未免要为之失笑。如此地,说是一个黄昏在繁灯絮语之宴席上度过了,然而那是如何没有生趣的一个黄昏呀!

有几次,席上的生客太多了,除主人之外没有一个是认识的;请教了姓名之后,也随即忘记了。除了和主人说几句话,简直的无从和他们谈起。不晓得他们是什么行业,不晓得他们是什么性质的人,有话在口头也不敢随意地高谈起来。那一席宴,真是如坐针毡；精美的羹菜，一碗碗地捧上来，也不知是什么味儿。终于忍不住了，只好向主人撒一个谎，说身体不大好过，或是说是还有应酬，一定要去的——如果在谣言很多的这几天当然是更好托辞了，说我怕戒严提早，要被留在华界之外——虽然这是无礼貌的，不大应该的，虽然主人是照例地殷勤地留着，然而我却不顾一切地不得不走了。这个黄昏实在是太难挨得过去了！回到家里以后，买了一碗稀饭，即使只有一小盏萝卜干下稀饭，反而觉得舒畅。如果有什么友人做喜事，或寿事，在某某花园，某某旅社的大厅里，大张旗鼓地宴客，不幸我们是被邀请了，更不幸我们是太熟的友人，不能不到，也不能道完了喜或拜完了寿，立刻就托辞溜走的，于是这又是一个可怕的黄昏。常常地张大了两眼，在寻找熟人。好容易找到了，一定要紧紧地和他们挤在一起，不敢失散。到了坐〔座〕席时，便至少有两三人在一块儿可以谈谈了，不至于一个人独自地局促在一群生面孔的人当中，惶恐而且空虚。当我们两三人在津津地谈着自己的事时，偶然抬起眼来看着对面的一个坐客，他是凄然无侣地坐着；大家酒杯举了，他也举着；菜来了，一个人说："请，请。"同时把牙箸伸到盘边，他也说："请，请。"也同样地把牙箸伸出。除了吃菜，他没有别的目的，菜完了，他便局促地独坐着。我们见了他，总要代他难过，然而他终于能够终了席方才起身离座。

宴会之趣味如果仅是这样的，那么，我们将咒诅那第一个发明请客的人；喝酒的趣味如果仅是这样的，那么，我们也将打倒杜康与狄奥尼修士了。

然而又有的宴会却幸而并不是这样的；我们也还有别的可以引起喝酒的趣味的环境。

独酌，据说，那是很有意思的。我少时，常见祖父一个人执了一把锡的酒壶，把黄色的酒倒在白瓷小杯里，举了杯独酌着；喝了一小口，真正一小口，便放下了，又拿起筷子来夹菜。因此，他食得很慢，大家的饭碗和筷子都已放下了，且已离座了，而他却还在举着酒杯，不匆不忙地喝着。他的吃饭，尚在再一个半点钟之后呢。而他喝着酒，颜微酡着，常常叫道："孩子，来。"而我们便到了他的跟前。他夹了一块只有他独享着的菜蔬放在我们口中，问道："好吃吗？"我们往往以点点头答之。在孙男与孙女中，他特别地喜欢我，叫我前去的时候尤多。常常地，他把有了短髭的嘴吻我的面颊，微微有些刺痛，而他的酒气从他的口鼻中直喷出来。这是使我很难受的。

这样地，他消磨过了一个中午和一个黄昏。天天都是如此。我没有享受过这样的乐趣，然而回想起来，似乎他那时是非常的高兴，他是陶醉着，为快乐的雾所围着，似乎他的沉重的忧郁都从心上移开了，这里便是他的全个世界，而全个世界也便是他的。

另一个宴之趣，是我们近几年所常常领略到的，那就是集合了好几个无所不谈的朋友，全座没有一个生面孔，在随意地喝着酒，吃着菜，上天下地地谈着。有时说着很轻妙的话，说着很可发笑的话，有时是如火如剑的激动的话，有时是深切的论学谈艺的话，有时是随意地取笑着，有时是面红耳热地争辩着，有时是高妙的理想在我们的谈锋上触着，有时是恋爱的遇合与家庭的与个人的身世使我们谈个不休。每个人都把他的心胸赤裸裸地袒开了，每个人都把他的向来不肯给人看的面孔显露出来了；每个人都谈着，谈着，谈着，只有更兴奋地谈着，毫不觉得"疲倦"是怎么一个样子。酒是喝得干了，菜是已经没有了，而他们却还是谈着，谈着，谈着。那个地方，即使是很喧闹的，很湫狭的，向来所不愿意多坐的，而这时大家却都忘记了这些事，只是谈着，谈着，谈着，没有一个人愿意先说起告别的话。要不是为了戒严或家庭的命令，竟不会有人想走开的。虽然这些闲谈都是琐屑之至的，都是无意味的，而我们却已在其间得到宴之趣了；其实在这些闲谈中，我们是时时可发现许多珠宝的；大家都互相地受着影响，大家都更进一步了解他的同伴，大家都可以从那里得到些教训与利益。

"再喝一杯，只要一杯，一杯。"

"不，不能喝了，实在的。"

不会喝酒的人每每这样的被强迫着而喝了过量的酒。面部红红的，映在灯光之下，是向来所未有的壮美的丰采。

"圣陶，干一杯，干一杯。"我往往地举起杯来对着他说，我是很喜欢一口一杯地喝酒的。

"慢慢地，不要这样快，喝酒的趣味，在于一小口一小口地喝，不在于'干杯'。"圣陶反抗似的说，然而终于他是一口干了，一杯又是一杯。

连不会喝酒的愈之、雁冰，有时，竟也被我们强迫地干了一杯。于是大家哄然地大笑，是发出于心之绝底的笑。

再有，佳年好节，合家团团地坐在一桌上，放了十几双的红漆筷子，连不在家中的人也都放着一双筷子，都排着一个座位。小孩子笑滋滋地闹着吵着，母亲和祖母温和地笑着，妻子忙碌着，指挥着厨房中、厅堂中仆人们的做菜、端菜，那也是特有一种融融泄泄的乐趣，为孤独者所妒羡不止的，虽然并没有和同伴们同在时那样的宴之趣。

还有，一对恋人独白在酒店的密室中晚餐；还有，从戏院中偕了妻子出来，同登酒楼喝一两杯酒；还有，伴着祖母或母亲在熊熊的炉火旁边，放了几盏小菜，闲吃着消夜的酒，那都是使身临其境的人心醉神怡的。

宴之趣是如此的不同呀！

纪念志摩去世四周年

林徽因

今天是你走脱这世界的四周年！朋友，我们这次拿什么来纪念你？前两次的用香花感伤地围上你的照片，抑住嗓子底下叹息和悲哽，朋友和朋友无聊地对望着，完成一种纪念的形式，俨然是愚蠢的失败。因为那时那种近于伤感，而又不够宗教庄严的举动，除却点明了你和我们中间的距离，生和死的间隔外，实在没有别的成效；几乎完全不能达到任何真实纪念的意义。

去年今日我意外地由浙南路过你的家乡，在昏沉的夜色里我独立火车门外，凝望着那幽暗的站台，默默地回忆许多不相连续的过往残片，直到生和死间居然幻成一片模糊，人生和火车似的蜿蜒一串疑问在苍茫间奔驰。我想起你的：

　　火车擒住轨，在黑夜里奔
　　过山，过水，过……

如果那时候我的眼泪曾不自主地溢出睫外，我知道你定会原

谅我的。你应当相信我不会向悲哀投降,什么时候我都相信倔强的忠于生的,即使人生如你底下所说:

> 就凭那精窄的两道,算是轨,
> 驮着这份重,梦一般的累赘。

就在那时候我记得火车慢慢地由站台拖出一程一程地前进,我也随着酸怆的诗意,那"车的呻吟","过荒野,……过池塘,……过噤口的村庄"到了第二站——我的一半家乡。

今年又轮到今天这一个日子!世界仍旧一团糟,多少地方是黑云布满着粗筋络往理想的反面猛进,我并不在瞎说,当我写:

> 信仰只一细炷香
> 那点子亮再经不起西风
> 沙沙的隔着梧桐树吹

朋友,你自己说,如果是你现在坐在我这位子上,迎着这一窗太阳:眼看着菊花影在墙上描画作态;手臂下倚着两叠今早的报纸;耳朵里不时隐隐地听着朝阳门外"打靶"的枪弹声;意识的,潜意识的,要明白这生和死的谜,你又该写成怎样一首诗来,纪念一个死别的朋友?

此时,我却是完全的一个糊涂!习惯上我说,每桩事都像是造物的意旨,归根都是运命,但我明知道每桩事都有我们自己的影子在里面烙印着!我也知道每一个日子是多少机缘巧合凑拢来拼成的图案,但我也疑问其间的摆布谁是主宰。据我看来:死是悲剧的一章，生则更是一场悲剧的主干！我们这一群剧中的角色自身性格与性格矛盾，理智与情感两不相容；理想与现实当面冲突，侧面或反面激成悲哀。日子一天一天向前转，昨日和昨日堆垒起来混成一片不可避脱的背景，做成我们周遭的墙壁或气氛，那么结实又那么缥缈，使我们每一人站在每一天的每一个时候里都是那么主要，又是那么渺小无能为！

此刻我几乎找不出一句话来说，因为，真的，我只是个完全的糊涂；感到生和死一样的不可解，不可懂。

但是我却要告诉你，虽然四年了你脱离去我们这共同活动的世界，本身停掉参加牵引事体变迁的主力，可是谁也不能否认，你仍立在我们烟涛渺茫的背景里，间接地是种力量，尤其是在文艺创造的努力和信仰方面。间接地你任凭自然的音韵，颜色，不时的风轻月白，人的无定律的一切情感，悠断悠续地仍然在我们中间继续着生，仍然与我们共同交织着这生的纠纷，继续着生的理想。你并不离我们太远。你的身影永远挂在这里那里，同你生前一样的飘忽，爱在人家不经意时茁止，带来勇气的笑声也总是那么嘹亮。

说到你的诗，朋友，我正要正经地同你再说一些话。你不要不耐烦。这话迟早我们总要说清的。人说盖棺论定，前者早已成了事实，这后者在这四年中，说来叫人难受，我还未曾读到一篇中肯或诚实的论评，虽然对你的赞美和攻讦由你去世后一两周间，就纷纷开始了。但是他们每人手里拿的都不像纯文艺的天平：有的喜欢你的为人，有的疑问你私人的道德；有的单单尊崇你诗中所表现的思想哲学，有的仅喜爱那些软弱的细致的句子，有的每发议论必须牵涉你的个人生活之合乎规矩方圆，或断言你是轻薄，或引证你是浮奢豪侈！朋友，我知道你从不介意过这些，许多人的浅陋老实或刻薄处你早就领略过一堆，你不止未曾生过气，并且常常表现怜悯同原谅：你的心情永远是那么洁净；头老抬得那么高；胸中老是那么完整的诚挚；臂上老有那么许多不折不挠的勇气。但是现在的情形与以前却稍稍不同，你自己既已不在这里，做你朋友的，眼看着你被误解、曲解，乃至于谩骂，有时真忍不住替你不平。

但你可别误会我心眼儿窄，把不相干的看成重要，我也知道误解曲解谩骂，都是不相干的，但是朋友，我们谁都需要有人了解我们的时候，真了解了我们，即使是痛下针砭，骂着了我们的弱处错处，那整个的我们却因而更增添了意义，一个作家文艺的总成绩更需要一种就文论文，就艺术论艺术的和平判断。

你在《猛虎集》"序"中说"世界上再没有比写诗更惨的事"，你却并未说明为什么写诗是一桩惨事，现在让我来个注脚好不好？我看一个人一生为着一个愚诚的倾向把所感受到的复杂的情绪、尝味到的生活，放到自己的理想和信仰的锅炉里烧炼成几句悠扬铿锵的语言（哪怕是几声小唱），来满足他自己本能的艺术的冲动，这本来是个极寻常的事。哪一个地方哪一个时代，都不断有这种人。轮着做这种人的多半是为着他情感来的比寻常人浓富敏锐，而为着这情感而发生的冲动更是非实际的——或不全是实际的——追求，而需要那种艺术的满足而已。说起来写诗的人的动机多么简单可怜，正是如你"序"里所说"我们都是受支配的善良的生灵"！虽然有些诗人因为他们的成绩特别高厚广阔包括了多数人，或整个时代的艺术和思想的冲动，从此便在人间披上神秘的光圈，使"诗人"两字无形中挂着崇高的色彩。这样使一般努力于用韵文表现或描画人在自然万物相交错时的情绪思想的，便被人的成见看作夸大狂的旗帜，需要同时代人的极冷酷的讥讪和不信任来扑灭它，以挽救人类的尊严和健康。

我承认写诗是惨淡经营，孤立在人中挣扎的勾当，但是因为我知道太清楚了，你在这上面单纯的信仰和诚恳的尝试，为同业者奋斗，卫护他们的情感的愚诚，称扬他们艺术的创造，自己从未曾求过虚荣，我觉得你始终是很逍遥舒畅的。如你自己所说"满头血水"，你"仍不曾低头"，你自己相信"一点性灵还在那里挣扎""还想在实际生活的重重压迫下透出一些声响来"。

简单地说，朋友，你这写诗的动机是坦白不由自主的，你写诗的态度是诚实、勇敢而倔强的。这在讨论你诗的时候，谁都先得明了的。

至于你诗的技巧问题，艺术上的造诣，在这新诗仍在彷徨歧路的尝试期间，谁也不能坚决地论断，不过有一桩事我很想提醒现在讨论新诗的人，新诗之由于无条件无形制宽泛到几乎没有一定的定义时代，转入这讨论外形内容，以至于音节、韵脚、章句、意象、组织等艺术技巧问题的时期，即是根据着对这方面努力尝试过的那一些诗，你的头两个诗集子就是供给这些讨论见解最多材料的根据。外国的土话说"马总得放在马车的前面"，是不是？没有一些尝试的成绩放在那里，理论家是不能老在那里发一堆空头支票的，是不是？

你自己一向不止在那里倔强地尝试用功，你还会用尽你所有活泼的热心鼓励别人尝试，鼓励"时代"起来尝试，——这种工作是最犯风头嫌疑的，也只有你胆子大头皮硬顶得下来！我还记得你要印诗集子时我替你捏一把汗，老实说还替你在有文采的老前辈中间难为情过，我也记得我初听到人家找你办《晨报副刊》时我的焦急，但你居然板起个脸抓起两把鼓槌子为文艺吹打开路乃至于扫地，铺鲜花，不顾旧势力的非难、新势力的怀疑，你干你的事"事有人为，做了再说"那股子劲，以后别处也还很少见。

现在你走了，这些事渐渐在人的记忆中模糊下来，你的诗和文章也散漫在各小本集子里，压在有极新鲜的封皮的新书后面，谁说起你来，不是马马虎虎地承认你是过去中一个势力，就是拿能够挑剔看轻你的诗为本事（人家很少提到散文，或许"散文家没有诗人那么光荣，不值得注意），朋友，这是没法子的事，我却一点不为此灰心，因为我有我的信仰。

我认为我们这写诗的动机既如前面所说那么简单愚诚；因在某一时，或某一刻敏锐地接触到生活上的锋芒，或偶然地触遇到理想峰巅上云彩星霞，不由得不在我们所习惯的语言中，编缀出一两串近于音乐的句子来，慰藉自己，解放自己，去追求超实际的真美，读诗者的反应一定有一大半也和我们这写诗的一样诚实天真，仅想在我们句子中间由音乐性的愉悦，接触到一些生活的底蕴掺和着美丽的憧憬：把我们的情绪给他们的情绪搭起一座浮桥；把我们的灵感，给他们生活添些新鲜；把我们的痛苦伤心再揉成他们自己忧郁的安慰！

我们的作品会不会再长存下去，就看它们会不会活在那一些我们从来不认识的人，我们作品的读者，散在各时、各处互相不认识的孤单的人的心里，这种事它自己有自己的定律，并不需要我们的关心。你的诗据我所知道的，它们仍旧在这里浮沉流落，你的影子也就浓淡参差地系在那些诗句中，另一端印在许多不相识人的心里。朋友，你不要过于看轻这种间接的生存，许多热情的人他们会为着你的存在，而加增了生的意识的。伤心的仅是那些你最亲热的朋友们和同兴趣的努力者，你不在他们中间的事实，将要永远是个不能填补的空虚。

你走后大家就提议要为你设立一个"志摩奖金"来继续你鼓励人家努力诗文的素志，勉强象征你那种对于文艺创造拥护的热心，使不及认得你的青年人永远对你保存着亲热。如果这事你不觉到太寒碜不够热气，我希望你原谅你这些朋友们的苦心，在之中笑着给我们勇气来做这一些蠢诚的事吧。

永远的憧憬和追求

萧红

一九一一年在一个小县城里边,我出生在一个地主家里,那县城差不多就是中国的最北部——黑龙江省,所以一年之中倒有四个月飘着白雪,父亲常常为贪婪而失掉人性,他对待仆人,对待自己的儿女以及对待我的祖父都是同样的吝啬而疏远,甚至于无情。

有一次为着房屋租金的事情,父亲把房客的全套马车赶了过来,房客的家属们哭着诉说着,向我的祖父跪了下来,于是祖父把两匹棕色的马从车上卸下来还了回去,为着这两匹马,父亲向祖父起着整夜的争吵。"两匹马,咱们是算不了什么的,穷人,这两匹马就是命根。"祖父这样说着,而父亲还是争吵。

九岁时母亲死去,父亲也就更变了样,偶然打碎一只杯子,他就要骂到使人发抖的程度。后来就连父亲的眼睛也转了弯,每从他身边经过,我就像自己的身上生了针刺一样;他斜视着你,他那高傲的眼光从鼻梁经过嘴角,而后往下流着。所以每每在大雪中的黄昏里,围着暖炉,围着祖父,听着祖父读着诗篇,看着祖父读着诗篇时微红的嘴唇。

父亲打了我的时候，我就在祖父的房里一直面向着窗子，从黄昏到深夜，窗外的白雪好像棉花一样飘着；而暖炉上水壶的盖子，则像伴奏的乐器似的振动着。

祖父时时把多纹的两手放在我的肩上，而后又放在我的头上，我的耳边便响着这样的声音："快快长吧！长大了就好了。"

二十岁那年，我就逃出了父亲的家庭。直到现在还是过着流浪的生活。

"长大"是"长大"了，而没有"好"。

可是从祖父那里，知道了人生除掉了冰冷和憎恶而外，还有温暖和爱。

所以我就向着"温暖"和"爱"的方面，怀着永久的憧憬和追求。

祖父死了的时候

萧红

祖父总是有点变样子,他喜欢流起眼泪来,同时过去很重要的事情他也忘掉。比方过去那一些他常讲的故事,现在讲起来,讲了一半下一半他就说:"我记不得了。"

某夜,他又病了一次,经过这一次病,他竟说:"给你三姑写信,叫她来一趟,我不是四五年没看过她吗?"他叫我写信给我已经死去五年的姑母。

那次离家是很痛苦的。学校来了开学通知信,祖父又一天一天地变样起来。

祖父睡着的时候,我就躺在他的旁边哭,好像祖父已经离开我死去似的,一面哭着一面抬头看他凹陷的嘴唇。我若死掉祖父,就死掉我一生最重要的一个人,好像他死了就把人间一切"爱"和"温暖"带得空空虚虚。我的心被丝线扎住或铁丝绞住了。

我联想到母亲死的时候。母亲死以后,父亲怎样打我,又娶一个新母亲来。这个母亲很客气,不打我,就是骂,也是指着桌子或椅子来骂我。客气是越客气了,但是冷淡了,疏远了,生人一样。

"到院子去玩玩吧!"祖父说了这话之后,在我的头上撞了一下,"喂!你看这是什么?"一个黄金色的桔〔橘〕子落到我的手中。

夜间不敢到茅厕去,我说:"妈妈同我到茅厕去趟吧。"

"我不去!"

"那我害怕呀!"

"怕什么?"

"怕什么?怕鬼怕神?"父亲也说话了,把眼睛从眼镜上面看着我。

冬天,祖父已经睡下,赤着脚,开着纽扣跟我到外面茅厕去。

学校开学,我迟到了四天。三月里,我又回家一次,正在外面叫门,里面小弟弟嚷着:"姐姐回来了!姐姐回来了!"大门开时,我就远远注意着祖父住着的那间房子。果然祖父的面孔和胡子闪现在玻璃窗里。我跳着笑着跑进屋去。但不是高兴,只是心酸,祖父的脸色更惨淡更白了。等屋子里一个人没有时,他流着泪,他慌慌忙忙地一边用袖口擦着眼泪,一边抖动着嘴唇说:"爷爷不行了,不知早晚……前些日子好险没跌……跌死。"

"怎么跌的?"

"就是在后屋,我想去解手,招呼人,也听不见,按电铃也没有人来,就得爬啦。还没到后门口,腿颤,心跳,眼前发花了一阵就倒下去。没跌断了腰……人老了,有什么用处!爷爷是八十一岁呢。"

"爷爷是八十一岁。"

"没用了,活了八十一岁还是在地上爬呢!我想你看不着爷

173

爷了，谁知没有跌死，我又慢慢爬到炕上。"

我走的那天也是和我回来那天一样，白色的脸的轮廓闪现在玻璃窗里。

在院心我回头看着祖父的面孔，走到大门口，在大门口我仍可看见，出了大门，就被门扇遮断。

从这一次祖父就与我永远隔绝了。虽然那次和祖父告别，并没说出一个永别的字。我回来看祖父，这回门前吹着喇叭，幡杆挑得比房头更高，马车离家很远的时候，我已看到高高的白色幡杆了，吹鼓手们的喇叭怆凉地在悲号。马车停在喇叭声中，大门前的白幡、白对联、院心的灵棚、闹嚷嚷许多人，吹鼓手们响起呜呜的哀号。

这回祖父不坐在玻璃窗里，是睡在堂屋的板床上，没有灵魂地躺在那里。我要看一看他白色的胡子，可是怎样看呢！拿开他脸上蒙着的纸吧，胡子、眼睛和嘴，都不会动了，他真的一点感觉也没有了？我从祖父的袖管里去摸他的手，手也没感觉了。祖父这回真死去了啊！

祖父装进棺材去的那天早晨，正是后园里玫瑰花开放满树的时候。我扯着祖父的一张被角，抬向灵前去。吹鼓手在灵前吹着大喇叭。

我怕起来，我号叫起来。

"咣咣！"黑色的，半尺厚的灵柩盖子压上去。

吃饭的时候，我饮了酒，用祖父的酒杯饮的。饭后我跑到后园玫瑰树下去卧倒，园中飞着蜂子和蝴蝶，绿草的清凉的气味，这都和十年前一样。可是十年前死了妈妈。妈妈死后我仍是在园中扑蝴蝶；这回祖父死去，我却饮了酒。

过去的十年我是和父亲打斗着生活的。在这期间我觉得人是残酷的东西。父亲对我是没有好面孔的,对于仆人也是没有好面孔的,他对于祖父也是没有好面孔的。因为仆人是穷人,祖父是老人,我是个小孩子,所以我们这些完全没有保障的人就落到他的手里。后来我看到新娶来的母亲也落到他的手里,他喜欢她的时候,便同她说笑,他恼怒时便骂她,母亲渐渐也怕起父亲来。

母亲也不是穷人,也不是老人,也不是孩子,怎么也怕起父亲来呢?我到邻家去看看,邻家的女人也怕男人。我到舅家去,舅母也怕舅父。

我懂得的尽是些偏僻的人生,我想世间死了祖父,就没有再同情我的人了;世间死了祖父,剩下的尽是些凶残的人了。

我饮了酒,回想,幻想……

以后我必须不要家,到广大的人群中去,但我在玫瑰树下颤怵了,人群中没有我的祖父。

所以我哭着,整个祖父死的时候我哭着。

肆

何须多虑盈亏事,终究小满胜万全

热爱自己的热爱,过好自己的生活

人　间

史铁生

"瘫痪后你是怎么……譬如说，你是——？"记者一时不知怎么说好，双手像是比画着一个圆球。

我懂了他的意思，说："那时我只想快点死。"

"哪里哪里，你太谦虚。"他微笑着，望着我。

可我那时是真想死，不记得怎么谦虚过。

"你是不是觉得不能再为人民……所以才……？"

我摇摇头，想起了我那时写过的一首诗：轻推小窗看春色，漏入人间一斜阳……

"那你为什么没有……？"记者像是有些失望了。

我说，我是命运的宠儿。他奇怪地瞪着我。

"您看我这手摇车，是十几个老同学凑钱给我买的……看这弹簧床，是个街坊给我做的……这棉裤，是邻居朱奶奶做的……还有这毛衣——那个女孩子也在我们街道生产组干过……生产组的门窄，手摇车进不去，一个小伙子天天背我……"

记者飞快地记着。"最好说件具体的。"他说。

我想了一会儿，找出了那张粮票（很破，中间贴了一条白纸）。"前些年，您知道它对一个陕北的农民来说等于什么吗？"我说，"也许等于一辆汽车，也许等于一所别墅；当然，要看和谁比。不过，它比汽车和别墅可重要多了；为了舍不得这么张小纸片，有时会耽误了一条人命。"

记者看看那粮票，说："是陕西省通用的？"

"是。可他不懂。我寄还给他，说这在北京不能用。他又给我寄了回来，说这是他卖了留着过年用的十斤好黄米才得来的，凭什么不能用？！噢，他是我插队时的房东老汉，喂牛的……"

有些事我不想对记者说。其实，队里早不让他喂牛了；有一回，他偷吃了喂牛的黑豆……

"他说，这十斤粮票，我看病时用得着。"

"看病？用粮票？！"记者问。看来他没插过队。

"比送什么都管用，他以为北京也是那样。后来我才知道，他儿子的病是怎么耽误的。我没见过他的儿子，那时他只带个小孙女一块儿过。"

我和记者都沉默着，看着那张汗污的粮票。

"现在怎么样？"记者问我："你们还有联系吗？"

"现在有现在的难处，要是把满街贴广告的力气用来多生产点像样的缝纫机就好了。"

记者没明白。

"前些日子他寄钱来。想给他孙女买台缝纫机，他自己想要把二胡。可惜，我只帮他买到了二胡。他说，缝纫机一定得买最好的，要不他孙女该生气了。简直算得上是忘本了吧？"

记者笑了，吹去笔记本上的烟灰："还是回到正题上来吧。

你是怎么战胜了……？譬如说……"

"还有医院的大夫，常来家看我……还有生产组的大妈们，冬天总在火炉上烤热两块砖，给我垫在脚下……还有……唉！我说不好，也说不完。"

闹市闲民

汪曾祺

我每天在西四倒101路公共汽车回甘家口。直对101站牌有一户人家。一间屋,一个老人。天天见面,很熟了。有时车老不来,老人就搬出一个马扎儿来:"车还得会子,坐会儿。"

屋里陈设非常简单(除了大冬天,他的门总是开着),一张小方桌、一个方杌凳、三个马扎儿、一张床,一目了然。

老人七十八岁了,看起来不像,顶多七十岁。气色很好。他经常戴一副老式的圆镜片的浅茶晶的养目镜——这副眼镜大概是他身上唯一值钱的东西。眼睛很大,一点没有混浊,眼角有深深的鱼尾纹。跟人说话时总带着一点笑意,眼神如一个天真的孩子。上唇留了一撮疏疏的胡子,花白了。他的人中很长,唇髭不短,但是遮不住他的微厚而柔软的下唇——相书上说人中长者多长寿,信然。他的头发也花白了,向后梳得很整齐。他常年穿一套很宽大的蓝制服,天凉时套一件黑色粗毛线的很长的背心。圆口布鞋、草绿色线袜。

从攀谈中我大概知道了他的身世。他原来在一个中学当工友,早就退休了。他有家。有老伴。儿子在石景山钢铁厂当车间主任。孙子已经上初中了。老伴跟儿子。他不愿跟他们一起过,说是:"乱!"他愿意一个人。他的女儿出嫁了。外孙也大了。儿子有时进城办事,来看看他,给他带两包点心,说会儿话。儿媳妇、女儿隔几个月来给他拆洗拆洗被褥。平常,他和亲属很少来往。

他的生活非常简单。早起扫扫地,扫他那间小屋,扫门前的人行道。一天三顿饭。早点是干馒头就咸菜喝白开水。中午晚上吃面。一年三百六十五天,天天如此。他不上粮店买切面,自己做。抻条,或是拨鱼儿。他的拨鱼儿真是一绝。小锅里坐上水,用一根削细了的筷子把稀面顺着碗口"赶"进锅里。他拨的鱼儿不断,一碗拨鱼儿是一根,而且粗细如一。我为看他拨鱼儿,宁可误一趟车。我跟他说:"你这拨鱼儿真是个手艺!"他说:"没什么,早一点把面和上,多搅搅。"我学着他的法子回家拨鱼儿,结果成了一锅面糊糊疙瘩汤。他吃的面总是一个味儿!浇炸酱。黄酱,很少一点肉末。黄瓜丝、小萝卜,一概不要。白菜下来时,切几丝白菜,这就是"菜码儿"。他饭量不小,一顿半斤面。吃完面,喝一碗面汤(他不大喝水),刷刷碗,坐在门前的马扎儿上,抱着膝盖看街。

我有时带点新鲜菜蔬,青蛤、海蛎子、鳝鱼、冬笋、木耳菜,他总要过来看看:"这是什么?"我告诉他是什么,他摇摇头:"没吃过。南方人会吃。"他是不会想到吃这样的东西的。

他不种花,不养鸟,也很少遛弯儿。他的活动范围很小,除了上粮店买面,上副食店买酱,很少出门。

他一生经历了很多大事。远的不说。敌伪时期,吃混合面。傅作义。解放军进城,扭秧歌,呛呛七呛七。开国大典,放礼花。

没完没了的各种运动。"三年自然灾害",大家挨饿……

然而这些都与他无关,没有在他身上留下多少痕迹。他每天还是吃炸酱面——只要粮店还有白面卖,而且北京的粮价长期稳定——坐在门口马扎儿上看街。

他平平静静,没有大喜大忧,没有烦恼,无欲望亦无追求,天然恬淡,每天只是吃抻条面、拨鱼儿,抱膝闲看,带着笑意,用孩子一样天真的眼睛。

这是一个活庄子。

我爱你像爱一首诗一样

朱生豪

澄：

带着一半绝望的心，回来吃饭，谢谢天，我拾回了我的欢喜。别说冬天容易过，渴望着信来的时候，每一分钟是一个世纪，每一点钟是一个无穷。然而想着你是幸福地在家里，伫念的心，也总算有了安慰。

你不会责备我说过的那些无聊话？

我实在喜欢你那一身的诗劲儿，我爱你像爱一首诗一样。

问你寒假里有没有计划的人，我不知是谁，大概是一位蠢货，一定。理想的人生，应当充满着神来之笔，那才酣畅有劲。计划，即使实现了也没趣。祝福你。

告诉我几时开学，我将数着日子消遣儿，我一定一天撕两张日历。

朱　廿三下午

醒来觉得甚是爱你

朱生豪

昨夜我看见郑天然〔朱生豪的同学兼好友〕向我苦笑。你被谁吹大了,皮肤像酱油一样,样子很不美,我说,你现在身体很好了,说这句话,心里甚为感动,想把你抱起来高高地丢到天上去。醒来觉得甚是爱你。

这两天我很快活,而且骄傲。

你这人,有点太不可怕。尤其是,一点也不莫名其妙。

朱

读　书

老舍

若是学者才准念书,我就什么也不要说了。大概书不是专为学者预备的,那么,我可要多嘴了。

从我一生下来直到如今,没人盼望我成个学者;我永远喜欢服从多数人的意见。

可是我爱念书。

书的种类很多,能和我有交情的可很少。我有决定念什么的全权,自幼儿我就会逃学,愣挨板子也不肯说我爱《三字经》和《百家姓》。

对,《三字经》便可以代表一类——这类书,据我看,顶好在判了无期徒刑以后去念,反正活着也没多大味儿。这类书可真不少,不知道为什么,也许是犯无期徒刑罪的太多,要不然便是太少——我自己就常想杀些写这类书的人。

我可是还没杀过一个。

一来是因为——我才明白过来——写这样书的人敢情有好些已经死了,比如写《尚书》的那位李二哥。

二来是因为现在还有些人专爱念这类书,我不便得罪人太多了。顶好,我看是不管别人;我不爱念的就不动好了。好在,我爸爸没希望我成个学者。

第二类书也与咱无缘:书上满是公式,没有一个"然而"和"所以"。

据说,这类书里藏着打开宇宙秘密的小金钥匙。我倒久想明白点真理,如地是圆的之类;可是这种书别扭,它老瞪着我。书不老老实实地当本书,瞪人干吗呀?我不能受这个气!有一回,一位朋友给我一本《相对论原理》,他说:明白这个就什么都明白了。我下了决心去念这本宝贝书。读了两个"配纸"(页),我遇上了一个公式。我跟它"相对"了两点多钟!往后边一看,公式还多了去啦!我知道和它们"相对"下去,它们也许不在乎,我还活着不呢?

可是我对这类书,老有点敬意。这类书和第一类有些不同,我看得出。

第一类书不是没法懂,而是懂了以后使我更糊涂。以我现在的理解力——比上我七岁的时候,我现在满可以做圣人了——我能明白"人之初,性本善"。明白完了,紧跟着就糊涂了。

昨儿个晚上,我还挨了小女儿——玫瑰唇的小天使——一个嘴巴。我知道这个小天使性本不善,她才两岁。

第二类书根本就看不懂,可是人家的纸上没印着一句废话;懂不懂的,人家不闹玄虚,它瞪我,或者我是该瞪。我的心这么一软,便把它好好放在书架上,好打好散,别太伤了和气。

这要说到第三类书了。其实这不该算一类;就这么算吧,顺嘴。

这类书是这样的:名气挺大,念过的人总不肯说它坏,没念过的人老怪害羞地说将要念。譬如说《元曲》，太炎"先生"的文章，罗马的悲剧，辛克莱的小说，《大公报》——不知是哪儿出版的一本书——都算在这类里。

这些书我也都拿起来过，随手便又放下了。这里还就属那本《大公报》有点劲。我不害羞，永远不说将要念。

好些书的广告与威风是很大的，我只能承认那些广告做得不错，谁管它威风不威风呢。

"类"还多着呢，不便再说。有上面的三项也就足以证明我怎样的不高明了。该说读的方法。

怎样读书，在这里，是个自决的问题；我说我的，没勉强谁跟我学。

第一，我读书没系统。借着什么，买着什么，遇着什么，就读什么。不懂的放下，使我糊涂的放下，没趣味的放下，不客气。我不能叫书管着我。

第二，读得很快，而不记住。书要都叫我记住，还要书干吗？书应该记住自己。对我，最讨厌的发问是："那个典故是哪儿的呢？""那句书是怎么来着？"我永不回答这样的考问，即使我记得。我又不是印刷器养的，管你这一套！

读得快，因为我有时候跳过几页去。不合我的意，我就练习跳远。书要是不服气的话，来跳我呀！看侦探小说的时候，我先看最后的几页，省事。

第三，读完一本书，没有批评，谁也不告诉。一告诉就糟："嘿，你读《啼笑因缘》？"要大家都不读《啼笑因缘》，人家写它干吗呢？一批评就糟："尊家这点意见？"我不惹气。读完一本书再打通儿架，不上算。我有我的爱与不爱，存在我自己心里。我爱念什么就念,有什么心得我自己知道,这是种享受,虽然显得自私一点。

再说呢,我读书似乎只要求一点灵感。"印象甚佳"便是好书,我没工夫去细细分析它,所以根本便不能批评。"印象甚佳"有时候并不是全书的,而是书中的一段最入我的味。因为这一段使我对这全书有了好感,其实这一段的美或者正足以破坏了全体的美,但是我不去管;有一段叫我喜欢两天的,我就感谢不尽。因此,设若我真去批评,大概是高明不了。

第四,我不读自己的书,不愿谈论自己的书。"儿子是自己的好",我还不晓得,因为自己还没有过儿子。

有个小女儿,女儿能不能代表儿子,就不得而知。"老婆是别人的好",我也不敢加以拥护,特别是在家里。但是我准知道,书是别人的好。

别人的书自然未必都好,可是至少给我一点我不知道的东西。自己的,一提都头疼!自己的书,和自己的运气,好像永远是一对儿累赘。

第五,哼,算了吧。

三个无聊人

萧红

一个大胖胖，戴着圆眼镜。另一个很高，肩头很狭。第三个弹着小四弦琴，同时读着李后主的词：

"四十年来家国，三千里地山河……"读到一句的末尾，琴弦没有节调的，重复地响了一下，这样就算他把词句配上了音乐。

"嘘！"胖子把被角揿了一下，接着唱道，"杨延辉，坐宫院……"他的嗓子像破了似的。

第三个也在作声："小品文和漫画哪里去了？"总是这人比其他两个好，他愿意读杂志和其他刊物。

"唉！无聊！"每次当他读完一本的时候，他就用力向桌面摔去。

晚间，狭肩头的人去读"世界语"了。临出门时，他的眼光很足，向着他的两个同伴说：

"你们这是干什么！没有纪律，一天哭哭叫叫的。"

"唉！无聊！"当他回来的时候，眼睛也无光了。

照例是这样，临出门时是兴奋的，回来时他就无聊了，和他的两个同伴同样没有纪律。从学"世界语"起,这狭肩头的差不多每天念起"爱丝迫乱多",后来他渐渐骂起"爱丝迫乱多"来,这可不知因为什么?

他们住得很好,铁丝颤条床,淡蓝色的墙壁涂着金花,两只四十烛光灯泡,窗外有法国梧桐,楼下是外国菜馆,并且铁盒子里不断地放着饼干,还有罐头鱼。

"唉!真无聊!"高个狭肩头的说。

于是胖同伴提议去到法国公园,园中有流汗的园丁;园门口有流汗的洋车夫;巧得很,一个没有手脚的乞丐,滚叫在公园的道旁被他们遇见。

"老黑,你还没有起来吗?真够享福了。"狭着肩头的人从公园回来,要把他的第三个同伴拖下来,"真够受的,你还在梦中……"

"不要闹,不要闹,我还困呢!"

"起来吧!去看看那滚号在公园门前的人,你就不困啦!"

那睡在床上的,没有相信他的话,并没起来。

狭肩头的,愤愤懑懑地,整整一个早晨,他没说无聊,这是他看了一个无手无足的乞丐的结果。也许他看到这无手无足的东西就有聊了!

十二点钟要去午餐,这愤愤的人没有去。

"太浪费了,吃些面包不能过吗?"他又出去买沙丁鱼。

等晚上有朋友来,他就告诉他无钱的朋友:"你们真是不会俭省,买面包吃多么好!"

他的朋友吃了两天面包,把胃口吃得很酸。

狭肩头人又无聊了,因为他好几天没有看到无手无足的人,或是什么特别惨状的人。

他常常去街上走,只要看到卖桃的小孩在街上被巡捕打翻了筐子,他也够有聊几个钟头。慢慢他这个无聊的病非到街头去治不可,后来这卖桃的小孩一类的事竟治不了他。那么就必须看报了,报纸上说:烟台煤矿又烧死多少,或是压死多少人。

"啊呀!真不得了,这真是惨目。"这样大事能他三两天反复着说,他的无聊,像一种病症似的,又被这大事治住个三两天。他不无聊,很有聊的样子读小说,读杂志。

"四十年来家国,三千里地山河……"老黑无聊的时候就唱这调子,他不愿意看什么惨事,他也不愿意听什么伟大的话,他每天不用理智,就用感情来生活着,好像个真诗人似的。四弦琴在他的手下,不成曲调的嗒啦啦嗒啦啦……"嗒啦,嗒啦,啦嗒嗒……"胖同伴的木鞋在地板上打拍,手臂在飞着……

"你们这是干什么?"读杂志的人说。

"我们这是在无聊!"三个无聊人听到这话都笑了。

胖同伴,有书也读书,有理论也读理论,有琴也弹琴,有人弹琴他就唱。但这在他都是无聊的事情,对于他实实在在有趣的,是"先施公司":"那些女人真可怜,有的连血色都没有了,可是还站在那里拉客……"他常常带着钱去可怜那些女人。

"最非人生活的就是这些女人,可是没有人知道更详细些。"他这态度是个学者的态度。说着他就搭电车,带着钱,热诚地去到那些女人身上去研究"社会科学"去了。

剩下两个无聊,一个在看报,一个去到公园,拿着琴。去到公园的不知怎样,最大限度也不过"四十年来家国,三千里地山河……"

但是在看报的却发足火来，无论怎样看，报上也不过载着煤矿啦，或者是什么大河大川暴涨淹死多少人，电车轧死小孩，受经济压迫投黄浦自杀一类。

无聊！无聊！

人间慢慢治不了他这个病了。

可惜没有比煤矿更惨的事。

猫

老舍

猫的性格实在有些古怪。说它老实吧,它的确有时候很乖。它会找个暖和地方,成天睡大觉,无忧无虑,什么事也不过问。可是,赶到它决定要出去玩玩,就会出走一天一夜,任凭谁怎么呼唤,它也不肯回来。说它贪玩吧,的确是呀,要不怎么会一天一夜不回家呢?可是,及至它听到点老鼠的响动啊,它又多么尽职,闭息凝视,一连就是几个钟头,非把老鼠等出来不拉倒!

它要是高兴,能比谁都温柔可亲:用身子蹭你的腿,把脖儿伸出来要求给抓痒,或是在你写稿子的时候,跳上桌来,在纸上踩印几朵小梅花。它还会丰富多腔地叫唤,长短不同,粗细各异,变化多端,力避单调。在不叫的时候,它还会咕噜咕噜地给自己解闷。这可都凭它的高兴。它若是不高兴啊,无论谁说多少好话,它一声也不出,连半个小梅花也不肯印在稿纸上!它倔强得很!

是,猫的确是倔强。看吧,大马戏团里什么狮子、老虎、大象、狗熊,甚至于笨驴,都能表演一些玩艺〔意〕儿,可是谁见过耍猫呢?(昨天才听说:苏联的某马戏团里确有耍猫的,我当然还没亲眼见过。)

　　这种小动物确是古怪。不管你多么善待它,它也不肯跟着你上街去逛逛。它什么都怕,总想藏起来。可是它又那么勇猛,不要说见着小虫和老鼠,就是遇上蛇也敢斗一斗。它的嘴往往被蜂儿或蝎子螫〔蜇〕得肿起来。

　　赶到猫儿们一讲起恋爱来,那就闹得一条街的人们都不能安睡。它们的叫声是那么尖锐刺耳,使人觉得世界上若是没有猫啊,一定会更平静一些。

　　可是,及至女猫生下两三个棉花团似的小猫啊,你又不恨它了。它是那么尽责地看护儿女,连上房兜兜风也不肯去了。

　　郎猫可不那么负责,它丝毫不关心儿女。它或睡大觉,或上房去乱叫,有机会就和邻居们打一架,身上的毛儿滚成了毡,满脸横七竖八都是伤痕,看起来实在不大体面。好在它没有照镜子的习惯,依然昂首阔步,大喊大叫,它匆忙地吃两口东西,就又去挑战开打。有时候,它两天两夜不回家,可是当你以为它可能已经远走高飞了,它却瘸着腿大败而归,直入厨房要东西吃。

　　过了满月的小猫们真是可爱,腿脚还不甚稳,可是已经学会淘气。妈妈的尾巴,一根鸡毛,都是它们的好玩具,耍上没结没完。一玩起来,它们不知要摔多少跟头,但是跌倒即马上起来,再跑再跌。它们的头撞在门上、桌腿上和彼此的头上。撞疼了也不哭。

　　它们的胆子越来越大,逐渐开辟新的游戏场所。它们到院子里来了。院中的花草可遭了殃。它们在花盆里摔跤,抱着花枝打秋千,所过之处,枝折花落。你不肯责打它们,它们是那么生气勃勃,天真可爱呀。可是,你也爱花。这个矛盾就不易处理。

　　现在,还有新的问题呢:老鼠已差不多都被消灭了,猫还有什么用处呢？而且，猫既吃不着老鼠，就会想办法去偷捉鸡雏或小鸭什么的开开荤。这难道不是问题吗？

在我的朋友里颇有些位爱猫的。不知他们注意到这些问题没有？记得二十年前在重庆住着的时候，那里的猫很珍贵，须花钱去买。在当时，那里的老鼠是那么猖狂，小猫反倒须放在笼子里养着，以免被老鼠吃掉。据说，目前在重庆已很不容易见着老鼠。那么，那里的猫呢？是不是已经不放在笼子里，还是根本不养猫了呢？这须打听一下，以备参考。

也记得三十年前，在一艘法国轮船上，我吃过一次猫肉。事前，我并不知道那是什么肉，因为不识法文，看不懂菜单。猫肉并不难吃，虽不甚香美，可也没什么怪味道。是不是该把猫都送往法国轮船上去呢？我很难做出决定。

猫的地位的确降低了，而且发生了些小问题。可是，我并不为猫的命运多耽什么心思。想想看吧，要不是灭鼠运动得到了很大的成功，消除了巨害，猫的威风怎会减少了呢？两相比较，灭鼠比爱猫更重要得多，不是吗？我想，世界上总会有那么一天，一切都机械化了，不是连驴马也会有点问题吗？可是，谁能因耽〔担〕忧驴马没有事做而放弃了机械化呢？

平　凉

张恨水

由泾川到平凉，不过两小时的汽车路，我们又因公住下了。这里向来是西陲军事重镇，而北往宁夏，南去川北的买卖，也都由这里转运。陕甘商办汽车，不能直达，更是在这里转车。所以这个地方，是西安、兰州、宁夏、天水四城的中心点，这城是很奇怪，由东关到西关，穿城而过，是九里路一条长街。全城人口有一万四五千名，那是荒凉的西北高原上所少有的。最妙的，这里居然有一家四开纸的小报，和若干家通信社。在这一点上，可以想到西北人是把这里当一个重镇的了。

汽车站有两所，在东关内大街上，我们汽车所停止的这一站，照例是附设着旅馆，也名叫西北旅社。因为平凉是个大县城，所以这里的旅社，也就比较大些。最后进院子里，居然有一重五开间的屋子。屋子里自然各有一张土炕，土炕上各蒙了几块羊毛毡。另外有一桌二椅，作了房间里的点缀品。到西北来的人，便是举国恭维的班禅，到了这里，也只好是这样受用。这样看来，穷苦地方，就是有钱的人来到，有钱无处用，也和穷人一般，倒可以现出平等来。

关于旅行方面,在这里寄信,打电报,雇车,雇牲口,都很便利。街上也有两家澡堂可以洗澡。不过为讲卫生起见,还是不洗的好。酒饭馆,这里也有而且在县署附近,还有两家湖南人开的馆子,可以尝点南方口味,不过荤菜总是两样,不是鸡身上的,就是猪身上的。鲜菜也只有韭菜和小萝卜两种,便是让名厨子做出一桌席来,那也是很单调的。在各方面看来,平凉总是较大的一个地方,可是有一件事,十二分让旅客不安,就是这里的井水,实在是太脏。

本来过了咸阳以后,喝水的这个问题,就不能提,全是咸而且浊的井水。可是到了平凉,这地方是交通的枢纽所在,常常作为军事的根据地,是应该有干净一些的水。却不料适得其反,这里的水,在泡过茶之后,你放了碗不动,五分钟之后,碗底上可以沉淀着一分厚的细泥。用的水,端了来,那简直就是灰黄色的。在东方人士来说,初到西北,对于这种水,不加考虑地喝下去,不能说与健康问题无关。虽然我们不能带着过滤器出远门,对于这种水,必须亲眼看到,开了又开,然后用壶装着,等泥渣澄清,再送到口里去。

澄清之后,不嫌麻烦,再煮上一回,那是更好,不然,便是喝下去无问题,想起来也会作恶心的。此外,到平凉来的旅客,有点小常识,不能不知。这里的洋烛火柴,都是土产(洋烛而曰土产,文本不通,但洋烛二字,要改为蜡烛,又成为另一物件,只好听之)。火柴的头,是一种硫磺〔黄〕涂的,擦了之后,只有青烟,不见火光,必等烧到木棍上去,才有火光出现。

假如我们不等火光出现,就点了烟卷,抽吸起来,那就会把硫磺〔黄〕发出的恶臭,吸到肺里去,立刻刺激得脑筋,非呕吐不可！以上这些情形，都是我亲尝的，据实写出。至于平凉的胜迹史料，问之于这里的一位六十余岁的梁老县长，他瞠目不能答。他说：同治五年〔1866〕，西北大乱，本县的县志，完全失去，所以一切史料无考，连名胜也不得而知。仅仅知道离此三十里，有座崆峒山，上面有道观，到阴历五月，有庙会。他所答的，我不能认为满意，想到这城内多少总有些古迹可寻，因此我拉了一个游伴，自己到街上寻找去。首先发现了一座火神庙，觉得里面的木柱特大，在西北，不是平常人力可以得到的。

所幸这庙里还有一个老道，和他接谈之后，才知道这里原是明朝的韩王府，院子中间，有一块黑石，油滑放光，便是当日韩王由新疆得来的。他又说，去此不远，有一所关岳庙，也是古寺改建的。古寺是什么名字，现在不得而知了，那庙的后殿，有一口唐铸的铜钟。他说这话，我似信不信。

因为西安城里有一口唐钟，大家都当作宝物，何以这里有唐钟，却没有人过问呢？我立刻顺了老道所指，找到关岳庙去。这庙比火神庙更加破旧，不过还有几个穷道人看守。我就问他们唐钟在那〔哪〕里，让我们看看，老道看不出我们的来头，并不否认，将我们就引到后殿去。这后殿虽也有神龛香案，那尘土都堆积得有上寸厚，黑暗暗得分不出里面有什么。在香案右角，有个大木头架子，果然架住一口钟，钟的上层，有破碎佛帐和灰尘遮盖着，下半截还露在外面，我找块破佛帐，将灰拭抹了，用带的手电筒一照，我直叫起妙来，果然是口唐钟。钟上所列的名字，都是唐朝小吏的衔名，最普通的，就是左押衙右押衙这一类的名称。我本来要查一查年号，但是字在朝墙里的一面，没法子去看。

不过千真万确，可以证明是唐钟的了。用棍子敲敲，响声很圆润，也见得这钟并没有破裂。只是这样随便放在破庙里，就是不会有人弄走，也怕日久会损坏了。同西安那口唐钟相比，可说是有幸有不幸了。我在街上跑了三四小时，算是发现了这两样古迹，此外，是再找不着什么了。

　　说到街市，因为这城仅仅只有九里长的一条横街，也无可描写。不过这街的中间一段，已改名为中山街，将附近的桥，也附带成了中山桥。这桥有四五丈高，上面盖有个亭子，两头将土铺成斜坡，车马都可以从容行走。在桥上，看平凉全市，黄尘扑地，矮屋偎城，骡鸣车响，另是一种风味，也就算是风景区了。

希 望

鲁迅

我的心分外地寂寞。

然而我的心很平安：没有爱憎，没有哀乐，也没有颜色和声音。

我大概老了。我的头发已经苍白，不是很明白的事吗？我的手颤抖着，不是很明白的事吗？那么，我的魂灵的手一定也颤抖着，头发也一定苍白了。

然而这是许多年前的事了。

这以前，我的心也曾充满过血腥的歌声：血和铁，火焰和毒，恢复和报仇。而忽而这些都空虚了，但有时故意地填以没奈何的自欺的希望。希望，希望，用这希望的盾，抗拒那空虚中的暗夜的袭来，虽然盾后面也依然是空虚中的暗夜。

然而就是如此，陆续地耗尽了我的青春。我早先岂不知我的青春已经逝去了？但以为身外的青春固在：星，月光，僵坠的胡（蝴）蝶，暗中的花，猫头鹰的不祥之言，杜鹃的啼血，笑的渺茫，爱的翔舞……虽然是悲凉漂渺（缥缈）的青春罢，然而究竟是青春。

然而现在何以如此寂寞？难道连身外的青春也都逝去，世上的青年也多衰老了吗？

我只得由我来肉薄〔指迫近〕这空虚中的暗夜了。我放下了希望之盾，我听到裴多菲·山陀尔（1823—1849）的"希望"之歌：希望是什么？是娼妓：她对谁都蛊惑，将一切都献给；待你牺牲了极多的宝贝——你的青春——她就弃掉你。

这伟大的抒情诗人，匈牙利的爱国者，为了祖国而死在可萨克兵的矛尖上，已经七十五年了。悲哉死也，然而更可悲的是他的诗至今没有死。

但是，可惨的人生！桀骜英勇如裴多菲，也终于对了暗夜止步，回顾着茫茫的东方了。他说：绝望之为虚妄，正与希望相同。倘使我还得偷生在不明不暗的这"虚妄"中，我就还要寻求那逝去的悲凉漂渺〔缥缈〕的青春，但不妨在我的身外。因为身外的青春倘一消灭，我身中的迟暮也即凋零了。

然而现在没有星和月光，没有僵坠的胡〔蝴〕蝶以至笑的渺茫，爱的翔舞。然而青年们很平安。

我只得由我来肉薄这空虚中的暗夜了，纵使寻不到身外的青春，也总得自己来一掷我身中的迟暮。但暗夜又在那〔哪〕里呢？现在没有星，没有月光以至笑的渺茫和爱的翔舞；青年们很平安，而我的面前又竟至于并且没有真的暗夜。绝望之为虚妄，正与希望相同！

阿长与《山海经》

鲁迅

长妈妈,已经说过,是一个一向带领着我的女工,说得阔气一点,就是我的保姆。我的母亲和许多别的人都这样称呼她,似乎略带些客气的意思。只有祖母叫她阿长。我平时叫她"阿妈",连"长"字也不带;但到憎恶她的时候,——例如知道了谋死我那隐鼠的却是她的时候,就叫她阿长。

我们那里没有姓长的;她生得黄胖而矮,"长"也不是形容词。又不是她的名字,记得她自己说过,她的名字是叫作什么姑娘的。什么姑娘,我现在已经忘却了,总之不是长姑娘;也终于不知道她姓什么。记得她也曾告诉过我这个名称的来历:先前的先前,我家有一个女工,身材生得很高大,这就是真阿长。后来她回去了,我那什么姑娘才来补她的缺,然而大家因为叫惯了,没有再改口,于是她从此也就成为长妈妈了。

虽然背地里说人长短不是好事情,但倘使要我说句真心话,我可只得说:我实在不大佩服她。最讨厌的是常喜欢切切察察,向人们低声絮说些什么事。还竖起第二个手指,在空中上下摇动,或者点着对手或自己的鼻尖。我的家里一有些小风波，不知怎的我总疑心和这"切切察察"有些关系。又不许我走动，拔一株草，翻一块石头，就说我顽皮，要告诉我的母亲去了。一到夏天，睡觉时她又伸开两脚两手，在床中间摆成一个"大"字，挤得我没有余地翻身，久睡在一角的席子上，又已经烤得那么热。推她呢，不动；叫她呢，也不闻。

"长妈妈生得那么胖，一定很怕热罢？晚上的睡相，怕不见得很好罢？……"

母亲听到我多回诉苦之后，曾经这样地问过她。我也知道这意思是要她多给我一些空席。她不开口。但到夜里，我热得醒来的时候，却仍然看见满床摆着一个"大"字，一条臂膊还搁在我的颈子上。我想，这实在是无法可想了。

但是她懂得许多规矩；这些规矩，也大概是我所不耐烦的。一年中最高兴的时节，自然要数除夕了。辞岁之后，从长辈得到压岁钱，红纸包着，放在枕边，只要过一宵，便可以随意使用。睡在枕上，看着红包，想到明天买来的小鼓、刀枪、泥人、糖菩萨……然而她进来，又将一个福橘放在床头了。

"哥儿，你牢牢记住！"她极其郑重地说，"明天是正月初一，清早一睁开眼睛，第一句话就得对我说：'阿妈，恭喜恭喜！'记得吗？你要记着，这是一年的运气的事情。不许说别的话！说过之后，还得吃一点福橘。"她又拿起那橘子来在我的眼前摇了两摇，"那么，一年到头，顺顺流流……"

梦里也记得元旦的，第二天醒得特别早，一醒，就要坐起来。她却立刻伸出臂膊，一把将我按住。我惊异地看她时，只见她惶急地看着我。

她又有所要求似的,摇着我的肩。我忽而记得了——

"阿妈,恭喜……"

"恭喜恭喜!大家恭喜!真聪明!恭喜恭喜!"她于是十分欢喜似的,笑将起来,同时将一点冰冷的东西,塞在我的嘴里。我大吃一惊之后,也就忽而记得,这就是所谓福橘,元旦辟头的磨难,总算已经受完,可以下床玩耍去了。

她教给我的道理还很多,例如说人死了,不该说死掉,必须说"老掉了";死了人,生了孩子的屋子里,不应该走进去;饭粒落在地上,必须拣〔捡〕起来,最好是吃下去;晒裤子用的竹竿底下,是万不可钻过去的……此外,现在大抵忘却了,只有元旦的古怪仪式记得最清楚。总之:都是些烦琐之至,至今想起来还觉得非常麻烦的事情。

然而我有一时也对她发生过空前的敬意。她常常对我讲"长毛"。她之所谓"长毛"者,不但洪秀全军,似乎连后来一切土匪强盗都在内,但除却革命党,因为那时还没有。她说得长毛非常可怕,他们的话就听不懂。她说先前长毛进城的时候,我家全都逃到海边去了,只留一个门房和年老的煮饭老妈子看家。后来长毛果然进门来了,那老妈子便叫他们"大王"——据说对长毛就应该这样叫,诉说自己的饥饿。长毛笑道:"那么,这东西就给你吃了罢!"将一个圆圆的东西掷了过来,还带着一条小辫子,正是那门房的头。煮饭老妈子从此就骇破了胆,后来一提起,还是立刻面如土色,自己轻轻地拍着胸脯道:"啊呀,骇死我了,骇死我了……"

我那时似乎倒并不怕,因为我觉得这些事和我毫不相干的,我不是一个门房。但她大概也即觉到了,说道:"像你似的小孩子,长毛也要掳的,掳去做小长毛。还有好看的姑娘,也要掳。"

"那么,你是不要紧的。"我以为她一定最安全了,既不做门房,又不是小孩子,也生得不好看,况且颈子上还有许多炙疮疤。

"那〔哪〕里的话?!"她严肃地说,"我们就没有用处?我们也要被掳去。城外有兵来攻的时候,长毛就叫我们脱下裤子,一排一排地站在城墙上,外面的大炮就放不出来;再要放,就炸了!"

这实在是出于我意想之外的,不能不惊异。我一向只以为她满肚子是麻烦的礼节罢了,却不料她还有这样伟大的神力。从此对于她就有了特别的敬意,似乎实在深不可测;夜间的伸开手脚,占领全床,那当然是情有可原的了,倒应该我退让。

这种敬意,虽然也逐渐淡薄起来,但完全消失,大概是在知道她谋害了我的隐鼠之后。那时就极严重地诘问,而且当面叫她阿长。我想我又不真做小长毛,不去攻城,也不放炮,更不怕炮炸,我惧惮她什么呢!

但当我哀悼隐鼠,给它复仇的时候,一面又在渴慕着绘图的《山海经》了。这渴慕是从一个远房的叔祖惹起来的。他是一个胖胖的,和蔼的老人,爱种一点花木,如珠兰、茉莉之类,还有极其少见的,据说从北边带回去的马缨花。他的太太却正相反,什么也莫名其妙,曾将晒衣服的竹竿搁在珠兰的枝条上,枝折了,还要愤愤地咒骂道:"死尸!"这老人是个寂寞者,因为无人可谈,就很爱和孩子们往来,有时简直称我们为"小友"。在我们聚族而居的宅子里,只有他书多,而且特别。制艺和试帖诗,自然也是有的;但我却只在他的书斋里,看见过陆玑的《毛诗草木鸟兽虫鱼疏》,还有许多名目很生的书籍。我那时最爱看的是《花镜》,上面有许多图。他说给我听，曾经有过一部绘图的《山海经》，画着人面的兽，九头的蛇，三脚的鸟，生着翅膀的人，没有头而以两乳当作眼睛的怪物……可惜现在不知道放在那〔哪〕里了。

很愿意看看这样的图画，但不好意思力逼他去寻找，他是很疏懒的。问别人呢，谁也不肯真实地回答我。压岁钱还有几百文，买罢，又没有好机会。有书买的大街离我家远得很，我一年中只能在正月间去玩一趟，那时候，两家书店都紧紧地关着门。

玩的时候倒是没有什么的，但一坐下，我就记得绘图的《山海经》。

大概是太过于念念不忘了，连阿长也来问《山海经》是怎么一回事。这是我向来没有和她说过的，我知道她并非学者，说了也无益；但既然来问，也就都对她说了。

过了十多天，或者一个月罢，我还记得，是她告假回家以后的四五天，她穿着新的蓝布衫回来了，一见面，就将一包书递给我，高兴地说道：——"哥儿，有画儿的'三哼经'，我给你买来了！"

我似乎遇着了一个霹雳，全体都震悚起来；赶紧去接过来，打开纸包，是四本小小的书，略略一翻，人面的兽，九头的蛇……果然都在内。

又使我发生新的敬意了，别人不肯做，或不能做的事，她却能够做成功。她确有伟大的神力。谋害隐鼠的怨恨，从此完全消灭了。

这四本书，乃是我最初得到，最为心爱的宝书。

书的模样，到现在还在眼前。可是从还在眼前的模样来说，却是一部刻印都十分粗拙的本子。纸张很黄；图象〔像〕也很坏，甚至于几乎全用直线凑合，连动物的眼睛也都是长方形的。但那是我最为心爱的宝书,看起来,确是人面的兽;九头的蛇;一脚的牛;袋子似的帝江;没有头而"以乳为目,以脐为口",还要"执干戚而舞"的刑天。

此后我就更其搜集绘图的书,于是有了石印的《尔雅音图》和《毛诗品物图考》,又有了《点石斋丛画》和《诗画舫》。《山海经》也另买了一部石印的,每卷都有图赞,绿色的画,字是红的,比那木刻的精致得多了。这一部直到前年还在,是缩印的郝懿行疏。木刻的却已经记不清是什么时候失掉了。

我的保姆,长妈妈即阿长,辞了这人世,大概也有了三十年了罢。我终于不知道她的姓名,她的经历;仅知道有一个过继的儿子,她大约是青年守寡的孤孀。

仁厚黑暗的地母呵,愿在你怀里永安她的魂灵!

伍

人间总有一两风,填我十万八千梦

再见少年拉满弓,　不惧岁月不惧风

意 志

蔡元培

人的一生，不外乎意志的活动。而意志是盲目的：其所恃以为较近之观照者，是知识；所以供远照、旁照之用者，是感情。

意志之表现为行为。行为之中，以一己的卫生而免死，趋利而避害者为最普通；此种行为，仅仅普通的知识就可以指导了。进一步的，以众人的生与利为目的，而一己的生与利即托于其中。此种行为，一方面由于知识上的计较，知道众人皆死而一己不能独生，众人皆害而一己不能独利；又一方面，则亦受感情的推动，不忍独生以坐视众人的死，不忍专利以坐视众人的害。更进一步，于必要时愿舍一己的生以救众人的死，愿舍一己的利以去众人的害，把人我的分别，一己生死利害的关系，统统忘掉了，这种伟大而高尚的行为，是完全发动于感情的。

人人都有感情，而并非都有伟大而高尚的行为，这由于感情推动力的薄弱。要转弱而为强，转薄而为厚，有待于陶养。陶养的工具，为美的对象；陶养的作用，叫作美育。

美的对象，何以能陶养感情？因为他有两种特性：一是普遍；

二是超脱。

一瓢之水，一人饮了，他人就没得分润；容足之地，一人占了，他人就没得并立；这种物质上不相入的成例，是助长人我的区别、自私自利的计较的。转而观美的对象，就大不相同。凡味觉、嗅觉、肤觉之含有质的关系者，均不以美论；而美感的发动，乃以摄影及音波辗转传达之视觉与听觉为限，所以纯然有"天下为公"之概。名山大川，人人得而游览；夕阳明月，人人得而赏玩；公园的造像，美术馆的图画，人人得而畅观。齐宣王称"独乐乐，不若与人乐乐""与少乐乐，不若与众乐乐"；陶渊明称"奇文共欣赏"；这都是美的普遍性的证明。

植物的花，不过为果实的准备；而梅、杏、桃、李之属，诗人所咏叹的，以花为多。专供赏玩之花，且有因人择的作用，而不能结果的。动物的毛羽，所以御寒，人因有制裘，织呢的习惯，然白鹭之羽，孔雀之尾，乃专以供装饰。宫室，可以避风雨就好了，何以要雕刻与彩画？器具可以应用就好了，何以要图画？语言，可以达意就好了，何以要特别音调的诗歌？可以证明美的作用，是超越乎利用的范围的。

既有普遍性以打破人我的成见，又有超脱性以透出利害的关系；所以当着重要关头，有"富贵不能淫，贫贱不能移，威死不能屈"的气概；甚且有"杀身以成仁"而不"求生以害仁"的勇敢；这是完全不由于知识的计较，而由于感情的陶养，就是不源于智育，而源于美育。

所以吾人固不可不有一种普通职业，以应利用厚生的需要；而于工作的余暇，又不可不读文学，听音乐，参观美术馆，以谋知识与感情的调和，这样，才算是认识人生的价值了。

整顿北京大学的经过

蔡元培

今天北大同人会集于此,替我祝寿,得与诸先生、诸同学相见,我心甚为愉快,但实觉得不敢当。刚才听得主席王同学报告,及前教授石先生等致词,均属极恳挚的勉励和奖誉之言,真叫我于感激之余,惭愧得了不得。我今年实在还未到七十岁的足数日子,记得蘧伯玉有句话:"行年五十,当知四十九年之非。"我今年就算七十,那么今是昨非之感,恐怕不过是六十九年的种种错误罢了。自今以后,极愿至其余年,加倍努力于党国及教育文化事业,以为报答,并希冀借此稍赎过愆。

今日在座者,皆北大有关系之人,请略说当年北大情形。北大在民元〔民国元年,1912〕以前叫作京师大学堂,包有师范馆、仕学馆、译学馆等部分,我当时也曾任译学馆教员,是为我服务北大之始。尔后我因赴德国留学,遂与北大脱离。至民五〔民国五年〕冬,我在法国,接教育部电促回国,任北大校长。我回来,初到上海,有人劝我不必就职,说北大腐败极了,进去若不能整顿,反于自己的声名有碍。这当然出于爱我的意思。但也有少数人就说，既然知道北大腐败，更应进去整顿，就是失败，也算尽了心。这也是我不入地狱谁入地狱的意思。我到底服从后说而进北京。

自入北大以后，乃计议整顿北大的办法：第一，我拟办的是设立研究所，为教授、留校毕业生与高年级学生的研究机关。我在译学馆的时候，就晓得北京学生的习惯，他们平日对于学问上并没有什么兴会，只求年限满后，可以得到一张毕业文凭。教员自己也是不讲进修的，尤其是北大的学生，从京师大学堂老爷式学生嬗继下来，他们的目的不但在毕业，而尤重毕业以后的出路。所以专门研究学术的教员，他们不见得欢迎；若使一位政府有地位的人来兼课，虽然时常请假，他们还是攀附得很，因为毕业后有阔老师做靠山。这种科举时代遗留下来的劣根性，是于求学上很有妨碍的。所以我到校后第一次演说，就说明"大学生当以研究学术为天职，不当以大学为升官发财之阶梯"。然而这类习惯费了多少年打破工夫，终不免留下遗迹。

第二件事就是所谓开放女禁。其实中国大学无所谓女禁，像英国牛津等校似的。民九〔民国九年〕，有女学生要求进校，以考期已过，姑录为旁听生。及暑假招考，就正式招收女生。有人问我："兼收女生是否创制新法？"我说："教育部的大学令，并没有专收男生的条文；从前女生不抗议，所以不招女生，现在女生来要求，而程度又够得上大学，就没有拒绝的理由。"这是我国大学男女同学的开始。稍后，孔德学校也有女学生，于是各中、小学逐渐招收她们了。我一向是主张男女平等的，可惜今天到会的女同学，只有赵、谭、曹三位，仍觉得比男同学少得多。

第三件我提倡的事，就是变更文体，兼用白话，但不攻击文言。我本来不赞成董仲舒罢黜百家，独尊孔子一类的主张，因为学术上的派别也和政治上的派别一样，是相对的，不是永远不相容的。在北大当时，胡适之、陈仲甫、钱玄同、刘半农诸君，暨沈氏兄弟，积极的提倡白话文学；刘师培、黄季刚诸君，极端维护文言。我却相信，为应用起见，白话文必要盛行，我也常常作白话文，替白话文鼓吹；然而，我曾声明，作美术文，用文言未尝不好。例如我们写字，为应用起见，自然要写行楷，若如江艮庭君的用篆隶写药方，当然不可；若是为人写斗方或屏联作装饰品，即写篆隶章草，有何妨害。可是文言、白话的分别适用，到如今依然没有各得其当。

以上系我在北大时举办的或提倡的几件较大的事情。其他如注意美育，提倡军训，培养学生对于国家及人类的正确观念，都没有放松。只可惜上述这些理想，总没有完全实现。可见个人或少数人的力量，终是有限。综计我居北大校长名义，自民六〔民国六年〕至民十五〔民国十五年〕，共十年有半，而实际办事，不过五年有半，所成就者仅仅如是。一经回忆，对于知我罪我，不胜惭悚！

今天在座的，年龄皆少于我，未来服务于国家社会的机会正多，发展无量。况且以诸位的年龄，合计不知几千百倍于本人，而预料诸位将来达于七十岁的时候，对于国家社会的贡献，更不知将几千百倍于本人；所以今天诸位先生与同学以祝我的，我谨以还祝诸位健康。

中国哲学史（节选）

冯友兰

人是各式各样的。每一种人，都可以取得最高的成就。例如，有的人从政，在这个领域里，最高成就便是成为一个伟大的政治家。

同样，在艺术领域里，最高成就便是成为一个伟大的艺术家。人可能被分为不同等级，但他们都是人。就做人来说，最高成就是什么呢？按中国哲学说，就是成圣，成圣的最高成就是：个人和宇宙合而为一。

问题在于，如果人追求天人合一，是否需要抛弃社会，甚至否定人生呢？

有的哲学家认为，必须如此。释迦牟尼认为，人生就是苦难的根源；柏拉图认为，身体是灵魂的监狱。有的道家认为，生命是个赘疣，是个瘤，死亡是除掉那个瘤。所有这些看法都主张人应该从被物质败坏了的世界中解脱出来。一个圣人要想取得最高的成就，必须抛弃社会，甚至抛弃生命。唯有这样，才能得到最后的解脱。这种哲学通常被称为"出世"的哲学。

还有一种哲学，强调社会中的人际关系和人事。这种哲学只谈道德价值，因此对于超越道德的价值觉得无从谈起，也不愿去探讨。这种哲学通常被称为"入世"的哲学。站在入世哲学的立场上，出世的哲学过于理想化，不切实际，因而是消极的。从出世哲学的立场看，入世哲学过于实际，也因而过于肤浅；它诚然积极，但是像一个走错了路的人，走得越快，在歧途上就走得越远。

许多人认为，中国哲学是一种入世的哲学，很难说这样的看法完全对或完全错。从表面看，不能认为这种看法就是错的，因为持这种见解的人认为，中国无论哪一派哲学，都直接或间接关切政治和伦理道德。因此，它主要关心的是社会，而不关心宇宙；关心的是人际关系的日常功能，而不关心地狱或天堂；关心人的今生，而不关心他的来生。《论语》第十一章十一节记载，有一次，孔子的学生子路问孔子："敢问死？"孔子回答说："未知生，焉知死？"孟子曾说："圣人，人伦之至也。"（《孟子·离娄章句上》）这无异于说，圣人是道德完美的人。就表面看，中国哲学所说的圣人是现世中的人，这和佛家所描述的释迦牟尼或基督教所讲的圣徒，迥然异趣；特别是儒家所说的圣人，更是如此。这便是引起中国古代道家嘲笑孔子和儒家的原因。

不过，这只是从表面上看问题。用这种过分简单的办法是无从了解中国哲学的。中国传统哲学的主要精神，如果正确理解的话，不能把它称作完全是入世的，也不能把它称作完全是出世的。它既是入世的，又是出世的。有一位哲学家在谈到宋朝道学时说它："不离日用常行内，直到先天未画前。"这是中国哲学努力的方向。由于有这样的一种精神，中国哲学既是理想主义的，又是现实主义的；既讲求实际，又不肤浅。

入世和出世是对立的，正如现实主义和理想主义是对立的一样。

中国哲学的使命正是要在这种两极对立中寻求它们的综合。这是否要取消这种对立？但它们依然在那里，只是两极被综合起来了。怎么做到这一点呢？这正是中国哲学力图解决的问题。

按中国哲学的看法，能够不仅在理论上，而且在行动中实现这种综合的，就是圣人。他既入世，又出世；中国圣人的这个成就相当于佛教中的佛和西方宗教里的圣徒。但是，中国的圣人不是不食人间烟火、漫游山林、独善其身。他的品格可以用"内圣外王"四个字来刻画：内圣，是说他的内心致力于心灵的修养；外王，是说他在社会活动中好似君王。这不是说他必须是一国的政府首脑，从实际看，圣人往往不可能成为政治首脑。"内圣外王"是说，政治领袖应当具有高尚的心灵。至于有这样的心灵的人是否就成为政治领袖，那无关紧要。

按照中国传统，圣人应具有内圣外王的品格，中国哲学的使命就是使人得以发展这样的品格。因此，中国哲学讨论的问题就是内圣外王之道；这里的"道"是指道路，或基本原理。

听起来，这有点像柏拉图所主张的"哲学家—国王"理论。柏拉图认为，在一个理想国里，哲学家应当成为国王，或国王应当成为哲学家。一个人怎样能成为哲学家呢？柏拉图认为，这个人必须先经过长期的哲学训练，使他在瞬息万变的世界事物中长成的头脑得以转到永恒理念的世界中去。由此看来，柏拉图和中国哲学家持有同样的主张，认为哲学的使命是使人树立起内圣外王的品格。但是按照柏拉图的说法，哲学家成为国王是违反了自己的意志，担任国王是强加给他的职务，对他是一种自我牺牲。中国古代的道家也持这样的观点。《吕氏春秋·贵生》篇里载有一个故事讲，古代一个圣人被国人拥戴为君，圣人逃上山去，藏在一个山洞里；国人跟踪而去，用烟把圣人从山洞里熏出来，强迫他当国君。这是柏拉图思想和中国古代道家相近的一点，从中也可看出道家哲学中的出世思想。到公元三世纪，新道家郭象根据中国主流哲学的传统，修改了道家思想中的这一点。

按照儒家思想，圣人并不以处理日常事务为苦，相反地，正是在这些世俗事务之中陶冶性情，使人培养自己以求得圣人的品格。他把处世为人看作不仅是国民的职责，而且如孟子所说，把它看为是"天民"的职责。人而成为"天民"，必须是自觉的，否则，他的所作所为，就不可能具有超越道德的价值。如果他因缘际会，成为国君，他会诚意正心去做，因为这不仅是事人，也是事天。

既然哲学所探讨的是内圣外王之道，它自然难以脱离政治。在中国哲学里，无论哪派哲学，其哲学思想必然也就是它的政治思想。这不是说，中国各派哲学里没有形而上学、伦理学或逻辑，而是说，它们都以不同形式与政治思想联系在一起，正如柏拉图的《理想国》既代表了柏拉图的全部哲学，又同时就是他的政治思想。

举例来说，名家所辩论的"白马非马"，似乎与政治毫不相干，但名家代表人物公孙龙"欲推是辩，以正名实，而化天下焉"（《公孙龙子·迹府》）。在今日世界，政治家们个个都标榜他的国家一心追求和平，事实上，我们不难看到，有的一面侈谈和平，一面就在准备战争。这就是名实不副。按公孙龙的意见，这种名实不副应当纠正。的确，要改变世界，这就是需要加以改变的第一步。

既然哲学以内圣外王之道为主题，研究哲学就不仅仅是为了寻求哲学的知识，还要培养这样的品德。哲学不仅是知识，更重要的，它是生命的体验。它不是一种智力游戏，而是十分严肃的事情。金岳霖教授在一篇未发表的论文中说："中国哲学家，在不同程度上，都是苏格拉底，因为他把伦理、哲学、反思和知识都融合在一起了。就哲学家来说，知识和品德是不可分的，哲学要求信奉它的人以生命去实践这个哲学，哲学家只是载道的人而已，按照所信奉的哲学信念去生活，乃是他的哲学的一部分。哲学家终身持久不懈地操练自己，生活在哲学体验之中，超越了自私和自我中心，以求与天合一。十分清楚，这种心灵的操练一刻也不能停止，因为一旦停止，自我就会抬头，内心的宇宙意识就将丧失。因此，从认识角度说，哲学家永远处于追求之中；从实践角度说，他永远在行动或将要行动。这些都是不可分割的。在哲学家身上就体现着'哲学家'这三个字本来含有的智慧和爱的综合。他像苏格拉底一样，不是按上下班时间来考虑哲学问题的；他也不是尘封的、陈腐的哲学家，把自己关在书斋里、坐在椅中，而置身于人生的边缘。对他来说，哲学不是仅供人们去认识的一套思想模式，而是哲学家自己据以行动的内在规范，甚至可以说，一个哲学家的生平，只要看他的哲学思想便可以了然了。"

量守庐讲学二记

黄侃

第一记

一、音韵

音韵之学可分三部，一曰音史，二曰音理，三曰音证。音理最为艰深，暂宜从略。音史始于表谱之学，如《切韵指掌图》《七音略》等书是也。惟每易令人茫昧，初学宜先读下列诸书：

顾亭林《唐韵正》、胡秉虔《古韵论》、莫子思《音韵源流》、龙启瑞《古韵通说》（以上音史）。

顾亭林《音学五书》、段玉裁《说文解字注》、冯桂芬《说文段注考证》（此书于段注极有功，类似索引）、王念孙《广雅疏证》（此书合音韵训诂而为一）、郝懿行《尔雅义疏》（以上入门之书）。

二、《说文》

《说文》中"象"字"说"字下是解说，"也"字以上是所以解说。《说文》之解说，必关形体。字书之编制有分类法者，自许叔重始。而许氏之功，尤在以部首领群字。至于"蒙次"之法，不必深究。然五百四十部未尝不能增减，《玉篇》即其一例。江慎修曾谓卅六字断不可增减一字，乃为明末一般好事增减之徒言之。《说文》部首之不可增减，亦所以为好事增减者言之也。

三、读经之法

读经次第应先《诗》疏，次《礼记》疏。读《诗》疏，一可以得名物训诂，二可通文法(较读近人《马氏文通》高百倍矣)。《礼》疏以后，泛览《左传》《尚书》《周礼》《仪礼》诸疏，而《穀》《公》二疏为最要，《易》疏则高头讲章而已。陆德明《经典释文》宜时时翻阅，注疏之妙，在不放过经文一字。

四、读史之法

二十四史中，《史》《汉》《国志》《新唐书》属于"质"之一类，馀〔余〕皆"文"也。《后汉书》文近碑板，其中改窜东汉人文字甚伙，看此书时，参观袁宏《后汉纪》，藉睹其嬗蜕之迹。《三国志》例最谨严，较班固尤过之。裴注极多，反嫌繁复，读时可仅看陈氏本文，求其史例及文法。

五、读《文选》法

《文选》采择殊精，都为名作。《文选》之学有二，一曰"文选学"，二曰"文选注学"。吾辈可舍注学而不讲求，否则有床上架床、屋上架屋之弊。读《文选》时，应择三四十篇熟诵之，馀〔余〕文可分两步功夫。(甲)记字：一曰记艰涩不常见之字，二曰记最恰当之字。（乙）记句：至少须有千百句镕裁于胸，得其神髓局度，例如《高唐》《神女》两篇，则更为枚乘、司马相如二大家之所祖述。至于韩愈《平淮西碑》，亦模拟《难蜀父老》而成也。《文选》不必拘于体例，表章亦犹书疏，皆繁乎情也。《阿房宫赋》末段并韵而无之，颇类《秦论》。《赤壁》两赋及《春醪赋》《秋声赋》，皆赋中变体，与汉赋不同。读《文选》一书，不如兼及《晋书》《南北史》。史载之文，非其文佳妙，即与史事有关耳。读《文选》后，当读《唐文粹》，以化其整滞。

六、基本书籍

《十三经注疏》、《大戴礼记》、《荀子》（不读《荀子》，不能明礼）、《庄子》（不读《庄子》，不能明理）、《史记》、《汉书》（不读《史》《汉》，不能治经，反之亦然）、《资治通鉴》（不徒事实详赡，文亦极佳）、《通典》（不读《通典》，不能治《仪礼》）、《文选》、《文心雕龙》、《说文》、《广韵》。以上诸书，须趁三十岁以前读毕，收获如盗寇之将至；然持之有恒，七八年间亦可卒业。

读书贵专不贵博，未毕一书，不阅他书。廿岁以上，卅岁以内，须有相当成就；否则性懦者流为颓废，强梁者化为妄诞。用功之法，每人至少应圈点书籍五部。

读书宜注意三事：（甲）有定——时有定限，学有定程；（乙）有恒——不使一己生厌倦之心，而养成不能厌倦之习，不稍宽假，虽有间断，必须补作；（丙）爱惜身体——此为用功之本。诚如是，则二十年内不患不成矣。今值中国学术转变之交，学者宜注意三点：一、尽废时人之书；二、不事目录之学；三、缓言参考之说。

学问不必在于分类，有形之形，固不可并；无形之理、亦何可泥？但求其大体而已。

刘申叔先生云，两部《皇清经解》中，可存之书不多，足征著述不易流传。无注之书，使其有注；有注之书，则淘汰之。"学术"二字应解为"术由师授，学自己成"。戴东原学术提纲挈领之功为多，未遑精密。其弟子若段懋堂、孔广森、王念孙，靡不过之。阎若璩六十始见注疏（见《尚书疏证》）；钱竹汀四十之初睹《说文》（见其年谱）；王闿运五十方阅《本草纲目》（见其日记）。学能专精，虽迟固无害也。初学如小儿须赖扶持，稍长能自立矣。三四十以后，不惟自立，父母有过，可事诤谏，则师说之误，亦得而修正之。（席群按：季刚师在音韵方面，曾修正太炎先生之古音分部法。）

第二记

一、（古）音韵

十九声类终无可分之理。余用戴东原之说，将入声分出，增太炎师二十三部为二十八部，颇有八九可靠。古有一四类音，而无二三等音。发音机关喉舌齿唇而已，然古音不可无故而消灭；今音不可无故而产生。古之语言不可造，名词之类，则随事而增，不在此例。余近年授音韵学，以《等韵》及《切韵考》为主。若江慎修之《音学辨微》，亦不可笃信。盖所谓"辨微"者，辨江君一人之微耳，非天下人之微也。总之，音韵之事以口说为始，记忆为终。

《郑志》云：既知今，亦当知古，不可泥也。

二、小学

看《说文段注》，应参看《段注匡谬》《段注考证》《段注补订》三书，而《段注》尤为入经之资。由小学入经，出经入史，期以十年，必可成就。《说文》一书，兼音形义。义从音生，忽于音者，必忽于义。如《毛诗》"周行"二字，作"周之行列"解，则读如杭；作"忠信之道"解，则应读本字本音。

三、经学

《毛诗》分经、传、笺、疏四种。若单就本文任意解说，可人持一说，人生一意。如近人以"寝庙"为"寝室"，是执今意以解古人之文字，未有不荒谬绝伦、令人喷饭者。诗所以可以言，盖在立言有法，非任性言之也。毛传之价值等于《左传》《公羊传》。夹衣不可无里，则经不可无传也明矣。《郑笺》亦不易明，有看似易知，而实不易知者。注之妙用，在不肯放过一字、放过一事；虽有纰缪，亦必究其致谬之原。陈硕甫《毛诗传疏》，专用西汉之说，不主《郑笺》，极谬！譬之犹讲唐诗而薄宋诗，可乎？至若今古文虽同时，却不可通，故治经必须笃守师说，虽文义了然，若无师说，亦必谬误。先之以训诂，继之以文义，文义既清，而后比较其说，观其会通。

读注疏，非贯通全疏，不能了然。北方学者，不读全经（见《日知录》），故纪晓岚讲《穀梁》，致误为西汉人所作，盖宗东原之说，以《公羊传》比较而来，不知《穀梁》本系穀梁赤所自为，范注已明言之。如董仲舒所讲《公羊》，则得诸口授，未有传书。纪氏又谓：至公观鱼于棠一条、葬恒王一条、札伯来逆叔姬之丧以归一条、曹伯庐卒于师一条、天王杀其弟佞夫一条，皆冠以"传曰"

字，惟恒王一条与《左传》合，余皆不知所引何传。疑宁（按即范宁）以传附经之时，每条皆冠以"传曰"字，如郑玄、王弼之易，有"彖曰""象曰"之例，后传写者删之。此五条其削除未尽者也。（见《四库全书总目》卷廿六）不知凡"传曰"皆穀梁赤自传之辞，其说见隐公八年注，隐公只看九年之注，而未上及八年，乃成此谬。可知读注疏不贯全文，不能发其蕴积也。

四、史学

治史之要，以人、地、官、年为入门之基；四者亦即历史之小学也。譬诸《左传》，公子吕、子封即一人，说见《世本》，若不细看，鲜有不认为两人者。至若地理，则当识其大者，如历代之沿革变迁，其府县州厅之名，自当查看、不烦强记也。如《史记索隐》《正义》，文多不通，其所以存者，以地理可看耳。

读《晋书》，当参看近人吴絅斋《晋书斠注》；然吴注多取资汤球，而全书不见汤名，迹近剽窃。梁章钜所著书，多系从人售来者，如《文选旁证》《三国志旁证》，皆非自撰。其自撰者只《浪迹丛谈》一书，较前二者迥不类矣。赵云崧史学甚笃实，而经学极谬，然余敢断言其《廿二史劄记》绝非剽窃。

五、泛论

小学之事在乎通，经学之事在乎专，故小学训诂宜自本文求之，而经文则自注疏求之。士大夫多有以《三国演义》为《三国志》者，故《三国演义》之误人，较《红楼》《水浒》尤过百倍，以其淆乱史事也。

人生一念之明，等于远处一灯，非暗室一灯。

学问之趣味

梁启超

我是个主张趣味主义的人，倘若用化学化分"梁启超"这件东西，把里头所含一种元素名叫"趣味"的抽出来，只怕所剩下的仅有个零了。我以为凡人必须常常生活于趣味之中，生活才有价值；若哭丧着脸挨过几十年，那么，生活便成沙漠，要他何用？

中国人见面最喜欢用的一句话："近来做何消遣？"这句话我听着便讨厌。话里的意思，好像生活得不耐烦了，几十年日子没有法子过，勉强找些事情来消他遣他。

一个人若生活于这种状态之下，我劝他不如早日投海。我觉得天下万事万物都有趣味，我只嫌二十四点钟不能扩充到四十八点，不够我享用。我一年到头不肯歇息。问我忙什么，忙的是我的趣味，我以为这便是人生最合理的生活，我常常想动员别人也学我这样生活。

凡属趣味，我一概都承认他是好的。但怎么才算趣味？不能不下一个注脚。我说："凡一件事做下去不会生出和趣味相反的结果的，这件事便可以为趣味的主体。"赌钱有趣味吗？输了，怎么样？吃酒，有趣味吗？病了，怎么样？做官，有趣味吗？没有官做的时候，怎么样……诸如此类，虽然在短时间内像有趣味，结果会闹到俗语说的"没趣一齐来"，所以我们不能承认他是趣味。凡趣味的性质，总是以趣味始，以趣味终。

所以能为趣味之主体者，莫如下面的几项：一、劳作，二、游戏，三、艺术，四、学问。诸君听我这段话，切勿误会：以为我用道德观念来选择趣味。我不问德不德，只问趣不趣。

我并不是因为赌钱不道德才排斥赌钱，因为赌钱的本质会闹到没趣，闹到没趣便破坏了我的趣味主义，所以排斥赌钱。我并不是因为学问是道德才提倡学问，因为学问的本质，能够以趣味始，以趣味终，最合于我的趣味主义条件，所以提倡学问。学问的趣味，是怎么一回事呢？这句话我不能回答。

凡趣味总要自己领略，自己未曾领略得到时，旁人没有法子告诉你。佛典说的："如人饮水，冷暖自知。"你问我这水怎样的冷，我便把所有形容词说尽，也形容不出给你听，除非你亲自喝一口。我这题目：《学问之趣味》，并不是要说学问是如何如何的有趣味，只是要说如何如何便会尝得着学问的趣味。

诸君要尝学问的趣味吗？据我所经历过的，有下列几条路应走：

第一，无所为。趣味主义最重要的条件是"无所为而为"。凡有所为而为的事，都是以另一件事为目的而以这一件事为手段。为达目的起见，勉强用手段；目的达到时，手段便抛却。例如学生为毕业证书而做学问，著作家为版权而做学问，这种做法，便是以学问为手段，便是有所为。

有所为虽然有时也可以为引起趣味的一种方法，但到趣味真发生时，必定要和"所为者"脱离关系。你问我"为什么做学问？"我便答道："不为什么。"再问，我便答道："为学问而学问。"或者答道："为我的趣味。"诸君切勿以为我这些话是故弄玄虚，人类合理的生活本来如此。小孩子为什么游戏？为游戏而游戏。人为什么生活？为生活而生活。为游戏而游戏，游戏便有趣；为体操分数而游戏，游戏便无趣。

第二，不息。"鸦片烟怎样会上瘾？""天天吃。""上瘾"这两个字，和"天天"这两个字是离不开的。凡人类的本能，只要哪部分搁久了不用，它便会麻木，会生锈。十年不跑路，两条腿一定会废了。每天跑一点钟，跑上几个月，一天不跑时，腿便发痒。人类为理性的动物，"学问欲"原是固有本能之一种，只怕你出了学校便和学问告辞，把所有经管学问的器官一齐打落冷宫，把学问的胃口弄坏了，便山珍海味摆在面前也不愿意动筷了。

诸君啊！诸君倘若现在从事教育事业或将来想从事教育事业，自然没有问题，很多机会来培养你的学问胃口。若是做别的职业呢，我劝你每日除本业正当劳作之外，最少总要腾出一点钟，研究你所嗜好的学问。一点钟哪里不消耗了，千万不要错过，闹成"学问胃弱"的征候，白白自己剥夺了一种人类应享之特权啊！

第三，深入的研究。趣味总是慢慢地来，越引越多，像倒吃甘蔗，越往下才越得好处。假如你虽然每天定有一点钟做学问，但不过拿来消遣消遣，不带有研究精神，趣味便引不起来。或者今天研究这样，明天研究那样，趣味还是引不起来。趣味总是藏在深处，你想得着，便要进去。这个门穿一穿，那个门张一张，再不曾看见"宗庙之美，百官之富"，如何能有趣味？我方才说："研究你所嗜好的学问。"嗜好两个字很要紧。

一个人受过相当教育之后,无论如何,总有一两门学问和自己脾胃相合,而已经懂得大概,可以作加工研究之预备的。请你就选定一门作为终身正业(指从事学者生活的人说),或作为本业劳作以外的副业(指从事其他职业的人说)。不怕范围窄,越窄越便于聚精神;不怕问题难,越难越便于鼓勇气。你只要肯一层一层地往里面钻,我保你一定被他引到"欲罢不能"的地步。

第四,找朋友。趣味比方电,越摩擦越出。前两段所说,是靠我本身和学问本身相摩擦,但仍恐怕我本身有时会停摆,发电力便弱了。所以常常要仰赖别人帮助。一个人总要有几位共事的朋友,同时还要有几位共学的朋友。共事的朋友,用来扶持我的职业,共学的朋友和共顽的朋友同一性质,都是用来摩擦我的趣味。

这类朋友,能够和我同嗜好一种学问的自然最好,我便和他搭伙研究。即或不然,他有他的嗜好,我有我的嗜好,只要彼此都有研究精神,我和他常常在一块或常常通信,便不知不觉把彼此趣味都摩擦出来了。得着一两位这种朋友,便算人生大幸福之一。我想只要你肯找,断不会找不出来。

我说的这四件事,虽然像是老生常谈,但恐怕大多数人都不曾这样做。

唉!世上人多么可怜啊!有这种不假外求,不会蚀本,不会出毛病的趣味世界,竟没有几个人肯来享受!

古书说的故事"野人献曝",我是尝冬天晒太阳滋味尝得舒服透了,不忍一人独享,特地恭恭敬敬地来告诉诸君,诸君或者会欣然采纳吧?但我还有一句话:太阳虽好,总要诸君亲自去晒,旁人却替你晒不来。

为学与做人

梁启超

诸君！我在南京讲学将近三个月了，这边苏州学界里头，有好几回写信邀我，可惜我在南京是天天有功课的，不能分身前来，我今天到这里，能够和全城各校诸君聚在一堂，令我感激得很。但有一件，还要请诸君原谅，因为我一个月以来，都带着些病，勉强支持，今天不能作很长的讲演，恐怕有负诸君期望哩。

问诸君"为什么进学校？"我想人人都会众口一辞〔词〕地答道："为的是求学问。"再问："你为什么要求学问？""你想学些什么？"恐怕各人的答案就很不相同，或者竟自答不出来了。诸君啊！我请替你们总答一句罢："为的是学做人。"你在学校里头学的什么数学、几何、物理、化学生理、心理、历史、地理、国文、英语，乃至什么哲学、文学、科学、商业、政治、法律、经济、农业、工业、商业等等，不过是做人所需要的一种手段，不能说专靠这些便达到做人的目的。任凭你把这些件件学得精通，你能够成个人不能成个人还是个问题。

人类心理，有知、情、意三部分。这三部分圆满发达的状态，我们先哲名之为三达德——智、仁、勇。为什么叫作"达德"呢？因为这三件事是人类普通道德的标准，总要三件具备才能成一个人。三件的完成状态怎么样呢？孔子说："知者不惑，仁者不忧，勇者不惧。"所以教育应分为知育、情育、意育三方面。现在讲的智育、德育、体育，不对。德育范围太笼统，体育范围太狭隘。知育要教到人不惑，情育要教到人不忧，意育要教到人不惧。教育家教学生，应该以这三件为究竟，我们自动地自己教育自己，也应该以这三件为究竟。

怎么样才能不惑呢？最要紧是养成我们的判断力。想要养成判断力：第一步，最少须有相当的常识。进一步，对于自己要做的事须有专门智识；再进一步，还要有遇事能断的智慧。假如一个人连常识都没有，听见打雷，说是雷公发威；看见月蚀〔食〕，说是蛤蟆贪嘴。那么，一定闹到什么事都没有主意，碰着一点疑难问题，就靠求神问卜，看相算命去解决，真所谓"大惑不解"，成了最可怜的人了。学校里小学、中学所教，就是要人有了许多基本的常识，免得凡事都暗中摸索，但仅仅有这点常识还不够。我们做人，总要各有一件专门职业，这门职业，也并不是我一人破天荒去做，从前已经许多人做过。他们积了无数经验，发现出好些原理原则，这就是专门学识。我打算做这项职业，就应该有这项专门学识。例如我想做农嘛，怎样地改良土壤，怎样地改良种子，怎样地防御水旱病虫，等等，都是前人经验有得成为学识的。我们有了这种学识，应用它来处置这些事，自然会不惑；反是则惑了。做工、做商等等，都各个有它的专门常识，也是如此。我想做财政家嘛，何种租税可以生出何样结果，何种公债可以生出何样结果，等等，都是前人经验有得成为学识的。我们有了这种学识,应用它来处置这些事,自然会不惑;反是则惑了。教育家、军事家等等,都各个有它的专门学识,也是如此。我们在高等以上学校所求的智识,就是这一类。但专靠这种常识和学识就够吗?还不能。宇宙和人生是活的,不是呆的,我们每日所碰见的事理是复杂的、变化的,不是单纯的、印板〔比喻死板不变〕的。倘若我们只是学过这一件才懂这一件,那么,碰着一件没有学过的事来到跟前,便手忙脚乱了。所以还要养成总体的智慧,才能得有根本的判断力。这种总体的智慧如何才能养成呢?第一件,要把我们向来粗浮的脑筋,着实磨炼它,叫它变成细密而且踏实。那么,无论遇着如何繁难的事,我都可以彻头彻尾想清楚它的条理,自然不至于惑了。第二件,要把我们向来昏〔浑〕浊的脑筋,着实将养它,叫它变成清明。那么,一件事理到跟前,我才能很从容很莹澈地去判断它,自然不至于惑了。以上所说常识、学识和总体的智慧,都是智育的要件,目的是教人做到知者不惑。

怎么样才能不忧呢?为什么仁者便会不忧呢?想明白这个道理,先要知道中国先哲的人生观是怎么样。"仁"之一字,儒家人生观的全体大用都包在里头。"仁"到底是什么?很难用言语说明,勉强下个解释,可以说是"普遍人格之实现"。孔子说"仁者人也",意思说是人格完成就叫作"仁"。但我们要知道,人格不是单独一个人可以表见的,要从人和人的关系上看出来,所以"仁"字从二人,郑康成解他作"相人偶"。总而言之,要彼我交感互发,成为一体,然后我的人格才能实现。所以我们若不讲人格主义,那便无话可说,讲到这个主义,当然归宿到普遍人格。换句话说,宇宙即是人生,人生即是宇宙,我的人格和宇宙无二无别。体验得这个道理,就叫作"仁者"。然则这种"仁者"

为什么就会不忧呢？大凡忧之所从来，不外两端，一曰忧成败，二曰忧得失。我们得着"仁"的人生观，就不会忧成败。为什么呢？因为我们知道宇宙和人生是永远不会圆满的，所以《易经》六十四卦，始"乾"而终"未济"。正为在这永远不圆满的宇宙中，才永远容得我们创造进化，我们所做的事，不过在宇宙进化几万万里的长途中，往前挪一寸两寸，哪里配说成功呢？然则不做怎么样呢？不做便连这一寸两寸都不往前挪，那可真真失败了。"仁者"看透这种道理，信得过只有不做事才算失败，凡做事便不会失败。所以《易经》说："君子以自强不息。"换一方面来看：他们又信得过凡事不会成功的，几万万里路挪了一两寸，算成功吗？所以《论语》说："知其不可而为之。"你想！有这种人生观的人，还有什么成败可忧呢？再者：我们得着"仁"的人生观，便不会忧得失。为什么呢？因为认定这件东西是我的，才有得失之可言。连人格都不是单独存在，不能明确地划出这一部分是我的，那一部分是人家的，然则哪里有东西可以为我所得？既已没有东西为我所得，当然也没有东西为我所失。我只是为学问而学问，为劳动而劳动，并不是拿学问、劳动等等做手段来达某种目的——可以为我们"所得"的。所以老子说："生而不有，为而不恃""既以为人己愈有，既以与人己愈多"。你想，有这种人生观的人，还有什么得失可忧呢？总而言之，有了这种人生观，自然会觉得"天地与我并生，而万物与我为一"，自然会"无入而不自得"，他的生活，纯然是趣味化、艺术化。这是最高的情感教育，目的教人做到仁者不忧。

怎么样才能不惧呢？有了不惑、不忧功夫，惧当然会减少许多了，但这是属于意志方面的事。一个人若是意志力薄弱，便有很丰富的智识，临时也会用不着；便有很优美的情操，临时也会变了卦。然则意志怎么才会坚强呢？头一件须要心地光明。孟子说："浩然之气，至大至刚。行有不慊于心，则馁矣。"又说："自反而不缩，虽褐宽博，吾不惴焉；自反而缩，虽千万人，吾往矣。"俗语说得好："生平不做亏心事，夜半敲门也不惊。"一个人要保持勇气，须要从一切行为可以公开做起。这是第一着。第二件，要不为劣等欲望之所牵制。《论语》记："子曰：'吾未见刚者。'或对曰：'申枨。'子曰：'枨也欲，焉得刚？'"一被物质上无聊的嗜欲东拉西扯，那么百炼钢也会变为绕指柔了。总之，一个人的意志，由刚强变为薄弱极易，由薄弱返到刚强极难。一个人有了意志薄弱的毛病，这个人可就完了。自己做不起自己的主，还有什么事可做？受别人压制，做别人奴隶，自己只要肯奋斗，终须能恢复自由。自己的意志做了自己情欲的奴隶，那真是万劫沉沦，永无恢复自由的余地，终身畏首畏尾，成了个可怜人了。孔子说："和而不流，强哉矫！中立而不倚，强哉矫！国有道，不变塞焉，强哉矫！国无道，至死不变，强哉矫！"我老实告诉诸君说罢，做人不做到如此，绝不会成一个人，但做到如此，真是不容易，非时时刻刻做磨练〔炼〕意志的功夫不可。意志磨练〔炼〕得到家，自然是看着自己应做的事，一点不迟疑，扛起来便做，"虽千万人吾往矣"。这样才算顶天立地做一世人，绝不会有藏头躲尾，左支右绌的丑态。这便是意育的目的，要教人做到勇者不惧。

我们拿这三件事作做人的标准，请诸君想想，我自己现时做到哪一件——哪一件稍为有一点把握。倘若连一件都不能做到，连一点把握都没有，嗳〔哎〕哟！那可真危险了，你将来做人恐怕就做不成。讲到学校里的教育嘛，第二层的情育，第三层的意育，可以说完全没有，剩下的只有第一层的知育。就算知育罢，又只有所谓常识和学识，至于我所讲的总体智慧靠来养成根本判断力的，却是一点儿也没有。这种"贩卖智识杂货店"的教育，把他前途想下去，真令人不寒而栗！现在这种教育，一时又改革不来，我们可爱的青年，除了它更没有可以受教育的地方。诸君啊！你到底还要做人不要？你要知道危险呀！非你自己抖擞精神想方法自救，没有人能救你呀！

诸君啊！你千万别要以为得些断片的智识就算是有学问呀。我老实不客气告诉你罢：你如果做成一个人，智识自然是越多越好；你如果做不成一个人，智识却是越多越坏。你不信吗？试想想全国人所唾骂的卖国贼某人某人，是有智识的呀，还是没有智识的呢？试想想全国人所痛恨的官僚政客——专门助军阀作恶鱼肉良民的人，是有智识的呀，还是没有智识的呢？诸君须知道啊：这些人当十几年前在学校的时代，意气横厉，天真烂熳〔漫〕，何尝不和诸君一样？为什么就会堕落到这样田地呀？屈原说的："何昔日之芳草兮，今直为此萧艾也！岂其有他故兮，莫好修之害也。"天下最伤心的事，莫过于看着一群好好的青年，一步一步地往坏路上走。诸君猛醒啊！现在你所厌所恨的人，就是你前车之鉴了。

诸君啊！你现在怀疑吗？沉闷吗？悲哀痛苦吗？觉得外边的压迫你不能抵抗吗？我告诉你，你怀疑和沉闷，便是你因不知才会感；你悲哀痛苦，便是你因不仁才会忧；你觉得你不能抵抗外界的压迫，便是你因不勇才有惧。这都是你的知、情、意未经过修养磨练〔炼〕，所以还未成个人。我盼望你有痛切的自觉啊！有了自觉，自然会自动，那么，学校之外，当然有许多学问，读一卷经,翻一部史,到处都可以发见诸君的良师呀!

诸君啊!醒醒罢!养足你的根本智慧,体验出你的人格、人生观,保护好你的自由意志。你成人不成人,就看这几年哩!

谈"博"而"精"

梁思成

每一个同学在毕业的时候都要成为一个秀才。但是我们应该怎样去理解"专"的意义呢？"专"不等于把自己局限在一个"牛角尖"里。党号召我们要"一专多能"，这"一专"就是"精"，"多能"就是"博"。既有所专而又多能，既精于一而又博学；这是我们每个人在求学上应有的修养。

求学问需要精，但是为了能精益求精，专得更好就需要博。"博"和"精"不是对立的，而是互相联系着的同一事物的两个方面。假使对于有联系的事物没有一定的知识，就不可能对你所要了解的事物真正地了解。特别是今天的科学技术越来越专门化，而每一专门学科都和许多学科有着不可分割的联系。因此，在我们的专业学习中，为了很好地深入理解某一门学科，就有必要对和它有关的学科具有一定的知识，否则想对本学科真正地深入是不可能的。这是一种中心和外围的关系，这样的"外围基础"是每一门学科所必不可少的。"外围基础"越宽广深厚，就越有利于中心学科之更精更高。

拿土建系的建筑学专业和工业与民用建筑专业来说，由于建筑是一门和人类的生产和生活关系最密切的技术科学，一切生产和生活的活动都必须有房屋，而生产和生活的功能要求是极其多样化的。因此，要使我们的建筑满足各式各样的要求，设计人就必须对这些要求有一定的知识；另一方面，人们对于建筑功能的要求是无止境的，科学技术的不断进步就为越来越大限度地满足这些要求创造出更有利的条件，有利的科学技术条件又推动人们提出更高的要求。如此循环，互为因果地促使建筑科学技术不断地向前发展。到今天，除极简单的小型建筑可能由建筑师单独设计以外，绝大多数建筑设计工作都必须由许多不同专业的工程师共同担当起来。不同工种之间必然存在着种种矛盾，因此就要求各专业工程师对于其他专业都有一定的知识，彼此了解工作中存在的问题，才能够很好地协作，使矛盾统一，汇合成一个完美的建筑整体。

一九五八年以来设计大剧院、科技馆、博物馆等几项巨型公共建筑，就是由若干系的十几个专业协作共同担当起来的。在这一次真刀真枪的协作中，工作的实际迫使我们更多地彼此了解。通过这一过程，各工种的设计人对有关工种的问题有了了解，进行设计考虑问题也就更全面了；这就促使着自己专业的设计更臻完善。事实证明，"博"不但有助于"精"，而且是"精"的必要条件。闭关自守、固步自封地求"精"就必然会陷入形而上学的泥坑里。

再拿建筑学这一专业来说。它的范围从一个城市的规划到个体建筑乃至细部装饰的设计。城市规划是国民经济和城市社会生活的反映，必须适应生产和生活的全面要求，因此要求规划设计人员对城市的生产和生活——经济和社会情况有深入的知识。每一座个体建筑也是由生产或者生活提出的具体要求而进行设计的。大剧院的设计人员就必须深入了解一座剧院从演员到观众，从舞台到票房，从声、光到暖、通、给排水、机、电以及话剧、京剧、歌舞剧、独唱、交响乐等等各方面的要求。建筑的工程和艺术的双重性又要求设计人员具有深入的工程结构知识和高度艺术修养，从新材料新技术一直到建筑的历史传统和民族特征。这一切都说明"博"是"精"的基础，"博"是"精"的必要条件。为了"精"我们必须长期不懈地培养自己专业的"外围基础"。

必须明确：我们所要的"博"并不是漫无边际的无所不知、无所不晓。"博"可以从两个要求的角度去培养。一方面是以自己的专业为中心的"外围基础"的知识。在这方面既要提防漫无边际，又要提防兴之所至而引入歧途，过分深入地去钻研某一"外围"的问题，钻了"牛角尖"。另一方面是为了个人的文化修养的要求可以对于文学、艺术等方面进行一些业余学习。这可以丰富自己的知识，可以陶冶性灵，是劳逸结合的一种有效且有益的方法。党对这是非常重视的。解放以来出版的大量的文学、艺术图籍，美不胜数的电影、音乐、戏剧、舞蹈演出和各种展览会就是有力的证明。我们应该把这些文娱活动也看作培养我们身心修养的"博"的一部分。

饮食男女在福州

郁达夫

福州的食品,向来就很为外省人所赏识;前十余年在北平,说起私家的厨子,我们总同声一致地赞成刘崧生先生和林宗孟先生家里的蔬菜的可口。当时宣武门外的忠信堂正在流行,而这忠信堂的主人,就系旧日刘家的厨子,曾经做过清室的御厨房的。上海的小有天以及现在早已歇业了的消闲别墅,在粤菜还没有征服上海之先,也曾盛行过一时。面食里的伊府面,听说还是汀州伊墨卿太守的创作;太守住扬州日久,与袁子才也时相往来,可惜他没有像随园老人那么的好事,留下一本食谱来,教给我们以烹调之法;否则,这一个福建萨伐郎(Savarin)的荣誉,也早就可以驰名海外了。

福建菜之所以会这样著名,而实际上却也实在是丰盛不过的原因,第一,当然是由于天然物产的富足。福建全省,东南并海,西北多山,所以山珍海味,一例的都贱如泥沙。听说沿海的居民,不必忧虑饥饿,大海潮回,只消上海滨去走走,就可以拾一篮海货来充作食品。又加以地气温暖,土质腴厚,森林蔬菜,随处都可以培植，随时都可以采撷。一年四季，笋类菜类，常是不断；野菜的味道，吃起来又比别处的来得鲜甜。福建既有了这样丰富的天产，再加上以在外省各地游宦营商者的数目的众多，作料采从本地，烹制学自外方，五味调和，百珍并列，于是乎闽菜之名，就宣传在饕餮家的口上了。清初周亮工著的《闽小纪》两卷，记述食品处独多，按理原也是应该的。

福州海味，在春二三月间，最流行而最肥美的，要算来自长乐的蚌肉，与海滨一带多有的蛎房。《闽小纪》里所说的西施舌，不知是否指蚌肉而言；色白而腴，味脆且鲜，以鸡汤煮得适宜，长圆的蚌肉，实在是色香味俱佳的神品。听说从前有一位海军当局者，老母病剧，颇思乡味；远在千里外，欲得一蚌肉，以解死前一刻的渴慕，部长纯孝，就以飞机运蚌肉至都。从这一件轶事看来，也可想见这蚌肉的风味了；我这一回赶上福州，正及蚌肉上市的时候，所以红烧白煮，吃尽了几百个蚌，总算也是此生的豪举，特笔记此，聊志口福。

蛎房并不是福州独有的特产，但福建的蛎房，却比江浙沿海一带所产的，特别的肥嫩清洁。正二三月间，沿路的摊头店里，到处都堆满着这淡蓝色的水包肉；价钱的廉，味道的鲜，比到东坡在岭南所贪食的蚝，当然只会得超过。可惜苏公不曾到闽海去谪居，否则，阳羡之田，可以不买，苏氏子孙，或将永寓在三山二塔之下，也说不定。福州人叫蛎房作"地衣"，略带"挨"字的尾声，写起字来，我想只有"蚭"字，可以当得。

在清初的时候，江瑶柱似乎还没有现在那么的通行，所以周亮工再三地称道，誉为逸品。在目下的福州，江瑶柱却并没有人提起了，鱼翅席上，缺少不得的，倒是一种类似宁波横脚蟹的蛴蟹，福州人叫作"新恩",《闽小纪》里所说的虎蚌,大约就是此物。据福州人说,蚌肉最滋补,也最容易消化,所以产妇病人以及体弱的人,往往爱吃。但由对蟹类素无好感的我看来,却仍赞成周亮工之言,终觉得质粗味劣,远不及蚌与蛎房或香螺的来得干脆。

福州海味的种类,除上述的三种以外,原也很多很多;但是别地方也有,我们平常在上海也常常吃得到的东西,记下来也没有什么价值,所以不说。至于与海错相对的山珍哩,却更是可以干制,可以输出的东西,益发的没有记述的必要了,所以在这里只想说一说叫作肉燕的那一种奇异的包皮。

初到福州,打从大街小巷里走过,看见好些店家,都有一个大砧头摆在店中;一两位壮强的男子,拿了木锥,只在对着砧上的一大块猪肉,一下一下地死劲地敲。把猪肉这样的乱敲乱打,究竟算什么回事?我每次看见,总觉得奇怪;后来向福州的朋友一打听,才知道这就是制肉燕的原料了。所谓肉燕者,就是将猪肉打得粉烂,和入面粉,然后再制成皮子,如包馄饨的外皮一样,用以来包制菜蔬的东西。听说这物事在福建,也只是福州独有的特产。

福州食品的味道,大抵重糖;有几家真正福州馆子里烧出来的鸡鸭四件,简直是同蜜饯的罐头一样,不杂入一粒盐花。因此福州人的牙齿,十人九坏。有一次去看三赛乐的闽剧,看见台上演戏的人,个个都是满口金黄;回头更向左右的观众一看,妇女子的嘴里也大半镶着全副的金色牙齿。于是天黄黄,地黄黄,弄得我这一向就痛恨金牙齿的偏执狂者,几乎想放声大哭,以为福州人故意在和我捣乱。

将这些脱嫌糖重的食味除起,若论到酒,则福州的那一种土黄酒，也还勉强可以喝得。周亮工所记的玉带春、梨花白、蓝家酒、碧霞酒、莲须白、河清、双夹、西施红、状元红等，我都不曾喝过，所以不敢品评。只有会城各处在卖的鸡老（酪）酒，颜色却和绍酒一样的红似琥珀，味道略苦，喝多了觉得头痛。听说这是以一生鸡，悬之酒中，等鸡肉鸡骨都化了后，然后开坛饮用的酒，自然也是越陈越好。福州酒店外面，都写酒库两字，发卖叫发扛，也是新奇得很的名称。以红糟酿的甜酒，味道有点像上海的甜白酒，不过颜色桃红，当是西施红等名目出处的由来。莆田的荔枝酒，颜色深红带黑，味甘甜如西班牙的宝德红葡萄，虽则名贵，但我却终不喜欢。福州一般宴客，喝的总还是绍兴花雕，价钱极贵，斤量又不足，而酒味也淡似沪杭各地，我觉得建庄终究不及京庄。

福州的水果花木，终年不断；橙柑、福橘、佛手、荔枝、龙眼、甘蔗、香蕉，以及茉莉、兰花、橄榄等等，都是全国闻名的品物；好事者且各有谱谍〔牒〕之著，我在这里，自然可以不说。

闽茶半出武夷，就是不是武夷之产，也往往借这名山为号召。铁罗汉，铁观音的两种，为茶中柳下惠，非红非绿，略带赭色；酒醉之后，喝它三杯两盏，头脑倒真能清醒一下。其他若龙团玉乳，大约名目总也不少，我不恋茶娇，终是俗客，深恐品评失当，贻笑大方，在这里只好轻轻放过。

从《闽小纪》中的记载看来，番薯似乎还是福建人开始从南洋运来的代食品；其后因种植的便利，食味的甘美，就流传到内地去了；这植物传播到中国来的时代，只在三百年前，是明末清初的时候，因亮工所记如此，不晓得究竟是否确实。不过福建的米麦，向来就说不足，现在也须仰给于外省，但田稻倒又可以一年两植。而福州正式的酒席，大抵总不吃饭散场，因为菜太丰盛了，吃到后来，总已个个饱满，用不着再以饭颗来充腹之故。

饮食处的有名处所，城内为树春园、南轩、河上酒家、可然亭等。味和小吃，亦佳且廉；仓前的鸭面，南门兜的素菜与牛肉馆，鼓楼西的水饺子铺，都是各有长处的小吃处；久吃了自然不对，偶尔去一试，倒也别有风味。城外在南台的西菜馆，有嘉宾、西宴台、法大、西来，以及前临闽江，内设戏台的广聚楼等。洪山桥畔的义心楼，以吃形同比目鱼的贴沙鱼著名；仓前山的快乐林，以吃小盘西洋菜见称，这些当然又是菜馆中的别调。至如我所寄寓的青年会食堂，地方清洁宽广，中西菜也可以吃吃，只是不同耶稣的飨宴十二门徒一样，不许顾客醉饮葡萄酒浆，所以正式请客，大感不便。

此外则福建特有的温泉浴场，如汤门外的百合、福龙泉，飞机场的乐天泉等，也备有饮馔供客；浴客往往在这些浴场里可以鬼混一天，不必出外去买酒买食，却也便利。从前听说更可以在个人池内男女同浴，则饮食男女，就不必分求，一举竟可以两得了。

要说福州的女子，先得说一说福建的人种。大约福建土著的最初老百姓，为南洋近边的海岛人种；所以面貌习俗，与日本的九州一带，有点相像。其后汉族南下，与这些土人杂婚，就成了无诸种族，系在春秋战国，吴越争霸之后。到得唐朝，大兵入境；相传当时曾杀尽了福建的男子，只留下女人，以配光身的兵士；故而直至现在，福州人还呼丈夫为"唐哺人"，哺者系日暮袭来的意思，同时女人的"诸娘仔"之名，也出来了。还有现在东门外北门外的许多工女农妇，头上仍带着三把银刀似的簪为发饰，俗称她们作三把刀，据说犹是当时的遗制。因为她们的父亲丈夫儿子，都被外来的征服者杀了；她们誓死不肯从敌，故而时时带着三把刀在身边，预备复仇。只今台湾的福建籍妓女，听说也是一样；亡国到了现在，也已经有好多年了，而她们却仍不肯与日本的嫖客同宿。若有人破此旧习，而与日本嫖客同宿一宵者，同人中就视作禽兽，耻不与伍，这又是多么悲壮的一幕惨剧！谁说犹唱后庭花处，商女都不知家国的兴亡哩！试看汉奸到处卖国，而妓女乃不肯辱身，其间相去，又岂只泾渭的不同？这一种古代的人种，与唐人杂婚之后，一部分不完全唐化，仍保留着他们固有的生活习惯，宗教仪式的，就是现在仍旧退居在北门外万山深处的畲民。此外的一族，以水上为家，明清以后，一向被视为贱民，不时受汉人的蹂躏的，相传其祖先系蒙古人。自元亡后，遂贬为疍户，俗呼科蹄。科蹄实为曲蹄之别音，因他们常常屈膝盘坐在船舱之内，两脚弯曲，故有此称。串通倭寇，骚扰沿海一带的居民，古时在泉州叫作泉郎的，就是这一种人种的旁支。

因为福州人种的血统，有这种种的沿革，所以福建人的面貌，和一般中原的汉族，有点两样。大致广颡深眼，鼻子与颧骨高突，两颊深陷成窝，下额部也稍稍尖凸向前。这一种面相，生在男人的身上，倒也并不觉得特别；但一生在女人的身上，高突部为嫩白的皮肉所调和，看起来却个个都是线条刻划分明，像是希腊古代的雕塑人形了。福州女子的另一特点，是在她们的皮色的细白。生长在深闺中的宦家小姐，不见天日，白腻原也应该；最奇怪的，却是那些住在城外的工农佣妇，也一例地有着那种嫩白微红，像刚施过脂粉似的皮肤。大约日夕灌溉的温泉浴是一种关系，吃的闽江江水，总也是一种关系。

我们从前没有居住过福建，心目中总只以为福建人种是一种蛮族。后来到了那里，和他们的文化一接触，才晓得他们虽则开化得较迟，但进步得很快；又因为东南是海港的关系，中西文化的交流，也比中原僻地更为频繁，所以闽南的有些都市，简直繁华摩登得可以同上海来争甲乙。及至观察稍深，一移目到了福州的女性，更觉得她们的美的水准，比苏杭的女子要高好几倍；而装饰的入时，身体的康健，比到苏州的小型女子，又得高强数倍都不止。

"天生丽质难自弃"，表露欲，装饰欲，原是女性的特嗜；而福州女子所有的这一种显示本能，似乎比什么地方的人还要强一点。因而天晴气爽，或岁时伏腊，有迎神赛会的关头，南大街，仓前山一带，完全是美妇人披露的画廊。眼睛个个是灵敏深黑的，鼻梁个个是细长高突的，皮肤个个是柔嫩雪白的；此外还要加上最摩登的衣饰，与来自巴黎纽约的化妆品的香雾与红霞，你说这幅福州晴天午后的全景，美丽不美丽？迷人不迷人？

亦唯因此之故，所以也影响到了社会，影响到了风俗。国民经济破产，是全国到处都一样的事实；而这些妇女子们，又大半是不生产的中流以下的阶级。衣食不足，礼义廉耻之凋伤，原是自然的结果，故而在福州住上不几月，就时时有暗娼流行的风说，传到耳边上来。都市集中人口以后，这实在也是一种不可避免而亟待解决的社会大问题。

说及了娼妓，自然不得不说一说福州的官娼。从前邵武诗人张亨甫，曾著过一部《南浦秋波录》，是专记南台一带的烟花韵事的；现在世业凋零，景气全落，这些乐户人家，完全没有旧日的豪奢影子了。福州最上流的官娼，叫作白面处，是同上海的长三一样的款式。听几位久住福州的朋友说，白面处近来门可罗雀，早已掉在没落的深渊里了；其次还勉强在维持市面的，是以卖嘴不卖身为标榜的清唱堂，无论何人，只需化三元法币，就能进去听三出戏。就是这一时号称极盛的清唱堂，现在也一家一家地废了业，只剩了田墩的三五家人家。自此以下，则完全是惨无人道的下等娼妓，与野鸡款式的无名密贩了，数目之多，求售之切，到了骇人听闻的地步。至于城内的暗娼，包月妇，零售处之类，只听见公安维持者等谈起过几次，报纸上见到过许多回，内容虽则无从调查，但演绎起来，旁证以社会的萧条，产业的不振，国步的艰难，与夫人口的过剩，总也不难举一反三，晓得她们的大概。

总之，福州的饮食男女，虽比别处稍觉得奢侈，而福州的社会状态，比别处也并不见得十分的堕落。说到两性的纵弛，人欲的横流，则与风土气候有关，次热带的境内，自然要比温带寒带为剧烈。而食品的丰富，女子一般姣美与健康，却是我们不曾到过福建的人所意想不到的发见。

一封信

郁达夫

M君，F君：

　　到北京后，已经有两个月了。我记得从天津的旅馆里发出那封通信之后，还没有和你们通过一封信；临行时答应你们做的稿子，不消说是没有做过一篇。什么"对不起吓""原谅我吓"的那些空文，我在此地不愿意和你们说，实际上即使说了也是没有丝毫裨益的。这两个月中间的时间，对于我是如何的悠长？日夜只呆坐着的我的脑里，起了一种怎么样的波涛？我对于过去，对于将来，抱了怎么样的一个念望？这些事情，大约是你们所不知道的罢；你们若知道了，我想你们一定要跑上北京来赶我回去，或者宽纵一点，至少也许要派一个人或打一个电报，来催我仍复回到你们日夜在谋脱离而又脱离不了的樊笼里去。我的情感，意识，欲望和其他的一切，现在是完全停止了呀，M！我的生的执念和死的追求现在也完全消失了呀！F！啊啊，以我现在的心理状态讲来，就是这一封信也是多写的，我……我还要希望什么？啊啊，我还要希望什么呢？上北京来本来是一条死路，北京空气的如何腐劣，都城人士的如何险恶，我本来是知道的。不过当时同死水似的一天一天腐烂下去的我，老住在上海，任我的精神肉体，同时崩溃，也不是道理，所以两个月前我下了决心，决定离开了本来不应该分散而实际上不分散也没有方法的你们，而独自一个跑到这风雪弥漫的死都中来。当时决定起行的时候，我心里本来也没有什么远大的希望，但是在无望之中，漠然的我总觉有一个"转换转换空气，振作振作精神"的念头。啊啊，我当时若连这一个念头也不起，现在的心境，或者也许能平静安逸，不至有这样的苦闷的！欺人的"无望之望"哟，我诅咒你，我诅咒你！……拿起笔来，顺了我苦闷的心状，写了这么半天，我也不知道说了些什么。像这样地写下去，我也不知道怎么才能把我胸中压住的一块铅铁吐露得出来。啊啊，M，F，我还是不写了罢，我还是不写的好……不过……不过这样的沉默过去，我怕今晚上就要发狂，睡是横竖睡不着了，难道竟这样呆呆地坐到天明吗？这绵绵的长夜，又如何减缩得来呢？M，F！我的头昏痛得很，我仍复写下去罢，写得纠缠不清的时候，请你们以自己的经验来补我笔的不足。

"到北京之后，竟完全一刻清新的时间也没有过，从下车之日起，一直到现在此刻止，竟完全是同半空间的雨滴一样，只是沉沉落下。"这一句话，也是假的。若求证据，我到京之第二日，剃了数月来未曾梳理的长发短胡，换了一件新制的夹衣，捧了讲义，欣欣然上学校去和我教的那班学生相见，便是一个明证。并且在这样消沉中的我，有时候也拿起纸笔来想写些什么东西。前几天我还有一段不曾做了的断片，被

M报拿了去补纪念刊的余白哩……所以说我近来"竟完全同半空间的雨滴一样,只是沉沉落下"也是假的,但是像这样的瞬间的发作,最多不过几个钟头。这几个钟头过后,剩下来的就是无穷限的无聊和无穷限的苦闷。并且像这样的瞬间的发作,至多一个月也不过一次,以后我觉得好像要变成一年一次几年一次的样子,那是一定的,那是一定的呀!

那么除了这样的几个钟头的瞬间发作,剩下来的无穷的苦闷的本体,究竟是什么呢?M!F!请你们不要笑我罢!实际上我自家也说不出所以然来。我不晓得为什么我会这样的苦闷,这样的无聊!

难道是失业的结果吗?……现在我名义上总算已经得了一个职业,若要拼命干去,这几点钟学校的讲义也尽够我日夜的工作了。但是我一拿到讲义稿,或看到第二天不得不去上课的时间表的时候,胸里忽而会咽上一口气来,正如酒醉的人,打转饱嗝来的样子。我的职业,觉得完全没有一点吸收我心意的魔力,对此我怎么也感不出趣味来。讲到职业的问题,我觉得倒不如从前失业时候的自在了。

难道是失恋的结果吗?……噢噢,再不要提起这一个怕人的名词。我自见天日以来,从来没有晓得过什么叫作恋爱。运命的使者,把我从母体里分割出来以后,就交给了道路之神,使我东流西荡,一直飘〔漂〕泊到了今朝,其间虽也曾遇着几个异性的两足走兽,但她们和我的中间,本只是一种金钱的契约,没有所谓"恋",也没有所谓"爱"的。本来是无一物的我,有什么失不失,得不得呢?你们若问起我的女人和小孩如何,那么我老实对你们说罢,我的亲爱她的和她的心情,也不过和我亲爱你们的心情一样。这一种亲爱,究竟可不可以说是恋爱,暂且不管它,总之我想念我女人和小孩的情绪,只有同月明之夜在白雪晶莹的地上,当一只孤雁飞过时落下来的影子那么浓厚。我想这胸中的苦闷,和日夜纠缠着我的无聊,大约定是一种遗传的疾病。但这一种遗传,不晓得是始于何时,也不知将伊于何底,更不知它是否限于我们中国的民族的?

我近来对于几年前那样热爱过的艺术,也抱起疑念来了。呀,M,F!我觉得艺术中间,不使人怀着恶感,对之能直接得到一种快乐的,只有几张伟大的绘画,和几段奔放的音乐,除此之外,如诗、文、小说、戏剧,和其他的一切艺术作品,都觉得肉麻得很。你看哥德的诗多肉麻啊,什么"紫罗兰吓,玫瑰吓,十五六的少女吓",那些东西究竟有什么用处呢?垂死的时候,能把它们拿来作药饵吗?美莱迭斯的小说,也是如此的啊,并不存在的人物事实,他偏要说得原原本本,把威尼斯的夕照和伦敦市的夜景,一场一场地安插到里头去,枉费了造纸者和排字者的许多辛苦,创造者的他自家所得的结果,也不过一个永久的死灭罢了,那些空中的楼阁,究竟建设在什么地方呢?像微虫似的我辈,讲起来更可羞了。我近来对北京的朋友,新订了一个规约,请他们见面时绝对不要讲关于文学上的话,对于我自家的几篇无聊的作品,更请求他们不要提起。因为一提起来,我自家更羞惭得窜身无地,我的苦闷,也更要增加。但是到我这里来的青年朋友,多半是以文学为生命的人。我们虽则初见面时有那种规约,到后来三言两语,终不得不讲到文学上去。这样讲一场之后,我的苦闷,一定不得不增加一倍。

为消减这一种内心苦闷的缘故,我却想了种种奇特的方法出来。有时候我送朋友出门之后,马上就跑到房里来把我所最爱的东西,故意毁成灰烬,使我心里不得不起一种惋惜悔恼的幽情,因为这种幽情起来之后,我的苦闷,暂时可以忘了。到北京之后的第二个礼拜天的晚上,正当我这种苦闷情怀头次起来的时候,我把颜面伏在桌子上动也不动地坐了一点多钟。后来我偶尔把头抬起,向桌子上摆着的一面蛋形镜子一照,只见镜子里映出了一个瘦黄奇丑的面形,和倒覆在额上的许多三寸余长、乱蓬蓬的黑发来。我顺手拿起那面镜子向地上一掷,啪地响了一声,镜子竟化成了许多粉末。看看一粒一粒地上散溅着的玻璃的残骸,我方想起了这镜子和我的历史。因为这镜子是我结婚之后,我女人送给我的两件纪念品中的最后的一件。她和这镜子同时给我的一个钻石指环,被我在外国念书的时候质在当铺里,早已满期流卖了,目下只剩了这一面意大利制的四围有象牙螺钿镶着的镜子,我于东西流转之际,每与我所最爱的书籍收拾在一起,随身带着的这镜子,现在竟化成一颗颗的细粒和碎片,溅散在地上。我呆呆地看了一忽,心里忽起了一种惋惜之情,几刻钟前,那样难过的苦闷,一时竟忘掉了。自从这一回后,我每于感到苦闷的时候,辄用这一种饮鸩止渴的手段来图一时的解放,所以我的几本爱读的书籍和几件爱穿的洋服,被我烧了的烧了,剪破的剪破,现在行箧里,几乎没有半点值钱的物事了。

有钱的时候,我的解闷的方法又是不同。但我到北京之后,从没有五块以上的金钱和我同过一夜,所以用这方法的时候,比较的不多。前月中旬,天津的二哥哥,寄了五块钱来给我,我因为这五块钱若拿去用的时候,终经不起一次的消费,所以老是不用,藏在身边。过了几天,我的遗传的疾病又发作了,苦闷了半天,我才把这五元钱想了出来。慢慢地上一家卖香烟的店里尽这五元钱买了一大包最贱的香烟,我回家来一时地把这一大包香烟塞在白炉子里燃烧起来。我那时候独坐在恶毒的烟雾里,觉得头脑有些昏乱,且同时眼睛里,也流出了许多眼泪,当时内心的苦闷,因为受了这肉体上的刺激,竟大大的轻减了。

　　一般人所认为排忧解闷的手段,一时我也用过的手段,如醇酒妇人之类,对于现在的我,竟完全失了它们的效力。我想到了一年半载之后若现在正在应用的这些方法,也和从前的醇酒妇人一样,变成无效的时候,心里又不得不更加上一层烦恼。啊啊,我若是一个妇人,我真想放大了喉咙,高声痛哭一场!

　　前几个月在上海做的那一篇春夜的幻影,你们还记得吗?我现在回想起来,觉得近来于无聊至极,写出来的几篇感想不像感想、小说不像小说的东西里,还是这篇夏夜的幻想有些意义。不过当时的苦闷,没有现在那么强烈,所以还能用些心思在修辞结构上面。我现在才知道了,真真苦闷的时候,连叹苦的文字也做不出来的。

　　夜已经深了。口外的火车,远远绕越西城的车轮声,渐渐地传了过来。我想这时候你们总应该睡了罢?若还没有睡，啊啊，若还没有睡，而我们还住在一起，恐怕又要上酒馆去打门了呢！我一想起当时的豪气，反而只能发生出一种羡慕之心，当时的那种悲愤，完全没有了。人生到了这一个境地，还有什么希望？还有什么希望呢？

陆

生活要尽心,也要随心,更要开心

愿心怀豁达,处处安宁

当幽默变成油抹

老舍

小二小三玩腻了：把落花生的尖端咬开一点，夹住耳唇〔耳垂〕当坠子，已经不能再作，因为耳坠不晓得是怎回事，全到了他们肚里去；还没有人能把花生吃完再拿它当耳坠！《儿童世界》上的插图也全看完了，没有一张满意的，因为据小二看，画着王家小五是王八的才能算好画，可是插画里没有这么一张。小二和王家小五前天打了一架，什么也不因为，并且一点不是小二的错，一点也不是小五的错；谁的错呢？没人知道。"小三，你当马吧？"小三这时节似乎什么也愿意干，只是不愿意当马。"再不然，咱们学狗打架玩？"小二又出了主意。"也好，可是得真咬耳朵？"小三愿事先问好，以免咬了小二的耳朵而去告诉妈妈。咬了耳朵还怎么再夹上花生当耳坠呢？小二不愿意。唱戏吧？好，唱戏。但是，先看看爸和妈干什么呢。假如爸不在家，正好偷偷地翻翻他那些杂志，有好看的图画可以撕下一两张来；然后再唱戏。

爸和妈都在书房里。爸手里拿着本薄杂志，可是没看；妈手里拿着些毛绳，可是没织；他们全笑呢。小二心里说大人也是好玩呀，不然，爸为什么拿着书不看，妈为什么拿着线不织？

爸说："真幽默，哎呀，真幽默！"爸嘴上的笑纹几乎通到耳根上去。

这几天爸常拿着那么一薄本米色皮的小书喊幽默。

小二小三自然是不懂什么叫幽默的，而听成了油抹；可是油抹有什么可笑呢？小三不是为把油抹在袖口上挨过一顿打嘛！大人油抹就不挨打而嘻嘻，不公道！

爸念了，一边念一边嘻嘻，眼睛有时候像要落泪，有时候一句还没念完，嘴里便哈哈哈。妈也跟着嘻嘻嘻。念的什么子路——小三听成了紫鹿——又是什么三民主义，而后嘻嘻嘻——一点也不可笑，而爸与妈偏嘻嘻嘻！

决定过去看看那小本是什么。爸不叫他们看："别这儿捣乱，一边儿玩去！"妈也说："玩去，等爸念完再来！"好像这个小薄本比什么都重要似的！也许爸和妈都吃多了；妈常说小孩子吃多了就胡闹，爸与妈也是如此。

念了半天，爸看了看表，然后把小本折好了一页，极小心地放在写字台的抽屉里："晚上再念；得出门了。"

"再念一段！"妈这半天连一针活也没做，还说再念一段呢，真不害羞！小三心里的小手指头直在脸上削，"没羞没臊，当间儿画个黑老道！"

"晚上，晚上！凑巧还许把第十期买来呢！"爸说，还是笑着。

爸走了，走到院里还嘻嘻呢；爸是吃多了！

妈拿着活计到里院去了。

小二小三决定要犯犯"不准动爸的书"的戒命。等妈走远了，轻轻地开了抽屉，拿出那本叫爸和妈嘻嘻的宝贝。他们全把大拇指放在嘴里咂着，大气不出地去找那招人笑的小鬼。他们以为书中必是有个小鬼，这个小鬼也许就叫作油抹。人一见油抹就要嘻嘻或是哈哈。找了半天，一篇一篇全是黑字！有一张画，看不懂是什么，既不是小兔搬家，又不是小狗成亲，简直的什么也不像！这就可乐呀？字和这样的画要是可乐，为什么妈不许我们在墙上写字画图呢？

"咱们还是唱戏去吧？"小三不耐烦了。

"小三，看，这个小盒也在这儿呢，爸不许咱们动，愣偷偷地看看？"小二建议。

已经偷看了书，为什么不再偷看看小盒？就是挨打也是一顿。小三想得很精密。

把小盒轻轻打开，嗬，里边一管挨着一管，都是刷牙膏，可是比刷牙膏的管小些细些。小二把小铅盖转了转，挤，咕——挤出滑溜溜的一条小红虫来，哎呀有趣！小三的眼睁得像两个新铜子，又亮又圆。"来，我挤一个！"他另拿了管，咕——挤出条碧绿的小虫来。

一管一管，全挤过了，什么颜色的也有，真好玩！小二拿起盒里的一支小硬笔，往笔上挤了些红膏，要往牙上擦。

"小二，别，万一这是爸的冻疮药呢？"

"不能，冻疮药在妈的抽屉里呢。"

"等等，不是药，也许呀，也许呀——"小三想了半天想不出是什么。

"这么着吧，小三，把小管全挤在桌上，咱们打花脸吧？"

"唱——那天你和爸听什么来着？"小三的戏剧知识只是由小二得来的那些。

"有花脸的那个？嘀咕的嘀咕嘀嘀咕！《黄鹤楼》！"

"就唱《黄鹤楼》吧！你打红脸，我打绿脸。嘀咕嘀——"

"《黄鹤楼》里没有绿脸！"小二觉得小三对扮戏是没发言权的。

"假装的有个绿脸就得了嘛！糖挑上的泥人戏出就有绿脸的。"

两个把管里的小虫全挤得越长越好，而后用小硬笔往脸上抹。

"小二，我说这不是牙膏，你瞧，还油亮油亮的呢。喝，抹在脸上有点漆得慌！"

"别说话；你的嘴直动，我怎给你画呀？！"小二给小三的腮上打些紫道，虽然小三是要打绿脸。

正这么打脸，没想到，爸回来了！

"你们俩干什么呢？干什么呢！"

"我们——"小二一慌，把小刷子放在小三的头上。小三正闭着眼等小二给画眉毛，睁开了眼。

"你们干什么？！"爸是动了气，"二十多块一盒的油！"

"对啦，爸，我们这儿油抹呢！"小三直抓腮部，因为油漆得不好受。

"什么油抹呀？"

"不是爸看这本小书的时候，跟妈说，真油抹，爸笑妈也笑吗？"

"这本小书？"爸指着桌上那本说，"从此不再看《论语》！"

爸真生了气。一下子坐在椅子上，气哼哼的，不自觉地，从衣袋里掏出一本小书——样子和桌上那本一样。

乘〔趁〕着爸看新买来的小书，小二小三七手八脚把小管全收在盒里，小三从头上揭下小笔，也放进去。

爸又看入了神，嘴角又慢慢往上弯。小二们的《黄鹤楼》是不敢唱了，可也不敢走开，敬候着爸的发落。

爸又嘻嘻了，拍了大腿一下："真幽默！"

小三向小二咬耳朵："爸是假装油抹，咱们才是真油抹呢！"

想北平

老舍

设若让我写一本小说,以北平作背景,我不至于害怕,因为我可以捡着我知道的写,而躲开我所不知道的。让我单摆浮搁地讲一套北平,我没办法。北平的地方那么大,事情那么多,我知道的真觉太少了,虽然我生在那里,一直到廿七岁才离开。以名胜说,我没到过陶然亭,这多可笑!以此类推,我所知道的那点只是"我的北平",而我的北平大概等于牛的一毛。

可是,我真爱北平。这个爱几乎是要说而说不出的。我爱我的母亲。怎样爱?我说不出。在我想做一件事讨她老人家喜欢的时候,我独自微微地笑着;在我想到她的健康而不放心的时候,我欲落泪。言语是不够表现我的心情的,只有独自微笑或落泪才足以把内心揭露在外面一些来。我之爱北平也近乎这个。夸奖这个古城的某一点是容易的,可是那就把北平看得太小了。我所爱的北平不是枝枝节节的一些什么,而是整个儿与我的心灵相粘〔黏〕合的一段历史,一大块地方,多少风景名胜,从雨后什刹海的蜻蜓一直到我梦里的玉泉山的塔影,都积凑到一块，每一小的事件中有个我，我的每一思念中有个北平，这只有说不出而已。

真愿成为诗人，把一切好听好看的字都浸在自己的心血里，像杜鹃似的啼出北平的俊伟。啊！我不是诗人！我将永远道不出我的爱，一种像由音乐与图画所引起的爱。这不但是辜负了北平，也对不住我自己，因为我的最初的知识与印象都得自北平，它是在我的血里，我的性格与脾气里有许多地方是这古城所赐给的。我不能爱上海与天津，因为我心中有个北平。可是我说不出来！

伦敦、巴黎、罗马与堪司坦丁堡〔现通译伊斯坦布尔〕，曾被称为欧洲的四大"历史的都城"。我知道一些伦敦的情形；巴黎与罗马只是到过而已；堪司坦丁堡根本没有去过。就伦敦、巴黎、罗马来说，巴黎更近似北平——虽然"近似"两字要拉扯得很远——不过，假使让我"家住巴黎"，我一定会和没有家一样地感到寂苦。巴黎，据我看，还太热闹。自然，那里也有空旷静寂的地方，可是又未免太旷；不像北平那样既复杂而又有个边际，使我能摸着——那长着红酸枣的老城墙！面向着积水潭，背后是城墙，坐在石上看水中的小蝌蚪或苇叶上的嫩蜻蜓，我可以快乐地坐一天，心中完全安适，无所求也无可怕，像小儿安睡在摇篮里。是的，北平也有热闹的地方，但是它和太极拳相似，动中有静。巴黎有许多地方使人疲乏，所以咖啡与酒是必要的，以便刺激；在北平，有温和的香片茶就够了。

论说巴黎的布置已比伦敦罗马匀调得多了，可是比上北平还差点事儿。北平在人为之中显出自然，几乎是什么地方既不挤得慌，又不太僻静：最小的胡同里的房子也有院子与树；最空旷的地方也离买卖街与住宅区不远。这种分配法可以算——在我的经验中——天下第一了。北平的好处不在处处设备得完全，而在它处处有空儿，可以使人自由地喘气；不在有好些美丽的建筑，而在建筑的四围都有空闲的地方，使它们成为美景。每一个城楼，每一个牌楼，都可以从老远就看见。况且在街上还可以看见北山与西山呢！

好学的，爱古物的，人们自然喜欢北平，因为这里书多古物多。我不好学，也没钱买古物。对于物质，我却喜爱北平的花多菜多果子多。花草是种费钱的玩艺〔意〕，可是此地的"草花儿"很便宜，而且家家有院子，可以花不多的钱而种一院子花，即使算不了什么，可是到底可爱呀。墙上的牵牛，墙根的靠山竹与草茉莉，是多么省钱省事而也足以招来蝴蝶呀！至于青菜、白菜、扁豆、毛豆角、黄瓜、菠菜等等，大多数是直接由城外担来而送到家门口的。雨后，韭菜叶上还往往带着雨时溅起的泥点。青菜摊子上的红红绿绿几乎有诗似的美丽。果子有不少是由西山与北山来的，西山的沙果、海棠，北山的黑枣、柿子，进了城还带着一层白霜儿呀！哼，美国的橘子包着纸；遇到北平的带霜儿的玉李，还不愧杀！

是的，北平是个都城，而能有好多自己产生的花、菜、水果，这就使人更接近了自然。从它里面说，它没有像伦敦的那些成天冒烟的工厂；从外面说，它紧连着园林、菜圃与农村。采菊东篱下，在这里，确是可以悠然见南山的；大概把"南"字变个"西"或"北"，也没有多少了不得的吧。像我这样的一个贫寒的人，或者只有在北平能享受一点清福了。

好，不再说了吧；要落泪了，真想念北平呀！

有钱最好

老舍

既是苦命人，到处都得受罪。穷大奶奶逛青岛，受洋罪；我也正受着这种洋罪。

青岛的青山绿水是给诗人预备的，我不是诗人。青岛的洋楼汽车是给阔人预备的，我有时候袋里剩三个子儿。享受既然无缘，只好放在一边，单表受罪。

第一先得说房。大小不拘，这里的房全是洋式。由房东那方面看，租钱不算多；由住房儿的看，像我这样的人，简直一月月地干给房钱赶网。吃也不算贵，喝也不算贵；房没有贱的。房既然贵，自然住不起一整所儿，所以大多数的楼房是分租的，一层儿两三间房租给一家。住楼上的呢，得上下跑腿；而且费煤，因为高处得风，墙又不厚。住楼下的，自然省了脚，也较比的暖一点，可是乐不抵苦。您别看大家都洋服啷当儿的，讲到公德心，青岛的人并不比别处的文明。楼的建筑根本是二五八，楼板也就是一寸来厚，而楼上的人们，绝不会想到楼下还有人。希望大家铺地毯，未免所求过奢；能垫上点席子的便很难得。要赶上楼上有那么七八个孩子,那就蛤蟆垫桌腿儿,死挨。人家能把楼板跺得老忽闪忽闪地动,时时有塌下来的可能。自然没人能管住小孩不走不跳,可是能够做到的也没人做。比如说椅子腿上包点布,或者不准小孩拉椅子,这很容易办吧?哼,没那回事。你莫名其妙楼上怎会有那么多椅子,更不知道为什么老在那儿拉。你晓得楼上拉椅子多么难听,它钻脑子,叫人想马上自杀。可是谁叫你住楼下呢!你乘〔趁〕早不用去请求,住楼上的理直气壮。"哟,我们的孩子会闹?那可奇怪!拉椅子?我们的小孩可就是喜欢拉椅子玩。在楼上踢毽?可不是,小孩还能不玩?"楼上的人都这么和气而且近情近理。你只有一条路,搬家。

搬吧,都调查好了,同楼的小孩少,大人也规矩,你很喜欢。搬过去一看,院里有八条狗!青岛是带洋派的地方,讲究养狗。可是养狗的人想不起去遛遛它们,狗屎全摆在院中。狗名儿都是洋的,什么济美、什么邦走;敢情洋名的狗拉洋屎,也是臭的。济美们还叫呢,要赶上你要睡会儿觉,或是孩子刚睡着,人家才叫得凶呢。

还得搬哪!这回可好,没有小孩,也没有狗。早晨七点来钟,人家唱上了。青岛的京戏最时兴。早晨唱过了,那敢情不过是喊喊嗓子。大轴子是在晚上,胡琴拉着,生末净且丑俱全,唱开了没头儿。唱得好听的自然不是没有哇;叫人想自杀的也不少。你怎办?还得搬家。

搬一回家,要安一回灯,挂一回帘子,洋房嘛。搬一回家,要到公司报一回灯,报一回水,洋派嘛。搬一回家,要损失一些东西,损失一些钱,洋罪嘛。

好房子有哇,也得住得起呀。算了吧,房子够了。

带洋字的，还就是洋车好，干净，雨布风帘也齐全；可就是贵。一上车就是一毛钱，稍微远那么一点就得两毛。我的办法是不坐。这有点对不起"车友"们，可是有什么办法呢？自行车也不好骑，净是山路，坡得要命。最好是坐汽车，其次就是走，据我看。汽车呢，连那个喇叭咱也买不起；即使勉强地买个喇叭，不是还得自己走路；干脆，咱走就是了。青岛的空气却是不坏，可惜脚受点委屈！

关于食，没有什么可说的。饭馆子不少，中菜西菜都有。价钱都可以的，所以咱还是消极抵抗，不吃。自己家里做菜倒不贵，鱼虾现成，而且新鲜。别的肉类菜蔬也说不上贵来；吃饱了拉倒，这倒好办。馋了呢？活该！

穿，随便。青年人多数穿洋服，也很有些穿得很讲究的。咱向来不讲究穿，给它个不在乎。这占了已结婚的便宜。设若正在"追求"期间，我想我也得多一份洋罪。不穿洋服，可是我天天刮胡子，这一来是耍洋派，二来表示我并不完全不怕太太。完全不怕太太的人不易发财，真的！

说到了玩，此地没有什么游艺场。此地根本是个避暑的所在，成年价在这儿住，当然是别扭。京戏偶而〔尔〕来几个名角，戏价总要两三块，咱犯不上去。平日呢，老有蹦蹦戏，听着又不过瘾。电影院有几处，夏天才来好片子；冬天只是对付事儿，我假装地避宿，赶到惊蛰再去，也还不迟。公园真好，道路真好，海岸真好，遇上晴天我便去走，既不用花钱，而且接近了自然。在别方面受的罪，由这个享受补过来，这叫作穷欢喜。

总起来说，青岛不是个坏地方，官员们也真卖力气建设。所谓洋罪，是我的毛病，穷。假若我一旦发了财，我必定很喜欢这里。等着吧，反正咱不能穷一辈子。

故都的秋

郁达夫

　　秋天，无论在什么地方的秋天，总是好的；可是啊，北国的秋，却特别地来得清，来得静，来得悲凉。我的不远千里，要从杭州赶上青岛，更要从青岛赶上北平来的理由，也不过想饱尝一尝这"秋"，这故都的秋味。

　　江南，秋当然也是有的，但草木凋得慢，空气来得润，天的颜色显得淡，并且又时常多雨而少风；一个人夹在苏州上海杭州，或厦门香港广州的市民中间，混混沌沌地过去，只能感到一点点清凉，秋的味，秋的色，秋的意境与姿态，总看不饱，尝不透，赏玩不到十足。秋并不是名花，也并不是美酒，那一种半开、半醉的状态，在领略秋的过程上，是不合适的。

　　不逢北国之秋，已将近十余年了。在南方每年到了秋天，总要想起陶然亭的芦花，钓鱼台的柳影，西山的虫唱，玉泉的夜月，潭柘寺的钟声。在北平即使不出门去吧，就是在皇城人海之中，租人家一椽破屋来住着，早晨起来，泡一碗浓茶，向院子一坐，你也能看得到很高很高的碧绿的天色，听得到青天下驯鸽的飞声。

从槐树叶底,朝东细数着一丝一丝漏下来的日光,或在破壁腰中,静对着像喇叭似的牵牛花(朝荣)的蓝朵,自然而然地也能够感觉到十分的秋意。说到了牵牛花,我以为以蓝色或白色者为佳,紫黑色次之,淡红色最下。最好,还要在牵牛花底,叫长着几根疏疏落落的尖细且长的秋草,使作陪衬。

北国的槐树,也是一种能使人联想起秋来的点缀。像花而又不是花的那一种落蕊,早晨起来,会铺得满地。脚踏上去,声音也没有,气味也没有,只能感出一点点极微细极柔软的触觉。扫街的在树影下一阵扫后,灰土上留下来的一条条扫帚的丝纹,看起来既觉得细腻,又觉得清闲,潜意识下并且还觉得有点儿落寞,古人所说的梧桐一叶而天下知秋的遥想,大约也就在这些深沉的地方。

秋蝉的衰弱的残声,更是北国的特产,因为北平处处全长着树,屋子又低,所以无论在什么地方,都听得见它们的啼唱。在南方是非要上郊外或山上去才听得到的。这秋蝉的嘶叫,在北方可和蟋蟀耗子一样,简直像是家家户户都养在家里的家虫。

还有秋雨哩,北方的秋雨,也似乎比南方的下得奇,下得有味,下得更像样。

在灰沉沉的天底下,忽而来一阵凉风,便息列索落地下起雨来了。一层雨过,云渐渐地卷向了西去,天又晴了,太阳又露出脸来了,着着很厚的青布单衣或夹袄的都市闲人,咬着烟管,在雨后的斜桥影里,上桥头树底下去一立,遇见熟人,便会用了缓慢悠闲的声调,微叹着互答着地说:

"唉,天可真凉了——"(这了字念得很高,拖得很长。)

"可不是吗?一层秋雨一层凉了!"

北方人念"阵"字,总老像是"层"字,平平仄仄起来,这念错的歧韵,倒来得正好。

北方的果树,到秋天,也是一种奇景。第一是枣子树,屋角,墙头,茅房边上,灶房门口,它都会一株株地长大起来。像橄榄又像鸽蛋似的这枣子颗儿,在小椭圆形的细叶中间,显出淡绿微黄的颜色的时候,正是秋的全盛时期,等枣树叶落,枣子红完,西北风就要起来了,北方便是沙尘灰土的世界,只有这枣子、柿子、葡萄,成熟到八九分的七八月之交,是北国的清秋的佳日,是一年之中最好也没有的 Golden Days〔黄金时节〕。

有些批评家说,中国的文人学士,尤其是诗人,都带着很浓厚的颓废的色彩,所以中国的诗里,赞颂秋的文字的特别的多。但外国的诗人,又何尝不然?我虽则外国诗文念的不多,也不想开出帐来,做一篇秋的诗歌散文钞,但你若去一翻英德法意等诗人的集子,或各国的诗文的 Anthology〔选集〕来,总能够看到许多并于秋的歌颂和悲啼。各著名的大诗人的长篇田园诗或四季诗里,也总以关于秋的部分,写得最出色而最有味。足见有感觉的动物,有情趣的人类,对于秋,总是一样地特别能引起深沉、幽远、严厉、萧索的感触来的。不单是诗人,就是被关闭在牢狱里的囚犯,到了秋天,我想也一定能感到一种不能自已的深情,秋之于人,何尝有国别,更何尝有人种阶级的区别呢?不过在中国,文字里有一个"秋士"的成语,读本里又有着很普遍的欧阳子的《秋声》与苏东坡的《赤壁赋》等,就觉得中国的文人,与秋的关系特别深了,可是这秋的深味,尤其是中国的秋的深味,非要在北方,才感受得到底。

南国之秋,当然也是有它的特异的地方的,比如廿四桥的明月,钱塘江的秋潮，普陀山的凉雾，荔枝湾的残荷等等，可是色彩不浓，回味不永。比起北国的秋来，正像是黄酒之与白干，稀饭之与馍馍，鲈鱼之与大蟹，黄犬之与骆驼。

秋天，这北国的秋天，若留得住的话，我愿把寿命的三分之二折去，换得一个三分之一的零头。

病后杂谈

鲁迅

一

生一点病，的确也是一种福气。不过这里有两个必要条件：一要病是小病，并非什么霍乱吐泻，黑死病，或脑膜炎之类；二要至少手头有一点现款，不至于躺一天，就饿一天。

这二者缺一，便是俗人，不足与言生病之雅趣的。

我曾经爱管闲事，知道过许多人，这些人物，都怀着一个大愿。大愿，原是每个人都有的，不过有些人却模模胡胡〔糊糊〕，自己抓不住，说不出。他们中最特别的有两位：一位是愿天下的人都死掉，只剩下他自己和一个好看的姑娘，还有一个卖大饼的；另一位是愿秋天薄暮，吐半口血，两个侍儿扶着，恹恹地到阶前去看秋海棠。这种志向，一看好像离奇，其实却照顾得很周到。第一位姑且不谈他罢，第二位的"吐半口血"，就有很大的道理。才子本来多病，但要"多"，就不能重，假使一吐就是一碗或几升，一个人的血，能有几回好吐呢？过不几天，就雅不下去了。

我一向很少生病，上月却生了一点点。开初是每晚发热，没有力，不想吃东西，一礼拜不肯好，只得看医生。医生说是流行性感冒。好罢，就是流行性感冒。但过了流行性感冒一定退热的时期，我的热却还不退。医生从他那大皮包里取出玻璃管来，要取我的血液，我知道他在疑心我生伤寒病了，自己也有些发愁。然而他第二天对我说，血里没有一粒伤寒菌；于是注意地听肺，平常；听心，上等。这似乎很使他为难。我说，也许是疲劳罢；他也不甚反对，只是沉吟着说，但是疲劳的发热，还应该低一点。……好几回检查了全体，没有死症，不至于呜呼哀哉是明明白白的，不过是每晚发热，没有力，不想吃东西而已，这真无异于"吐半口血"，大可享生病之福了。因为既不必写遗嘱，又没有大痛苦，然而可以不看正经书，不管柴米账，玩他几天，名称又好听，叫作"养病"。从这一天起，我就自己觉得好像有点儿"雅"了；那一位愿吐半口血的才子，也就是那时躺着无事，忽然记了起来的。

光是胡思乱想也不是事，不如看点不劳精神的书，要不然，也不成其为"养病"。像这样的时候，我赞成中国纸的线装书，这也就是有点儿"雅"起来了的证据。洋装书便于插架，便于保存，现在不但有洋装二十五六史，连《四部备要》也硬领而皮靴了——原是不为无见的。但看洋装书要年富力强，正襟危坐，有严肃的态度。假使你躺着看，那就好像两只手捧着一块大砖头，不多工夫，就两臂酸麻，只好叹一口气，将它放下。所以，我在叹气之后，就去寻线装书。一寻，寻到了久不见面的《世说新语》之类一大堆，躺着来看，轻飘飘的毫不费力了，魏晋人的豪放潇洒的风姿，也仿佛在眼前浮动。由此想到阮嗣宗的听到步兵厨善

277

于酿酒，就求为步兵校尉；陶渊明的做了彭泽令，就教官田都种秫，以便做酒，因了太太的抗议，这才种了一点秔〔粳〕。这真是天趣盎然，决非现在的"站在云端里呐喊"者们所能望其项背。但是，"雅"要想到适可而止，再想便不行。例如阮嗣宗可以求做步兵校尉，陶渊明补了彭泽令，他们的地位，就不是一个平常人，要"雅"，也还是要地位。"采菊东篱下，悠然见南山"是渊明的好句，但我们在上海学起来可就难了。没有南山，我们还可以改作"悠然见洋房"或"悠然见烟囱"的，然而要租一所院子里有点竹篱，可以种菊的房子，租钱就每月总得一百两，水电在外；巡捕捐按房租百分之十四，每月十四两。单是这两项，每月就是一百十四两，每两作一元四角算，等于一百五十九元六。近来的文稿又不值钱，每千字最低的只有四五角，因为是学陶渊明的雅人的稿子，现在算他每千字三大元罢，但标点，洋文，空白除外。那么，单单为了采菊，他就得每月译作净五万三千二百字。吃饭呢？要另外想法子生发，否则，他只好"饥来驱我去，不知竟何之"了。"雅"要地位，也要钱，古今并不两样的，但古代的买雅，自然比现在便宜；办法也并不两样，书要摆在书架上，或者抛几本在地板上，酒杯要摆在桌子上，但算盘却要收在抽屉里，或者最好是在肚子里。

此之谓"空灵"。

二

为了"雅"，本来不想说这些话的。后来一想，这于"雅"

并无伤，不过是在证明我自己的"俗"。王夷甫口不言钱，还是一个不干不净人物，雅人打算盘，当然也无损其为雅人。不过他应该有时收起算盘，或者最妙是暂时忘却算盘，那么，那时的一言一笑，就都是灵机天成的一言一笑，如果念念不忘世间的利害，那可就成为"杭育杭育派"了。这关键，只在一者能够忽而放开，一者却是永远执着，因此也就大有了雅俗和高下之分。我想，这和时而"敦伦"者不失为圣贤，连白天也在想女人的就要被称为"登徒子"的道理，大概是一样的。

所以我恐怕只好自己承认"俗"，因为随手翻了一通《世说新语》，看过"嫩隅跃清池"的时候，千不该万不该的竟从"养病"想到"养病费"上去了，于是一骨碌爬起来，写信讨版税，催稿费。写完之后，觉得和魏晋人有点隔膜，自己想，假使此刻有阮嗣宗或陶渊明在面前出现，我们也一定谈不来的。于是另换了几本书，大抵是明末清初的野史，时代较近，看起来也许较有趣味。第一本拿在手里的是《蜀碧》。

这是蜀宾从成都带来送我的，还有一部《蜀龟鉴》，都是讲张献忠祸蜀的书，其实是不但四川人，而是凡有中国人都该翻一下的著作，可惜刻得太坏，错字颇不少。翻了一遍，在卷三里看见了这样的一条——"又，剥皮者，从头至尻，一缕裂之，张于前，如鸟展翅，率逾日始绝。有即毙者，行刑之人坐死。"

也还是为了自己生病的缘故罢，这时就想到了人体解剖。医术和虐刑，是都要生理学和解剖学智识的。中国却怪得很，固有的医书上的人身五脏图，真是草率错误到见不得人，但虐刑的方法，则往往好像古人早懂得了现代的科学。例如罢，谁都知道从周到汉，有一种施于男子的"宫刑"，也叫"腐刑"，次于"大辟"一等。对于女性就叫"幽闭",向来不大有人提起那方法,但总之,决非将她关起来,或者将它缝起来。近时好像被我查出一点大概来了,那办法的凶恶,妥当,而又合乎解剖学,真使我不得不吃惊。但妇科的医书呢?几乎都不明白女性下半身的解剖学的构造,他们只将肚子看作一个大口袋,里面装着莫名其妙的东西。

单说剥皮法,中国就有种种。上面所抄的是张献忠式;还有孙可望式,见于屈大均的《安龙逸史》,也是这回在病中翻到的。其时是永历六年,即清顺治九年,永历帝已经躲在安隆(那时改为安龙),秦王孙可望杀了陈邦传父子,御史李如月就弹劾他"擅杀勋将,无人臣礼",皇帝反打了如月四十板。可是事情还不能完,又给孙党张应科知道了,就去报告了孙可望。

> 可望得应科报,即令应科杀如月,剥皮示众。俄缚如月至朝门,有负石灰一筐,稻草一捆,置于其前。如月问,"如何用此?"其人曰,"是擅你的草!"如月叱曰,"瞎奴!此株株是文章,节节是忠肠也!"既而应科立右角门阶,捧可望令旨,喝如月跪。如月叱曰,"我是朝廷命官,岂跪贼令!?"乃步至中门,向阙再拜。……应科促令仆地,剖脊,及臀,如月大呼曰:"死得快活,浑身清凉!"又呼可望名,大骂不绝。及断至手足,转前胸,犹微声恨骂;至颈绝而死。随以灰渍之,纫以线,后乃入草,移北城门通衢阁上,悬之。……

张献忠的自然是"流贼"式;孙可望虽然也是流贼出身,但这时已是保明拒清的柱石，封为秦王，后来降了满洲，还是封为义王，所以他所用的其实是官式。明初，永乐皇帝剥那忠于建文帝的景清的皮，也就是用这方法的。大明一朝，以剥皮始，以剥皮终，可谓始终不变；至今在绍兴戏文里和乡下人的嘴上，还偶然可以听到"剥皮揎草"的话，那皇泽之长也就可想而知了。

真也无怪有些慈悲心肠人不愿意看野史，听故事；有些事情，真也不像人世，要令人毛骨悚然，心里受伤，永不痊愈的。残酷的事实尽有，最好莫如不闻，这才可以保全性灵，也是"是以君子远庖厨也"的意思。比灭亡略早的晚明名家的潇洒小品在现在的盛行，实在也不能说是无缘无故。不过这一种心地晶莹的雅致，又必须有一种好境遇，李如月仆地"剖脊"，脸孔向下，原是一个看书的好姿势，但如果这时给他看袁中郎的《广庄》，我想他是一定不要看的。这时他的性灵有些儿不对，不懂得真文艺了。

然而，中国的士大夫到底是有点雅气的，例如李如月说的"株株是文章，节节是忠肠"，就很富于诗趣。临死做诗的，古今来也不知道有多少。直到近代，谭嗣同在临刑之前就做一绝"闭门投辖思张俭"，秋瑾女士也有一句"秋雨秋风愁杀人"，然而还雅得不够格，所以各种诗选里都不载，也不能卖钱。

三

清朝有灭族，有凌迟，却没有剥皮之刑，这是汉人应该惭愧的，但后来脍炙人口的虐政是文字狱。虽说文字狱，其实还含着许多复杂的原因，在这里不能细说；我们现在还直接受到流毒的，是他删改了许多古人的著作的字句，禁了许多明清人的书。

《安龙逸史》大约也是一种禁书，我所得的是吴兴刘氏嘉业堂的新刻本。他刻的前清禁书还不止这一种，屈大均的又有《翁山文外》；还有蔡显的《闲渔闲闲录》，是作者因此"斩立决"，还累及门生的，但我细看了一遍，却又寻不出什么忌讳。对于这种刻书家，我是很感激的，因为他传授给我许多知识——虽然从雅人看来，只是些庸俗不堪的知识。但是到嘉业堂去买书，可真难。我还记得，今年春天的一个下午，好容易在爱文义路找着了，两扇大铁门，叩了几下，门上开了一个小方洞，里面有中国门房，中国巡捕，白俄镖师各一位。巡捕问我来干什么的。我说买书。他说账房出去了，没有人管，明天再来罢。我告诉他我住得远，可能给我等一会呢？他说，不成！同时也堵住了那个小方洞。过了两天，我又去了，改作上午，以为此时账房也许不至于出去。但这回所得回答却更其绝望，巡捕曰："书都没有了！卖完了！不卖了！"

我就没有第三次再去买，因为实在回复得斩钉截铁。现在所有的几种，是托朋友去辗转买来的，好像必须是熟人或走熟的书店，这才买得到。

每种书的末尾，都有嘉业堂主人刘承干先生的跋文，他对于明季的遗老很有同情，对于清初的文祸也颇不满。但奇怪的是他自己的文章却满是前清遗老的口风；书是民国刻的，"仪"字还缺着末笔。我想，试看明朝遗老的著作，反抗清朝的主旨，是在异族的入主中夏的，改换朝代，倒还在其次。所以要顶礼明末的遗民，必须接受他的民族思想，这才可以心心相印。现在以明遗老之仇的满清的遗老自居，却又引明遗老为同调，只着重在"遗老"

两个字，而毫不问遗于何族，遗在何时，这真可以说是"为遗老而遗老"，和现在文坛上的"为艺术而艺术"，成为一副绝好的对子了。

倘以为这是因为"食古不化"的缘故，那可也并不然。中国的士大夫，该化的时候，就未必决不化。就如上面说过的《蜀龟鉴》，原是一部笔法都仿《春秋》的书，但写到"圣祖仁皇帝康熙元年春正月"，就有"赞"道：

……明季之乱甚矣！风终幽，雅终《召旻》，托乱极思治之隐忧而无其实事，孰若臣祖亲见之，臣身亲被之乎？是编以元年正月终者，非徒谓体元表正，蒇以加兹；生逢盛世，荡荡难名，一以寄没世不忘之恩，一以见太平之业所由始耳！

《春秋》上是没有这种笔法的。满洲的肃王的一箭，不但射死了张献忠，也感化了许多读书人，而且改变了"春秋笔法"了。

四

病中来看这些书，归根结蒂，也还是令人气闷。但又开始知道了有些聪明的士大夫，依然会从血泊里寻出闲适来。例如《蜀碧》，总可以说是够惨的书了，然而序文后面却刻着一位乐斋先生的批语道："古穆有魏晋间人笔意。"

这真是天大的本领！那死似的镇静，又将我的气闷打破了。

我放下书，合了眼睛，躺着想想学这本领的方法，以为这和"君子远庖厨也"的法子是大两样的,因为这时是君子自己也亲到了庖厨里。瞑想的结果,拟定了两手太极拳。一、是对于世事要"浮光掠影",随时忘却,不甚了然,仿佛有些关心,却又并不恳切;二、是对于现实要"蔽聪塞明",麻木冷静,不受感触,先由努力,后成自然。第一种的名称不大好听,第二种却也是却病延年的要诀,连古之儒者也并不讳言的。这都是大道。还有一种轻捷的小道,是:彼此说谎,自欺欺人。

有些事情,换一句话说就不大合式〔适〕,所以君子憎恶俗人的"道破"。其实,"君子远庖厨也"就是自欺欺人的办法:君子非吃牛肉不可,然而他慈悲,不忍见牛的临死的觳觫,于是走开,等到烧成牛排,然后慢慢地来咀嚼。牛排是决不会"觳觫"的了,也就和慈悲不再有冲突,于是他心安理得,天趣盎然,剔剔牙齿,摸摸肚子,"万物皆备于我矣"了。彼此说谎也决不是伤雅的事情,东坡先生在黄州,有客来,就要客谈鬼,客说没有,东坡道:"姑妄言之!"至今还算是一件韵事。

撒一点小谎,可以解无聊,也可以消闷气;到后来,忘却了真,相信了谎。也就心安理得,天趣盎然了起来。永乐的硬做皇帝,一部分士大夫是颇以为不大好的。尤其是对于他的惨杀建文的忠臣。和景清一同被杀的还有铁铉,景清剥皮,铁铉油炸,他的两个女儿则发付了教坊,叫她们做婊子。这更使士大夫不舒服,但有人说,后来二女献诗于原问官,被永乐所知,赦出,嫁给士人了。这真是"曲终奏雅",令人如释重负,觉得天皇毕竟圣明,好人也终于得救。她虽然做过官妓,然而究竟是一位能诗的才女,她父亲又是大忠臣,为夫的士人,当然也不算辱没。但是,必须"浮光掠影"到这里为止,想不得下去。一想,就要想到永乐的上谕，有些是凶残猥亵，将张献忠祭梓潼神的"咱老子姓张，你也姓张，咱老子和你联了宗罢。尚飨！"的名文，和他的比起来，真是高华典雅，配登西洋的上等杂志，那就会觉得永乐皇帝决不像一位爱才怜弱的明君。况且那时的教坊是怎样的处所？罪人的妻女在那里是并非静候嫖客的，据永乐定法，还要她们"转营"，这就是每座兵营里都去几天，目的是在使她们为多数男性所凌辱，生出"小龟子"和"淫贱材儿"来！所以，现在成了问题的"守节"，在那时，其实是只准"良民"专利的特典。在这样的治下，这样的地狱里，做一首诗就能超生的吗？

我这回从杭世骏的《订讹类编》（续补卷上）里，这才确切地知道了这佳话的欺骗。他说：

> ……考铁长女诗，乃吴人范昌期《题老妓卷》作也。诗云："教坊落籍洗铅华，一片春心对落花。旧曲听来空有恨，故园归去却无家。云鬟半軃临青镜，雨泪频弹湿绛纱。安得江州司马在，尊前重为赋琵琶。"昌期，字鸣凤；诗见张士澣《国朝文纂》。同时杜琼用嘉亦有次韵诗，题曰《无题》，则其非铁氏作明矣。次女诗所谓"春来雨露深如海，嫁得刘郎胜阮郎"，其论尤为不伦。宗正睦楔论革除事，谓建文流落西南诸诗，皆好事伪作，则铁女之诗可知。……

《国朝文纂》我没有见过，铁氏次女的诗，杭世骏也并未寻出根底，但我以为他的话是可信的——虽然他败坏了口口相传的韵事。况且一则他也是一个认真的考证学者，二则我觉得凡是得到大杀〔煞〕风景的结果的考证，往往比表面说得好听，玩得有趣的东西近真。

首先将范昌期的诗嫁给铁氏长女，聊以自欺欺人的是谁呢？我也不知道。但"浮光掠影"地一看，倒也罢了，一经杭世骏道破，再去看时，就很明白地知道了确是咏老妓之作，那第一句就不像现任官妓的口吻。不过中国的有一些士大夫，总爱无中生有，移花接木地造出故事来，他们不但歌颂升平，还粉饰黑暗。关于铁氏二女的撒谎，尚其小焉者耳，大至胡元杀掠，满清焚屠之际，也还会有人单单捧出什么烈女绝命，难妇题壁的诗词来，这个艳传，那个步韵，比对于华屋丘墟，生民涂炭之惨的大事情还起劲。到底是刻了一本集，连自己们都附进去，而韵事也就完结了。

我在写着这些的时候，病是要算已经好了的了，用不着写遗书。但我想在这里趁便拜托我的相识的朋友，将来我死掉之后，即使在中国还有追悼的可能，也千万不要给我开追悼会或者出什么记〔纪〕念册。因为这不过是活人的讲演或挽联的斗法场，为了造语惊人，对仗工稳起见，有些文豪们是简直不恤于胡说八道的。结果至多也不过印成一本书，即使有谁看了，于我死人，于读者活人，都无益处，就是对于作者，其实也并无益处，挽联做得好，也不过挽联做得好而已。

现在的意见，我以为倘有购买那些纸墨白布的闲钱，还不如选几部明人、清人或今人的野史或笔记来印印，倒是于大家很有益处的。但是要认真，用点工夫，标点不要错。

病后杂谈之余——关于"舒愤懑"

鲁迅

一

我常说明朝永乐皇帝的凶残,远在张献忠之上,是受了宋端仪的《立斋闲录》的影响的。那时我还是满洲治下的一个拖着辫子的十四五岁的少年,但已经看过记载张献忠怎样屠杀蜀人的《蜀碧》,痛恨着这"流贼"的凶残。后来又偶然在破书堆里发见了一本不全的《立斋闲录》,还是明抄本,我就在那书上看见了永乐的上谕,于是我的憎恨就移到永乐身上去了。

那时我毫无什么历史知识,这憎恨转移的原因是极简单的,只以为流贼尚可,皇帝却不该,还是"礼不下庶人"的传统思想。至于《立斋闲录》,好像是一部少见的书,作者是明人,而明朝已有抄本,那刻本之少就可想。记得《汇刻书目》说是在明代的一部什么丛书中,但这丛书我至今没有见;清《四库全书总目提要》将它放在"存目"里,那么,《四库全书》里也是没有的,我家并不是藏书家,我真不解怎么会有这明抄本。

这书我一直保存着，直到十多年前，因为肚子饿得慌了，才和别的两本明抄和一部明刻的《宫闱秘典》去卖给以藏书家和学者出名的傅某，他使我跑了三四趟之后，才说一总给我八块钱，我赌气不卖，抱回来了，又藏在北平的寓里；但久已没有人照管，不知道现在究竟怎样了。

那一本书，还是四十年前看的，对于永乐的憎恨虽然还在，书的内容却早已模模胡胡〔糊糊〕，所以在前几天写《病后杂谈》时，举不出一句永乐上谕的实例。我也很想看一看《永乐实录》，但在上海又如何能够；来青阁有残本在寄售，十本，实价却是一百六十元，也决不是我辈书架上的书。又是一个偶然：昨天在《安徽丛书》第三集中看见了清俞正燮（1775—1840）《癸巳类稿》的改定本，那《除乐户丐户籍及女乐考附古事》里，却引有永乐皇帝的上谕，是根据王世贞《弇州史料》中的《南京法司所记》的，虽然不多，又未必是精粹，但也足够"略见一斑"，和献忠流贼的作品相比较了。摘录于下——

> 永乐十一年正月十一日，教坊司于右顺门口奏：齐泰姊及外甥媳妇，又黄子澄妹四个妇人，每一日一夜，二十余条汉子看守着，年少的都有身孕，除生子令做小龟子，又有三岁女子，奏请圣旨。奉钦依：由他。不的到长大便是个淫贱材儿？

> 铁铉妻杨氏年三十五，送教坊司；茅大芳妻张氏年五十六，送教坊司。张氏病故，教坊司安政于奉天门奏。奉圣旨：分付上元县抬出门去，着狗吃了！钦此！

君臣之间的问答,竟是这等口吻,不见旧记,恐怕是万想不到的罢。但其实,这也仅仅是一时的一例。自有历史以来,中国人是一向被同族和异族屠戮、奴隶、敲掠、刑辱、压迫下来的,非人类所能忍受的楚毒,也都身受过,每一考查,真教人觉得不像活在人间。俞正燮看过野史,正是一个因此觉得义愤填膺的人,所以他在记载清朝的解放惰民丐户、罢教坊、停女乐的故事之后,作一结语道——

> 自三代至明,惟宇文周武帝,唐高祖,后晋高祖,金,元,及明景帝,于法宽假之,而尚存其旧。余皆视为固然。本朝尽去其籍,而天地为之廓清矣。汉儒歌颂朝廷功德,自云"舒愤懑",除乐户之事,诚可云舒愤懑者:故列古语琐事之实,有关因革者如此。

这一段结语,有两事使我吃惊。第一事,是宽假奴隶的皇帝中,汉人居很少数。但我疑心俞正燮还是考之未详,例如金元,是并非厚待奴隶的,只因那时连中国的蓄奴的主人也成了奴隶,从征服者看来,并无高下,即所谓"一视同仁",于是就好像对于先前的奴隶加以宽假了。第二事,就是这自有历史以来的虐政,竟必待满洲的清才来廓清,使考史的儒生,为之拍案称快,自比于汉儒的"舒愤懑"——就是明末清初的才子们之所谓"不亦快哉!"然而解放乐户却是真的,但又并未"廓清",例如绍兴的惰民,直到民国革命之初,他们还是不与良民通婚,去给大户服役,不过已有报酬,这一点,恐怕是和解放之前大不相同的了。革命之后,我久不回到绍兴去了,不知道他们怎样,推想起来,大约和三十年前是不会有什么两样的。

二

但俞正燮的歌颂清朝功德，却不能不说是当然的事。他生于乾隆四十年〔1755〕，到他壮年以至晚年的时候，文字狱的血迹已经消失，满洲人的凶焰已经缓和，愚民政策早已集了大成，剩下的就只有"功德"了。那时的禁书，我想他都未必见。现在不说别的，单看雍正乾隆两朝的对于中国人著作的手段，就足够令人惊心动魄。全毁，抽毁，剜去之类也且不说，最阴险的是删改了古书的内容。乾隆朝的纂修《四库全书》，是许多人颂为一代之盛业的，但他们却不但搅乱了古书的格式，还修改了古人的文章；不但藏之内廷，还颁之文风较盛之处，使天下士子阅读，永不会觉得我们中国的作者里面，也有过很有些骨气的人。（这两句，奉官命改为"永远看不出底细来"。）

嘉庆道光以来，珍重宋元版本的风气逐渐旺盛，也没有悟出乾隆皇帝的"圣虑"，影宋元本或校宋元本的书籍很有些出版了，这就使那时的阴谋露了马脚。最初启示了我的是《琳琅秘室丛书》里的两部《茅亭客话》，一是校宋本，一是四库本，同是一种书，而两本的文章却常有不同，而且一定是关于"华夷"的处所。这一定是四库本删改了的；现在连影宋本的《茅亭客话》也已出版，更足据为铁证，不过倘不和四库本对读，也无从知道那时的阴谋。《琳琅秘室丛书》我是在图书馆里看的，自己没有，现在去买起来又嫌太贵，因此也举不出实例来。但还有比较容易的法子在。

新近陆续出版的《四部丛刊续编》自然应该说是一部新的古董书，但其中却保存着满清暗杀中国著作的案卷。例如宋洪迈的《容斋随笔》至《五笔》是影宋刊本和明活字本，据张元济跋，其中有三条就为清代刻本中所没有。所删的是怎样内容的文章呢？为惜纸墨汁，现在只摘录一条《容斋三笔》卷三里的《北狄俘虏之苦》在这里——

> 元魏破江陵，尽以所俘士民为奴，无分贵贱，盖北方夷俗皆然也。自靖康之后，陷于金虏者，帝子王孙，官门仕族之家，尽没为奴婢，使供作务。每人一月支稗子五斗，令自舂为米，得一斗八升，用为餱〔粮〕粮；岁支麻五把，令绩为裘。此外更无一钱一帛之入。男子不能绩者，则终岁裸体。虏或哀之，则使执爨，虽时负火得暖气，然才出外取柴归，再坐火边，皮肉即脱落，不日辄死。惟喜有手艺，如医人绣工之类，寻常只团坐地上，以败席或芦藉衬之，遇客至开筵，引能乐者使奏技，酒阑客散，各复其初，依旧环坐刺绣；任其生死，视如草芥。……

清朝不惟自掩其凶残，还要替金人来掩饰他们的凶残。据此一条，可见俞正燮入金朝于仁君之列，是不确的了，他们不过是一扫宋朝的主奴之分，一律都作为奴隶，而自己则是主子。但是，这校勘，是用清朝的书坊刻本的，不知道四库本是否也如此。要更确凿，还有一部也是《四部丛刊续编》里的影旧抄本宋晁说之《嵩山文集》在这里，卷末就有单将《负薪对》一篇和四库本相对比，以见一斑的实证,现在摘录几条在下面,大抵非删则改,语意全非,仿佛宋臣晁说之,已在对金人战栗,嗫嚅不吐,深怕得罪似的了——

旧抄本

金贼以我疆场之臣无状,斥堠不明,遂豕突河北,蛇结河东。

犯孔子春秋之大禁,以百骑却房枭将,

彼金贼虽非人类,而犬豕亦有掉瓦怖恐之号,顾弗之惧哉!

我取而歼焉可也。

太宗时,女真困于契丹之三栅,控告乞援,亦卑恭甚矣。不谓敢眦睨中国之地于今日也。

忍弃上皇之子于胡虏乎?

何则:夷狄喜相吞并斗争,是其犬羊狺吠咋啮之性也。唯其富者最先亡。

古今夷狄族帐,大小见于史册者百十,今其存者一二,皆以其财富而自底灭亡者也。今此小丑不指日而灭亡,是无天道也。

褫中国之衣冠,复夷狄之态度。

取故相家孙女姊妹,缚马上而去,执侍帐中,远近胆落,不暇寒心。

四库本

金人扰我疆场之地,边城斥堠不明,遂长驱河北,盘结河东。

为上下臣民之大耻，以百骑却辽枭将，

彼金人虽甚强盛，而赫然示之以威令之森严，顾弗之惧哉！

我因而取之可也。

太宗时，女真困于契丹之三栅，控告乞援，亦和好甚矣。不谓竟酿患滋祸一至于今日也。

忍弃上皇之子于异地乎？

（无）

遂其报复之心，肆其凌侮态度。

故相家皆携老襁幼，弃其籍而去，焚掠之余，远近胆落，不暇寒心。

即此数条，已可见"贼""虏""犬羊"是讳的；说金人的淫掠是讳的；"夷狄"当然要讳，但也不许看见"中国"两个字，因为这是和"夷狄"对立的字眼，很容易引起种族思想来的。但是，这《嵩山文集》的抄者不自改，读者不自改，尚存旧文，使我们至今能够看见晁氏的真面目，在现在说起来，也可以算是令人大"舒愤懑"的了。

清朝的考据家说过，"明人好刻古书而古书亡"，因为他们妄行校改。我以为这之后，则清人纂修《四库全书》而古书亡，因为他们变乱旧式，删改原文；今人标点古书而古书亡，因为他们乱点一通，佛头着粪：这是古书的水火兵虫以外的三大厄。

三

对于清朝的愤懑的从新发作,大约始于光绪中,但在文学界上,我没有查过以谁为"祸首"。太炎先生是以文章排满的骁将著名的,然而在他那《訄书》的未改订本中,还承认满人可以主中国,称为"客帝",比于嬴秦的"客卿"。但是,总之,到光绪末年,翻印的不利于清朝的古书,可是陆续出现了;太炎先生也自己改正了"客帝"说,在再版的《訄书》里,"删而存此篇";后来这书又改名为《检论》,我却不知道是否还是这办法。留学日本的学生们中的有些人,也在图书馆里搜寻可以鼓吹革命的明末清初的文献。那时印成一大本的有《汉声》,是《湖北学生界》的增刊,面子上题着四句集《文选》句:"抒怀旧之积念,发思古之幽情",第三句想不起来了,第四句是"振大汉之天声"。无古无今,这种文献,倒是总要在外国的图书馆里抄得的。

我生长在偏僻之区,毫不知道什么是满汉,只在饭店的招牌上看见过"满汉酒席"字样,也从不引起什么疑问来。听人讲"本朝"的故事是常有的,文字狱的事情却一向没有听到过,乾隆皇帝南巡的盛事也很少有人讲述了,最多的是"打长毛"。我家里有一个年老的女工,她说长毛的时候,她已经十多岁,长毛故事要算她对我讲得最多,但她并无邪正之分,只说最可怕的东西有三种,一种自然是"长毛",一种是"短毛",还有一种是"花绿头"。到得后来,我才明白后两种其实是官兵,但在愚民的经验上,是和长毛并无区别的。给我指明长毛之可恶的倒是几位读书人;我家里有几部县志,偶然翻开来看,那时殉难的烈士烈女的名册就有一两卷,同族里的人也有几个被杀掉的,后来封了"世袭云骑尉",我于是确切地认定了长毛之可恶。然而,真所谓"心事如波涛"罢,久而久之,由于自己的阅历,证以女工的讲述,我竟决不定那些烈士烈女的凶手,究竟是长毛呢,还是"短毛"和"花绿头"了。我真很羡慕"四十而不惑"的圣人的幸福。

对我最初提醒了满汉的界限的不是书,是辫子。这辫子,是砍了我们古人的许多头,这才种定了的,到得我有知识的时候,大家早忘却了血史,反以为全留乃是长毛,全剃好像和尚,必须剃一点,留一点,才可以算是一个正经人了。而且还要从辫子上玩出花样来:小丑挽一个结,插上一朵纸花打诨;开口跳将小辫子挂在铁杆上,慢慢地吸烟献本领;变把戏的不必动手,只消将头一摇,劈拍〔噼啪〕一声,辫子便自会跳起来盘在头顶上,他于是要起关王刀来了。而且还切于实用:打架的时候可以拔住,挣脱极难;捉人的时候可以拉着,省得绳索,要是被捉的人多呢,只要捏住辫梢头,一个人就可以牵一大串。吴友如画的《申江胜景图》里,有一幅会审公堂,就有一个巡捕拉着犯人的辫子的形象,但是,这是已经算作"胜景"了。

住在偏僻之区还好,一到上海,可就不免有时会听到一句洋话:Pig-tail——猪尾巴。这一句话,现在是早听不见了,那意思,似乎也不过说人头上生着猪尾巴,和今日之上海,中国人自己一斗嘴,便彼此互骂为"猪猡"的,还要客气得远。不过那时的青年,好像涵养工夫没有现在的深,也还未懂得"幽默",所以听起来实在觉得刺耳。而且对于拥有二百余年历史的辫子的模样,也渐渐地觉得并不雅观,既不全留,又不全剃,剃去一圈,留下一撮,又打起来拖在背后,真好像做着好给别人来拔着牵着的柄子。对于它终于怀了恶感,我看也正是人情之常,不必指为拿了什么地方的东西,迷了什么斯基的理论的。(这两句,奉官谕改为"不足怪的"。)

我的辫子留在日本,一半送给客店里的一位使女做了假发,一半给了理发匠,人是在宣统初年回到故乡来了。一到上海,首先得装假辫子。这时上海有一个专装假辫子的专家,定价每条大洋四元,不折不扣,他的大名,大约那时的留学生都知道。做也真做得巧妙,只要别人不留心,是很可以不出岔子的,但如果人知道你原是留学生,留心研究起来,那就漏洞百出。夏天不能戴帽,也不大行;人堆里要防挤掉或挤歪,也不行。装了一个多月,我想,如果在路上掉了下来或者被人拉下来,不是比原没有辫子更不好看吗?索性不装了,贤人说过的:一个人做人要真实。

但这真实的代价真也不便宜,走出去时,在路上所受的待遇完全和先前两样了。我从前是只以为访友作〔做〕客,才有待遇的,这时才明白路上也一样的一路有待遇。最好的是呆看,但大抵是冷笑,恶骂。小则说是偷了人家的女人,因为那时捉住奸夫,总是首先剪去他辫子的,我至今还不明白为什么;大则指为"里通外国",就是现在之所谓"汉奸"。我想,如果一个没有鼻子的人在街上走,他还未必至于这么受苦,假使没有了影子,那么,他恐怕也要这样的受社会的责罚了。

我回中国的第一年在杭州做教员,还可以穿了洋服算是洋鬼子;第二年回到故乡绍兴中学去做学监,却连洋服也不行了,因为有许多人是认识我的,所以不管如何装束,总不失为"里通外国"的人,于是我所受的无辫之灾,以在故乡为第一。尤其应该小心的是满洲人的绍兴知府的眼睛,他每到学校来,总喜欢注视我的短头发，和我多说话。

　　学生们里面，忽然起了剪辫风潮了，很有许多人要剪掉。我连忙禁止。他们就举出代表来诘问道：究竟有辫子好呢，还是没有辫子好呢？我的不假思索的答复是：没有辫子好，然而我劝你们不要剪。学生是向来没有一个说我"里通外国"的，但从这时起，却给了我一个"言行不一致"的结语，看不起了。"言行一致"，当然是很有价值的,现在之所谓文学家里，也还有人以这一点自豪，但他们却不知道他们一剪辫子，价值就会集中在脑袋上。轩亭口离绍兴中学并不远，就是秋瑾小姐就义之处，他们常走，然而忘却了。"不亦快哉！"——到了一千九百十一年的双十〔十月十日〕，后来绍兴也挂起白旗来，算是革命了，我觉得革命给我的好处，最大，最不能忘的是我从此可以昂头露顶，慢慢地在街上走，再不听到什么嘲骂。几个也是没有辫子的老朋友从乡下来，一见面就摩着自己的光头，从心底里笑了出来道：哈哈，终于也有了这一天了。

　　假如有人要我颂革命功德，以"舒愤懑"，那么，我首先要说的就是剪辫子。

四

　　然而辫子还有一场小风波，那就是张勋的"复辟"，一不小心，辫子是又可以种起来的，我曾见他的辫子兵在北京城外布防，对于没辫子的人们真是气焰万丈。幸而不几天就失败了，使我们至今还可以剪短，分开，披落，烫卷……张勋的姓名已经暗淡，"复辟"的事件也逐渐遗忘，我曾在《风波》里提到它，别的作品上却似乎没有见，可见早就不受人注意。现在是，连辫子也日见稀少，将与周鼎商彝同列，渐有卖给外国人的资格了。

我也爱看绘画，尤其是人物。国画呢，方巾长袍，或短褐椎结，从没有见过一条我所记得的辫子；洋画呢，歪脸汉子，肥腿女人，也从没有见过一条我所记得的辫子。这回见了几幅钢笔画和木刻的阿Q像，这才算遇到了在艺术上的辫子，然而是没有一条生得合式〔适〕的。想起来也难怪，现在的二十岁上下的青年，他生下来已是民国，就是三十岁的，在辫子时代也不过四五岁，当然不会深知道辫子的底细的了。那么，我的"舒愤懑"，恐怕也很难传给别人，令人一样的愤激，感慨，欢喜，忧愁的罢。

十二月十七日

一星期前，我在《病后杂谈》里说到铁氏二女的诗。据杭世骏说，钱谦益编的《列朝诗集》里是有的，但我没有这书，所以只引了《订讹类编》完事。今天《四部丛刊续编》的明遗民彭孙贻《茗斋集》出版了，后附《明诗钞》，却有铁氏长女诗在里面。现在就照抄在这里，并将范昌期原作，与所谓铁女诗不同之处，用括弧附注在下面，以便比较。照此看来，作伪者实不过改了一句，并每句各改易一二字而已——

教坊献诗
教坊脂粉（落籍）洗铅华，一片闲（春）心对落花。旧曲听来犹（空）有恨，故园归去已（却）无家。云鬟半挽（軃）

临妆（青）镜，雨泪空流（频弹）湿绛纱。今日相逢白司马（安得江州司马在），尊前重与诉（为赋）琵琶。

但俞正燮《癸巳类稿》又据茅大芳《希董集》，言"铁公妻女以死殉"；并记或一说云，"铁二子，无女"。那么，连铁铉有无女儿，也都成为疑案了。两个近视眼论扁额上字，辩论一通，其实连扁额也没有挂，原也是能有的事实。不过铁妻死殉之说，我以为是粉饰的。《弇州史料》所记，奏文与上谕具存，王世贞明人，决不敢捏造。

倘使铁铉真的并无女儿，或有而实已自杀，则由这虚构的故事，也可以窥见社会心理之一斑。就是：在受难者家族中，无女不如其有之有趣，自杀又不如其落教坊之有趣；但铁铉究竟是忠臣，使其女永沦教坊，终觉于心不安，所以还是和寻常女子不同，因献诗而配了士子。这和小生落难，下狱挨打，到底中了状元的公式，完全是一致的。

文　人

瞿秋白

"一为文人，便无足观"，——这是清朝一个汉学家说的。的确，所谓"文人"正是无用的人物。这并不是现代意义的文学家、作家或是文艺评论家，这是吟风弄月的"名士"，或者是……说简单些，读书的高等游民。他什么都懂的一点，可是一点没有真实的知识。正因为他对于当代学术水平以上的各种学问都有少许的常识，所以他自以为是学术界的人。可是，他对任何一种学问都没有系统的研究、真正的心得，所以他对于学术是不会有什么贡献的，对于文艺也不会有什么成就的。

自然，文人也有各种各样不同的典型，但是大都实际上是高等游民罢了。假如你是一个医生，或是工程师，化学技师……真正的作家，你自己会感觉到每天生活的价值，你能够创造或是修补一点什么，只要你愿意。就算你是一个真正的政治家罢，你可以做错误。你可以坚持你的错误，但是也会认真地为着自己的见解去斗争、实行。只有文人就没有希望了，他往往连自己也不知道究竟做的是什么！

"文人"是中国中世纪的残余和"遗产"——一份很坏的遗产。我相信，再过十年八年没有这一种知识分子了。

不幸，我自己不能够否认自己正是"文人"之中的一种。

固然，中国的旧书，十三经、二十四史、子书、笔记、丛书、诗词曲等，我都看过一些，但是我是找到就看，忽然想起就看，没有什么研究的。一些科学论文，马克思主义的、非马克思主义的，我也看过一些，虽然很少。所以这些新新旧旧的书对于我，与其说是知识的来源，不如说是清闲的工具。究竟在哪一种学问上，我有点真实的知识？我自己是回答不出的。

可笑得很，我做过所谓"杀人放火"的共产党的领袖？可是，我确是一个最懦怯的"婆婆妈妈"的书生，杀一只老鼠都不会的，不敢的。

但是，真正的懦怯不在这里。首先是差不多完全没有自信力，每一个见解都是动摇的，站不稳的。总希望有一个依靠。记得布哈林〔苏联马克思主义理论家〕初次和我谈话的时候，说过这么一句俏皮话："你怎么和三层楼上的小姐一样，总那么客气，说起话来，不是'或是'，就是'也许''也难说'等。"其实，这倒是真心话。可惜的是人家往往把我的坦白当作"客气"或者"狡猾"。

我向来没有为着自己的见解而奋斗的勇气，同时，也很久没有承认自己错误的勇气。当一种意见发表之后，看看没有有力的赞助，立刻就怀疑起来；但是，如果没有另外的意见来代替，那就只会照着这个自己也怀疑的意见做去。看见一种不大好的现象，或是不正确的见解，却没有人出来指摘，甚至其势汹汹的大家认为这是很好的事情，我也始终没有勇气说出自己的怀疑来。优柔寡断，随波逐流，是这种"文人"必然性格。

虽然人家看见我参加过几次大的辩论，有时候仿佛很急〔激〕烈，其实我是很怕争论的。我向来觉得对方说的话"也对""也有几分理由""站在对方的观点上他当然是对的"。我似乎很懂得孔夫子忠恕之道。所以我毕竟做了"调和派"的领袖。假使我急〔激〕烈地辩论，那么，不是认为"既然站在布尔塞维克的队伍里就不应当调和"，因此勉强着自己，就是没有抛开"体面"立刻承认错误的勇气，或者是对方的话太幼稚了，使我"箭在弦上不得不发"。

其实，最理想的世界是大家不要争论，"和和气气地过日子"。

我有许多标本的"弱者的道德"——忍耐，躲避，讲和气，希望大家安静些、仁慈些等等。固然从少年时候起，我就憎恶贪污、卑鄙……以致一切恶浊的社会现象，但是我从来没有想做侠客。我只愿意自己不做那些罪恶。有可能呢，去劝劝他们不要再那样做；没有可能呢，让他们去罢，他们也有他们的不得已的苦衷罢！

我的根本性格，我想，不但不足以锻炼成布尔塞维克的战士，甚至不配做一个起码的革命者。仅仅为着"体面"，所以既然卷进了这个队伍，也就没有勇气自己认识自己，而请他们把我洗刷出来。

但是我想，如果叫我做一个"戏子"——舞台上的演员，到很会有些成绩，因为十几年我一直觉得自己一直在扮演一定的角色。扮着大学教授，扮着政治家，也会真正忘记自己而完全成为"剧中人"。虽然这对于我很痛苦，得每天盼望着散会，盼望同我谈政治的朋友走开，让我卸下戏装，还我本来面目——躺在床上去，极疲乏地念着："回'家'去罢，回'家'去罢！"这的确是很苦的。然而在舞台上的时候，大致总还扮得不差，像煞有介事的。

为什么？因为青年精力比较旺盛的时候，一点游戏和做事的兴总会有的。即使不是你自己的事，当你把他做好的时候，你也感觉到一时的愉快。譬如你有点小聪明，你会摆好几幅"七巧版〔板〕图"或者"益智图"，你当时一定觉得痛快，正像在中学校的时候，你算出几个代数难题似的，虽则你并不预备做数学家。

不过，扮演舞台上的角色究竟不是"自己的生活"，精力消耗在这里，甚至完全用尽，始终是后悔也来不及的事情。等到精力衰惫的时候，对于政治的舞台，实在是十分厌倦了。

庞杂而无秩序的一些书本上的知识和累坠〔赘〕而反乎自己兴趣的政治生活，使我麻木起来，感觉生活的乏味。

本来，书生对于宇宙间的一切现象，都不会有亲切的了解，往往会把自己变成一大堆抽象名词的化身。一切都有一个"名词"，但是没有实感。譬如说，劳动者的生活、剥削、斗争精神、土地革命、政权……一直到春花秋月、崦嵫、委蛇，一切种种名词、概念、词藻，说是会说的，等到追问你究竟是怎么一回事，那就会感觉到模糊起来。

对于实际生活，总像雾里看花似的，隔着一层膜。

"文人"和书生大致没有任何一种具体的知识。他样样都懂得一点，其实样样都是外行。要他开口议论一些"国家大事"，在不太复杂和具体的时候，他也许会。但是，叫他修理一辆汽车，或者配一剂药方，办一个合作社，买一批货物，或者清理一本帐〔账〕目，再不然，叫他办好一个学校……总之，无论哪一件具体而切实的事情，他都会觉得没有把握的。

例如，最近一年来，叫我办苏维埃的教育。固然，在瑞金、宁都、兴国这一带的所谓"中央苏区"，原来是文化落后的地方，譬如一张白纸，在刚刚着手办教育的时侯，只是办义务小学校，开办几个师范学校（这些都做了）。但是，自己仔细想一想，对于这些小学校和师范学校，小学教育和儿童教育的特殊问题，尤其是国内战争中工农群众教育的特殊问题，都实在没有相当的知识，甚至普通常识都不够！

近年来，感觉到这一切种种，很愿意"回过去再生活一遍"。

雾里看花的隔膜的感觉，使人觉得异常地苦闷、寂寞和孤独，很想仔细地亲切地尝试一下实际生活的味道。譬如"中央苏区"的土地革命已经有三四年，农民的私人日常生活究竟有了怎样的具体变化？他们究竟是怎样的感觉？我曾经去考察过一两次。一开口就没有"共同的语言"，而且自己也懒惰得很，所以终于一无所得。

可是，自然而然地，我学着比较精细地考察人物，领会一切"现象"。我近年来重新来读一些中国和西欧的文学名著，觉得有些新的印象。你从这些著作中间，可以相当亲切地了解人生和社会，了解各种不同的个性，而不是笼统的"好人""坏人"，或是"官僚""平民""工人""富农"等等。摆在你面前的是有血有肉有个性的人，虽则这些人都在一定的生产关系、一定的阶级之中。

我想，这也许是从"文人"进到真正了解文艺的初步了。

是不是太迟了呢？太迟了！

徒然抱着对文艺的爱好和怀念，起先是自己的头脑和身体被"外物"所占领了。后来是非常的疲乏笼罩了我三四年，始终没有在文艺方面认真地用力。书是乱七八糟地看了一些；我相信，也许走进了现代文艺的水平线以上的境界，不至于辨别不出兴趣的高低。我曾经发表的一些文艺方面的意见，都驳杂得很，也是一知半解的。

时候过得很快。一切都荒疏了。眼高手低是必然的结果。自己写的东西——类似于文艺的东西是不能使自己满意的，我至多不过是个"读者"。

讲到我仅有的一点具体知识，那就只有俄国文罢。假使能够仔细而郑重地，极忠实地翻译几部俄国文学名著，在汉字方面每字每句地斟酌着，也许不会"误人子弟"的。这一个最愉快的梦想，也比创作和评论方面再来开始求得什么成就，要实际得多。可惜，恐怕现在这个可能已经"过时"了！

心灵之感受

瞿秋白

一间小小的屋子，以前很华丽的客厅中用木板隔成的。暗淡的灯光，射着满室散乱的黑影，东一张床，西一张凳，板铺上半边堆着杂乱破旧的书籍，半边就算客座。屋角站着一木柜，柜旁乱堆着小孩子衣服鞋帽，柜边还露着一角裙子，对面一张床上，红喷喷的一小女孩甜甜蜜蜜在破旧毡子下做酣梦呢。窗台上乱砌着瓶罐白菜胡萝卜的高山。一切一切都沉伏在灯影里，与女孩的稚梦相谐和，忘世忘形，绝无人间苦痛的经受，或者都不觉得自己的存在呢。那板铺前一张板桌，上面散乱地放着书报、茶壶、玻璃杯、黑面包、纸烟。主人，近三十岁的容貌，眉宇间已露艰辛的纹路，穿着赤军的军服，时时拂拭他的黄须。他坐在板桌前对着远东新客，大家印密切的心灵，虽然还没有畅怀地宽谈。两人都工作了一天，刚坐下吃了些热汤，暖暖的茶水，劳作之后，休息的心神得困苦中的快意，轻轻地引起生平的感慨回忆。主人喝了两口茶，伸一伸腰站起来，对客人道：

——唔！中国的青年，那〔哪〕知俄罗斯心灵的悠远，况且"生活的经过"才知道此中的意味,人生的意趣,难得彻底了解呵。我想起一生的经受,应有多少感慨!欧战时在德国战线,壕沟生活,轰天裂地的手榴弹,咝……嘶……咝……嗡……哄……砰……硼……飞机在头上周转,足下泥滑污湿,初时每听巨炮一发,心脏震颤十几分钟不止,并不是一个"怕"字。听久了,神经早已麻木,睡梦之中耳鼓里也在殷鸣,朝朝晚晚,莫名其妙,一身恍荡。家、国、父母、兄弟、爱情,一切都不见了。那〔哪〕里去了呢?心神愈劳,一回念之力都已消失了。十月革命一起,布尔塞维克解放了我们,停了战,我回到彼得堡得重见爱妻……我们退到乡间,那时革命的潮流四卷,乡间农民蠢蠢动摇,一旦爆发,因发起乡村苏维埃从事建设。一切事费了不少心血办得一个大概。我当了那一村村苏维埃的秘书,家庭中弄得干干净净——那〔哪〕有像我现时的状况!不幸白党乱事屡起,劳农政府须得多集军队,下令征兵。我们村里应有三千人应征。花名册,军械簿,种种琐事,我们在苏维埃办了好几天。那一天早上,新兵都得齐集车站,我在那里替他们签名。车站堆着一大堆人,父母妻子兄弟,牵衣哀泣,"亲爱的伊凡,你一去,别忘了我……""滑西里,你能生还吗?……"从军的苦情触目动心。我们正在办公室料理的时候,忽听得村外呼号声大起,突然一排枪声。几分钟后,公事房门口突现一大群人,街卒赶紧举枪示威,农民蜂拥上前,亦有有枪械的,两锋相对。我陡然觉得满身发颤,背上冰水浇来,肺脏突然暴胀,呼吸迫促,昏昏漠漠不辨东西,只听得呼号声、怒骂声,"不要当兵""不要苏维埃……"哄哄杂乱,只在我心神起直接的反射,思想力完全消失,胡……乱……我生生世世忘不了这一刻的感觉,是"怕",是"吓",是"惊"?不知道。

主人说到此处换一口气，忙着拿起纸烟末抽了一抽，双手按着心胸，接下又说道：

　　——然而……然而……过了这几分钟，我就失了记忆力了。不知怎么晚上醒来，一看，我自己在柴仓底里。什么时候，怎么样子逃到那地，我实在说不出来。自然如此一来，我们乡间生活完全毁了。来到一省城里，我内人和我都找了事情。过了几月才到莫斯科这军事学院里。我内人留在那省里，生了这一个女孩子——主人拿手指着床上——不能去办事了，口粮不够吃，我一人住在莫斯科，每一两星期带些面包（自然是黑的）回去，苦苦地过了一年。什么亦没有，你看现在内人亦来此地，破烂旧货都在这屋子里。俄国现在大多数的国家职员学生都是如是生活呵。可是我想起，还有一件事，是我屡经困厄中人生观的纪念。有一次，我上那一省城去——那时我家还没搬来，深夜两点钟火车才到站。我下站到家还有二里路，天又下雨，地上泥滑得不得了，手中拿着面包，很难走得，况且坐在火车上又没有睡得着，正在困疲。路中遇见一老妇背着一大袋马铃薯，竭蹶前行，见我在旁就请我帮助。我应诺了他，背了大袋，一直送他到家，替他安置好。出来往家走，觉着身上一轻，把刚才初下站烦闷的心绪反而去掉了。自己觉得非常之舒泰，"为人服务"，忘了这"我"，"我"却安逸；念念着"我"，"我"反受苦。到家四点多钟，安安心心地躺下，念此时的心理较之在战场上及在苏维埃的秘书席上又如何！

　　主人说到此处，不禁微笑。女孩的酣睡声，在两人此时默然相对之中，隐隐为他们续下哲学谈话的妙论呢。

窗子以外

林徽因

你简直老老实实地坐在你窗子里得了，窗子以外的事，你看了多少也是枉然，大半你是不明白，也不会明白的。

话从哪里说起？等到你要说话，什么话都是那样渺茫地找不到个源头。

此刻，就在我眼帘底下坐着是四个乡下人的背影：一个头上包着黯黑的白布，两个褪色的蓝布，又一个光头。他们支起膝盖，半蹲半坐的，在溪沿的短墙上休息。每人手里一件简单的东西：一个是白木棒，一个篮子，那两个在树荫底下我看不清楚。无疑地他们已经走了许多路，再过一刻，抽完一筒旱烟以后，是还要走许多路的。兰花烟的香味频频随着微风，袭到我官觉上来，模糊中还有几段山西梆子的声调，虽然他们坐的地方是在我廊子的铁纱窗以外。

铁纱窗以外，话可不就在这里了。永远是窗子以外，不是铁纱窗就是玻璃窗，总而言之，窗子以外！

所有的活动的颜色声音，生的滋味，全在那里的，你并不是不能看到，只不过是永远地在你窗子以外罢了。多少百里的平原土地，多少区域的起伏的山峦，昨天由窗子外映进你的眼帘，那是多少生命日夜在活动着的所在；每一根青的什么麦黍，都有人流过汗；每一粒黄的什么米粟，都有人吃去；其间还有的是周折，是热闹，是紧张！可是你则并不一定能看见，因为那所有的周折、热闹、紧张，全都在你窗子以外展演着。

在家里罢，你坐在书房里，窗子以外的景物本就有限。那里两树马缨，几棵丁香；榆叶梅横出风的一大枝；海棠因为缺乏阳光，每年只开个两三朵——叶子上满是虫蚁吃的创痕，还卷着一点焦黄的边；廊子幽秀地开着扇子式、六边形的格子窗，透过外院的日光、外院的杂音。什么送煤的来了，偶然你看到一两个被煤炭染成黔黑的脸；什么米送到了，一个人捆着一大口袋在背上，慢慢蹑过屏门；还有自来水，电灯、电话公司来收账的，胸口斜挂着皮口袋，手里推着一辆自行车；更有时厨子来个朋友了，满脸的笑容，"好呀，好呀"地走进门房；什么赵妈的丈夫来拿钱了，那是每月一号一点都不差的，早来了你就听到两个人唧唧哝哝争吵的声浪。那里不是没有颜色、声音、生的一切活动，只是他们和你总隔个窗子，——扇子式的，六边形的，纱的，玻璃的！

你气闷了把笔一搁说，这叫作什么生活！你站起来，穿上不能算太贵的鞋袜，但这双鞋和袜的价钱也就比——想它做什么，反正有人每月的工资，一定只有这价钱的一半乃至于更少。你出去雇洋车了，拉车的嘴里所讨的价钱当然是要比例价高得多，难道你就傻子似的答应下来？不，不，三十二子，拉就拉，不拉，拉倒！心里也明白，如果真要充内行，你就该说，二十六子，拉就拉——但是你好意思争！

车开始辗动了，世界仍然在你窗子以外。长长的一条胡同，一个个大门紧紧地关着。就是有开的,那也只是露出一角,隐约可以看到里面有南瓜棚子,底下一个女的,坐在小凳上缝缝做做的;另一个,抓住还不能走路的小孩子,伸出头来喊那过路卖白菜的。至于白菜是多少钱一斤,那你是听不见了,车子早已拉得老远,并且你也无须乎知道的。在你每月费用之中,伙食是一定占去若干的。在那一笔伙食费里,白菜又是多么小的一个数。难道你知道了门口卖的白菜多少钱一斤,你真把你哭丧着脸的厨子叫来申斥一顿,告诉他每一斤白菜他多开了你一个"大子儿"?

车越走越远了,前面正碰着粪车,你立刻拿出手绢来,皱着眉,把鼻子蒙得紧紧的,心里不知怨谁好。怨天做的事太古怪;好好的美丽的稻麦却需要粪来浇!怨乡下人太不怕臭,不怕脏,发明那么两个篮子,放在鼻前手车上,推着慢慢走!

你怨市里行政人员不认真办事,如此脏臭不卫生的旧习不能改良,十余年来对这粪车难道真无办法?为着强烈的臭气隔着你窗子还不够远,因此你想到社会卫生事业如何还办不好。

路渐渐好起来,前面墙高高的是个大衙门。这里你简直不只隔个窗子,这一带高高的墙是不通风的。你不懂里面有多少办事员,办的都是什么事;多少浓眉大眼的,对着乡下人做买卖的吆喝诈取;多少个又是脸黄黄的可怜虫,混半碗饭分给一家子吃。自欺欺人,里面天天演的到底是什么把戏?

但是如果里面真有两三个人拼了命在那里奋斗,为许多人争一点便利和公道,你也无从知道!

到了热闹的大街了,你仍然像在特别包厢里看戏一样,本身不会,也不必参加那出戏;倚在栏杆上,你在审美的领略,你有的是一片闲暇。但是如果这里洋车夫问你在哪里下来,你会吃一惊,仓卒〔促〕不知所答。生活所最必需的你并不缺乏什么，你这出来就也是不必需的活动。

偶一抬头，看到街心和对街铺子前面那些人，他们都是急急忙忙地，在时间金钱的限制下采办他们生活所必需的。两个女人手忙脚乱地在监督着店里的伙计秤秤〔称称〕。二斤四两，二斤四两的什么东西，且不必去管，反正由那两个女人的认真的神气上面看去，必是非同小可，性命交关的货物。并且如果秤〔称〕得少一点时，那两个女人为那点吃亏的分量必定感到重大的痛苦；如果秤〔称〕得多时，那伙计又知道这年头那损失在东家方面真不能算小。于是那两边的争持是热烈的，必需的，大家声音都高一点；女人脸上呈块红色，头发披下了一缕，又用手抓上去；伙计则维持着客气，口里嚷着：错不了，错不了！

热烈的，必需的，在车马纷纭的街心里，忽然由你车边冲出来两个人；男的，女的，各个提起两脚快跑。这又是干什么的？你心想，电车正在拐大弯。那两人原就追着电车，由轨道旁边擦过去，一边追着，一边向电车上卖票的说话。电车是不容易赶的，你在洋车上真不禁替那街心里奔走赶车的担心。但是你也知道如果这趟没赶上，他们就可以在街旁站个半点来钟，那些宁可盼穿秋水不雇洋车的人，也就是因为他们的生活而必须计较和节省到洋车同电车价钱上那相差的数目。

此刻洋车跑得很快，你心里继续着疑问你出来的目的，到底采办一些什么必需的货物。眼看着男男女女挤在市场里面，门首出来一个进去一个，手里都是持着包包裹裹，里边虽然不会全是他们当日所必需的，但是如果当中夹着一盒稍微奢侈的物品，则亦必是他们生活中间闪着亮光的一个愉快！你不是听见那人说吗？里面草帽，一块八毛五，贵倒贵点，可是"真不赖"！他提一提帽盒向着打招呼的朋友，他摸一摸他那剃得光整的脑袋，微笑充满了他全个脸。那时那一点进射着光闪的愉快，当然的归属于他享受，没有一点疑问，因为天知道，这一年中他多少次地克己省俭，使他赚来这一次美满的、大胆的奢侈！

那点子奢侈在那人身上所发生的喜悦，在你身上却完全失掉作用，没有闪一星星亮光的希望！你想，整年整月你所花费的，和你那窗子以外的周围生活程度一比较，严格算来，可不都是非常靡费的用途？每奢侈一次，你心上只有多难过一次，所以车子经过的那些玻璃窗口，只有使你更惶恐，更空洞，更怀疑，前后彷徨不着边际。并且看了店里那些形形色色的货物，除非你真是傻子，难道不晓得它们多半是由那〔哪〕一国工厂里制造出来的！奢侈是不能给你愉快的，它只有要加增你的戒惧烦恼。每一尺好看点的纱料，每一件新鲜点的工艺品！

你诅咒着城市生活，不自然的城市生活！检点行装说，走了，走了，这沉闷没有生气的生活，实在受不了，我要换个样子过活去。健康的旅行既可以看看山水古刹的名胜，又可以知道点内地纯朴的人情风俗，走了，走了，天气还不算太坏，就是走他一个月六礼拜也是值得的。

没想到不管你走到那〔哪〕里，你永远免不了坐在窗子以内的。

不错，许多时髦的学者常常骄傲地带上"考察"的神气，架上科学的眼镜偶然走到那〔哪〕里一个陌生的地方了〔瞭〕望，但那无形中的窗子是仍然存在的。不信，你检查他们的行李，有谁不带着罐头食品，帆布床，以及别的证明你还在窗子以内的种种零星用品，你再摸一摸他们的皮包，那里短不了有些钞票；一到一个地方，你有的是一个提梁的小小世界。不管你的窗子朝向哪里望，所看到的多半则仍是在你窗子以外，隔层玻璃，或是铁纱！隐隐约约你看到一些颜色，听到一些声音，如果你私下满足了，那也没有什么，只是千万别高兴起说什么接触了，认识了若干事物人情，天知道那是罪过！洋鬼子们的一些浅薄，千万学不得。

你是仍然坐在窗子以内的，不是火车的窗子，汽车的窗子，就是客栈逆旅的窗子，再不然就是你自己无形中习惯的窗子，把你搁在里面。接触和认识实在谈不到，得天独厚的闲暇生活先不容你。一样是旅行，如果你背上捐的不是照相机而是一点做买卖的小血本，你就需要全副的精神来走路：你得留神投宿的地方；你得计算一路上每吃一次烧饼和几颗莎果的钱；遇着同行的战战兢兢地打招呼，互相捧出诚意，遇着困难时好互相关照帮忙，到了一个地方你是真带着整个血肉的身体到处碰运气，紧张的境遇不容你不奋斗，不与其他奋斗的血和肉的接触，直到经验使得你认识。

前日公共汽车里一列辛苦的脸，那些谈话，里面就有很多生活的分量。陕西过来做生意的老头和那旁坐的一股客气，是不得已的；由交城下车的客人执着红粉包纸烟递到汽车行管事手里也是有多少理由的，穿棉背心的老太婆默默地挟住一个蓝布包袱，一个钱包，是在用尽她的全副本领的，果然到了冀村，她错过站头，还亏别个客人替她要求车夫，将汽车退行两里路，她还不大相信地望着那村站，口里噜苏〔啰唆之意〕着这地方和上次如何两样了。开车的一面发牢骚一面爬到车顶替老太婆拿行李，经验使得他有一种涵养，行旅中少不了有认不得路的老太太，这个道理全世界是一样的，伦敦警察之所以特别和蔼，也是从迷路的老太太孩子们身上得来的。

话说了这许多，你仍然在廊子底下坐着，窗外送来溪流的喧响，兰花烟气味早已消失，四个乡下人这时候当已到了上流"庆和义"磨坊前面。昨天那里磨坊的伙计很好笑地满脸挂着麦粉，让你看着磨坊的构造；坊下的木轮，屋里旋转着的石碾，又在高低的院落里，来回看你所不经见的农具在日影下列着。院中一棵老槐、一丛鲜艳的杂花、一条曲曲折折引水的沟渠，伙计和气地说闲话。他用着山西口音，告诉你，那里一年可出五千多包的麦粉，每包的价钱约略两块多钱。又说这十几年来，这一带因为山水忽然少了，磨坊关闭了多少家，外国人都把那些磨坊租去作他们避暑的别墅。惭愧的你说，你就是住在一个磨坊里面，他脸上堆起微笑，让麦粉一星星在日光下映着，说认得认得，原来你所租的磨坊主人，一个外国牧师，待这村子极和气，乡下人和他还都有好感情。

这真是难得了，并且好感的由来还有实证。就是那一天早上你无意中出去探古寻胜，这一省山明水秀，古刹寺院，动不动就是宋辽的原物，走到山上一个小村的关帝庙里，看到一个铁铎，刻着万历年号，原来是万历赐这村里庆成王的后人的，不知怎样流落到卖古董的手里。七年前让这牧师买去，晚上打着玩，嘹亮的钟声被村人听到，急忙赶来打听，要凑原价买回，情辞恳切。说起这是他们吕姓的祖传宝物，决不能让它流落出境，这牧师于是真个把铁铎还了他们，从此便在关帝庙神前供着。

这样一来你的窗子前面便展开了一张浪漫的图画，打动了你的好奇，管它是隔一层或两层窗子，你也忍不住要打听点底细，怎么明庆成王的后人会姓吕！这下子文章便长了。

如果你的祖宗是皇帝的嫡亲弟弟，你是不会，也不愿，忘掉的。据说庆成王是永乐的弟弟，这赵庄村里的人都是他的后代。不过就是因为他们记得太清楚了，另一朝的皇帝都有些老大不放心，雍正间诏命他们改姓，由姓朱改为姓吕，但是他们还有用二十字排行的方法，使得他们不会弄错他们是这一派子孙。

这样一来你就有点心跳了，昨天你雇来那打水洗衣服的不也是赵庄村来的，并且还姓吕！果然那土头土脑圆脸大眼的少年是个皇裔贵族，真是有失尊敬了。那么这村子一定穷不了，但事实上则不见得。

田亩一片，年年收成也不坏。家家户户门口有特种围墙，像个小小堡垒——当时防匪用的。屋子里面有大漆衣柜衣箱，柜门上白铜擦得亮亮；炕上棉被红红绿绿也颇鲜艳。可是据说关帝庙里已有四年没有唱戏了，虽然戏台还高巍巍地对着正殿。村子这几年穷了，有一位王孙告诉你，唱戏太花钱，尤其是上边使钱。这里到底是隔个窗子，你不懂了，一样年年好收成，为什么这几年村子穷了，只模模糊糊听到什么军队驻了三年多等，更不懂是，村子向上一年辛苦后的娱乐，关帝庙里唱唱戏，得上面使钱？既然隔个窗子听不明白，你就通气点别尽管问了。

隔着一个窗子你还想明白多少事？昨天雇来吕姓倒水，今天又学洋鬼子东逛西逛，跑到下面养有鸡羊，上面挂有武魁匾额的人家，让他们用你不懂得的乡音招呼你吃菜，炕上坐，坐了半天出到门口，和那送客的女人周旋客气了一回，才恍然大悟，她就是替你倒脏水洗衣裳的吕姓王孙的妈，前晚上还送饼到你家来过！

这里你迷糊了。算了算了！你简直老老实实地坐在你窗子里得了，窗子以外的事，你看了多少也是枉然，大半你是不明白，也不会明白的。

图书在版编目（CIP）数据

越过人间山水长 / 史铁生等著. -- 北京：北京联合出版公司，2025.3. -- ISBN 978-7-5596-8164-5

I. I266

中国国家版本馆 CIP 数据核字第 2024FK8405 号

越过人间山水长

作　　者：史铁生 等
出　品　人：赵红仕
责任编辑：管文
策划编辑：韩城建
特约编辑：刘小旋
装帧设计：郭璐
内文排版：张景莹

北京联合出版公司出版
（北京市西城区德外大街 83 号楼 9 层　100088）
北京长江新世纪文化传媒有限公司发行
天津盛辉印刷有限公司印刷　新华书店经销
字数 220 千字　880 毫米 ×1230 毫米　1/32　10.25 印张
2025 年 3 月第 1 版　2025 年 3 月第 1 次印刷
ISBN 978-7-5596-8164-5
定价：56.00 元

版权所有，侵权必究

未经书面许可，不得以任何方式转载、复制、翻印本书部分或全部内容。
本书若有质量问题，请与本公司图书销售中心联系调换。电话：（010）58678881